Hans Ernst

Das Leben geht weiter

Hans Ernst

Das Leben geht weiter

rosenheimer

6., neu überarbeitete Auflage

Textbearbeitung und Redaktion:
Dr. Elisabeth Hirschberger, München
Titelbild: Michael Wolf, München
Satz: Buch-Werkstatt GmbH, Bad Aibling
Druck und Bindung: GGP Media, Pößneck
Printed in Germany

ISBN: 3-475-53183-6

Der Morgen war von einer wunderbaren Schönheit, ganz dazu angetan, die Herzen fröhlich zu stimmen, denn es hatte viele Wochen geregnet. Und nun auf einmal dieser lachende Sonnenschein, diese Wärme und dieses Leuchten ringsum! Tiefblau standen die Berge unter dem hellen Morgenhimmel, der lange Regen hatte sie rein gewaschen, hatte sogar den schmutzigen Schnee aus den Rinnen der Prechtlerspitze herausgespült, der sonst oft das ganze Jahr über zu sehen war.

Obwohl es noch sehr früh am Tag war, herrschte schon überall reges Leben. Mähmaschinen ratterten auf den Wiesen, Fuhrwerke, mit Gras beladen, rumpelten durch den Morgen, und beim Surauer am Steig trieb gerade die Sennerin Ursula Bromberger die Kühe mit ihren bimmelnden Glocken auf die Weide.

Im Dorf drunten läutete die Glocke zur Frühmesse. Von dieser Höhe aus sah das Dorf Greinach so aus, als drängten sich die Häuser ganz eng um den spitzen Kirchturm, der weiß und mit goldglänzendem Kreuz über den roten Ziegeldächern leuchtete. Hinter dem Dorf schlängelte sich die weiße Straße ins Flachland hinaus. Daneben liefen die schwarzen Schienenstränge der Regionalbahn, und einmal hörte man auch den schrillen Pfiff der Lokomotive des Frühzugs, als er sich dem unbeschrankten Bahnübergang näherte. Dass man das bis hier oben so deutlich hörte, deutete auf weiteres schönes Wetter hin, das jetzt besonders willkommen war, denn die Heuernte hatte gerade begonnen.

»Beim Surauer am Steig« war ein Hof mit etwa hundertfünfzig Tagwerk Wiesen, Feldern und etwas Wald. Breit hingelagert an den Hang, bot er ein malerisches Bild mit den vielen Blumen an den Fenstern und auf dem Balkon, der das ganze Haus umzog. Auf der Südseite, neben der Feuermauer, die Wohnhaus und Stall trennte, war ein Bild an die Hauswand gemalt, das den heiligen Florian darstellte. Es sah ein bisschen seltsam aus, wie die rechte Hand des Heiligen aus einem kleinen Holzgefäß einen dünnen Wasserstrahl in die aufzüngelnden Flammen goss. An der Stalltür waren ein paar Schilder angebracht, Zuchtpreise, die der Surauer bei den großen Viehausstellungen errungen hatte.

Die Ursula kam von der Weide zurück und verschwand im Stall. Hinter der Tennbrücke watschelten schnatternd ein halbes Dutzend Enten hervor und mischten sich unter die Hühner, die sich um den Misthaufen herum tummelten.

In der Haustür erschien jetzt der Surauer, ein großer, stämmiger Sechziger mit grauem Haar. Die Ärmel seines Hemds waren hochgeschoben. Er hob lauschend den Kopf und schaute zur Wiese hinunter. Sein Ohr hatte sofort den unregelmäßigen Klang des Traktors vernommen, mit dem ein Landarbeiter die Bachwiese mähte. In unregelmäßigen Abständen setzte der Motor immer wieder einmal aus oder machte Fehlzündungen. Ärgerlich schüttelte der Surauer den Kopf und brummte vor sich hin: »Hört denn das der Bertl nicht? Aber da wird weiter gefahren, bis alles endgültig hin ist! Der Surauer wird's dann schon bezahlen, denkt sich so ein Kerl! Man müsste ihn selber blechen lassen!«

Verdrossen wollte er gerade auf die Wiese hinuntergehen, als der Traktor wieder in seinem gewohnten ruhigen Rhythmus lief.

Da sah er durch den Obstgarten einen Fremden daherkommen, einen großen, schlanken Mann in einem moosgrünen Lodenanzug und ebensolchem Hut. Einen derben Gehstock mit eisenbeschlagener Spitze hatte er, anstatt ihn zu benützen, über den Arm gehängt.

Der Surauer hielt ihn für einen jener Sommerfrischler, die zu Dutzenden drunten in Greinach schon um diese Zeit wohnten, für einen frühen Wanderer, der in die Berge wollte, um dann am Abend seinen staunenden Tischgefährten in aller Bescheidenheit zu erzählen, wie er nur mehr zwischen Himmel und Erde gehangen sei und schon gemeint hätte, der Berg würde sich von ihm nicht bezwingen lassen.

Aber der eiserne Wille, jawohl, nur der eiserne Wille allein hätte ihn den Berg besiegen lassen. Die Gewalten der Natur könnten nur willensschwache Menschen einschüchtern.

Es könnte aber auch einer von irgendeinem Amt sein, mutmaßte der Surauer weiter. Vom Wasserwirtschaftsamt vielleicht, von der Flurbereinigung oder vom Landratsamt. Aber solche Herren kamen wohl kaum zu Fuß, sondern mit dem Wagen, und hatten große Aktentaschen bei sich. Immerhin fuhr sich der Surauer noch schnell in Ermangelung eines Kammes mit gespreizten Fingern durch das Haar, um es ein wenig in Ordnung zu bringen.

Der Fremde war mittlerweile bis zum Pflanzgarten gekommen, blieb dort stehen und schaute über den Zaun auf die exakt gezogenen Beete, in denen Salat, Petersilie und Rettich schon üppig gediehen. Das alles schaute er sich ganz fachkundig an und schien gar keine Eile zu haben und nichts von der leisen Ungeduld zu ahnen, mit der der Bauer in der Tür stand. Endlich kam er dann näher.

»Das steht ja schon ganz großartig, trotz des vielen Regens in der letzten Zeit«, sagte er.

Der Surauer kniff die Augen schmal zusammen. Irgendwo hatte er diesen Mann schon einmal gesehen, er wusste bloß nicht, wo. Wahrscheinlich beim Wirt drunten.

»Ein paar warme Tage holen in der Natur alles viel schneller nach als die Menschen, wenn sie einmal was verkehrt gemacht haben.«

Der Fremde lächelte kaum merklich.

»Manchmal ist überhaupt nie mehr gutzumachen, was die Menschen verpfuscht haben. Übrigens – guten Morgen. Kling ist mein Name. Robert Kling. Ich bin doch hier richtig beim Surauer?«

»Der bin ich«, antwortete der Surauer. »Jetzt brauchst bloß noch sagen, dass du uns heuen helfen möchtest.«

»Als Hilfe?« Robert Kling lachte, und wenn er so herzhaft lachte, dann öffnete sich sein gleichsam wie aus Stein gemeißeltes Gesicht, wurde weich und voller Wärme. »Nein, Surauer, ich komme vom Forstamt. Sie haben da eine Schadenforderung wegen Wildschadens eingereicht, und ich soll nun nachprüfen, ob Ihre Forderungen zu Recht bestehen.«

»Ah, da schau her! Man glaubt mir also nicht! Aber es ist ja eine der Pflichten der Ämter, den Bauern zu misstrauen.«

»Nein, aber irgendwie muss ja die Sache doch ihre Richtigkeit haben. Du kaufst ja auch keine Kuh, ohne sie nicht vorher genau anzuschauen.«

»Da hast du auch wieder Recht. Es fragt sich nur, ob du überhaupt von der Sache was verstehst.«

»Ich denke schon«, schmunzelte der Fremde, der eine Aussprache hatte, die man hier kurzweg »preißisch« nannte. Bei Robert Kling hatte man damit zufälligerweise auch Recht, denn er stammte aus Ostpreußen, hatte dort alles verloren und war nun vorübergehend im

Forsthaus unten beschäftigt, bis seine Schadensersatzansprüche geregelt waren. Dafür aber mangelte den Bauern hier jeglicher Sinn. Sie würden so etwas wahrscheinlich erst dann begreifen, wenn sie selber einmal von Haus und Hof vertrieben würden. Allerdings, ihr Misstrauen war auch nicht ganz unberechtigt, denn Lügen spielten in diesen Dingen oft eine große Rolle. Man brauchte ja bloß an die aufgetakelte Baronin Sophie von Zypolsky zu denken, die angeblich zwanzig Zimmer allein bewohnt und sich jeden Tag in ein anderes schlafen gelegt hat. Später hatte sich dann herausgestellt, dass ihr Name so falsch war wie der Schmuck, den sie trug, und dass die zwanzig Zimmer in einem Hotel in Königsberg gewesen waren, in dem sie als schlichtes Zimmermädchen angestellt gewesen war.

»Aus hiesiger Gegend bist du nicht?«, fragte jetzt der Surauer.

»Nein, ich stamme aus Ostpreußen.«

»Und ausgerechnet du sollst bei mir den Wildschaden nachprüfen? Verstehst du denn überhaupt was davon?«, wiederholte der Bauer.

»Das wird sich ja herausstellen. Und wenn man mich nicht geschickt hätte, dann wäre eben ein anderer gekommen.«

»Ja, auf den Ämtern hocken ja genug herum. Und wir zahlen brav Steuern!«

»Ich kann das nicht ändern, Surauer. Wo liegt denn der Acker?«

Der Surauer deutete mit dem Kinn zum Wald hinauf.

»Dort oben. Ein Haferfeld, zu siebzig Prozent zertrampelt und zerrupft. Als wenn eine ganze Schwadron Hirsche darüber hergefallen wäre.«

Robert Kling war immerhin schon lange genug in der Gegend, um zu wissen, dass diese Bauern gerne übertrieben, wenn es ihrem Vorteil dienen könnte. Er war aber auch gerecht und unbestechlich genug, um sich nicht übers Ohr hauen zu lassen.

»Hast du jetzt Zeit?«, fragte er.

»Zu so was muss man immer Zeit haben. Setz dich derweil auf die Hausbank da. Ich möchte bloß noch schnell meinen Kaffee trinken.«

Bevor er ins Haus hing, hob er abermals lauschend den Kopf. Der Traktor funktionierte wieder nicht. Jetzt stand er überhaupt still. Der Bertl, der Landarbeiter, stand untätig daneben und sah zum Himmel hinauf, als erwarte er von dort oben die nötige Hilfe.

»Ein Kreuz und ein Elend ist's«, knurrte der Surauer. »Da steht er und schaut wie ein Ochs, wenn es blitzt! Hinten und vorn versteht er nichts von einer Maschine. Bloß was der Tarif für den Wochenlohn ist, das weiß er genau!«

»Ich habe es vorhin schon bemerkt«, meinte Kling. »Wahrscheinlich ist etwas mit der Einspritzpumpe nicht in Ordnung.«

»Kennst du dich denn damit aus? Dann geh einmal mit runter.«

Sie gingen miteinander den Hang hinunter. Robert Kling schlug gleich die Kühlerhaube auf und beugte sich über den Motor. Es lag tatsächlich an der Einspritzpumpe. Eine Düse war verstopft, der Motor bekam zu wenig Dieselöl. Mit ein paar Griffen brachte er das in Ordnung, ließ den Bertl den Motor anlassen und nickte zufrieden.

»Das ist wieder in Ordnung.« Und die ölverschmierten Hände mit einem Grasbüschel säubernd, fügte er hinzu: »Von der Sorte hatten wir auch zwei Stück, außer dem schweren Ackerschlepper, auf unserem Gut laufen. Haben sich gut bewährt, aber wenn in der Einspritzpumpe etwas verstopft ist, geht nichts mehr.«

Über das Gesicht des Bauern flog ungläubiges Staunen.

»Wie viele sagst? Drei Stück hättet ihr gehabt? So wie die schöne Sophie zwanzig Zimmer?«

Robert musste lachen. Die Geschichte von der schönen Sophie mit den zwanzig Zimmern war auch ihm bekannt. Man nannte sie spotthalber immer noch »die Baronin«, obwohl sie vor drei Jahren den Viehhändler Paul Wax geheiratet hatte.

»Ich kann dich nicht zwingen, mir zu glauben. Aber mir reicht tatsächlich das, was ich verloren habe, und ich brauche wirklich nicht dazuzulügen.«

»Wie groß war denn dann euer Hof?«

»Etwa vierhundert Hektar. Aber hier rechnet man ja in Tagwerken. Also ungefähr zwölfhundert Tagwerk.«

Der Surauer wollte sagen: Das glaubst du ja selber nicht, denn im ganzen Tal war der größte Hof der Hof vom Brugreiner von Palling, und der hatte dreihundertsechzig Tagwerk. Aber irgendetwas in der Stimme dieses Robert Kling, oder war es der Ausdruck seiner Augen, zwang ihn, ihm zu glauben.

»Menschenskind«, sagte er dann. »Und das ist alles verloren?«

»Ja, verloren. Alles. Wald, Wiesen und Felder.«

Nachdenklich starrte der Surauer vor sich hin. Dann nickte er schwer: »Das wäre ja was zum Wahnsinnigwerden.«

Robert Kling nahm den Hut ab und wischte sich mit der Hand über die feucht gewordene Stirn. »Reden wir nicht mehr davon. Ich gehöre nicht zu denen, die der Vergangenheit nachweinen, weil ich begreifen gelernt habe, dass das Leben doch irgendwie weitergehen muss.«

»Ja, da hast du Recht. Und es geht ja auch immer weiter. Trotzdem, gleich zwölfhundert Tagwerk auf einen Schlag, ich glaub, das könnt ich nicht verwinden!«

»Genauso. Ihr Hochlandbauern, ihr seid ja auch ein zäher Menschenschlag, nur im Charakter ein bisschen anders.«

»Ja, und keine so gute Goschen haben wir. Und das ist oft ein großer Nachteil.«

»Sag das nicht. Manchmal ist Schweigen besser als alles Reden.«

»Ihr müsst ja – bei zwölfhundert Tagwerk auch eine eigene Jagd dabei gehabt haben?«, fragte er dann.

»Natürlich. Es war für mich darum auch nicht allzu schwer, vorübergehend im Forstamt unterkommen zu können, bis meine Entschädigungsansprüche den langen Instanzenweg gegangen sind und ich einen eigenen Hof bekommen kann. Denn das bleibt sich gleich, Surauer, wer einmal Bauer gewesen ist, ganz gleich, ob hier oder in Ostpreußen – er muss wieder zurück zu seinem Beruf, sonst wird er krank.«

»Ja, das glaub ich dir. Aber komm jetzt mit und wasch dir die Hände. Kannst auch Kaffee trinken mit mir, dann gehen wir zum Haferacker hinauf.«

»Traust du mir jetzt zu, dass ich vom Schätzen was verstehe?«, fragte Robert lachend.

Der Surauer blieb stehen und schaute ihn lange und aufmerksam an. Dann nickte er. »Ja, jetzt glaub ich es.«

Gerade als sie auf den Hof einbogen, trat Gabriele Surauer unter die Haustür und fragte mit ihrer dunklen Stimme: »Wo steckst denn so lange, Vater? Der Kaffee wird –« Sie unterbrach sich, weil sie den Fremden in Begleitung des Vaters bemerkte.

»Reg dich nicht auf, Gabi«, lachte der Surauer. »Vom kalten Kaffee wird man schön, heißt es doch!« Dann deutete er auf seinen Begleiter. »Richte ihm ein Handtuch und Seife her. Er hat unseren Traktor gerichtet. Ansonsten kommt er vom Forstamt und soll unseren Wildschaden abschätzen. Kannst ihm dann auch Kaffee herrichten.«

Gabrieles große, dunkle Augen ruhten forschend auf dem Gesicht des Fremden. Und Robert sah, wie dabei ihre Augen immer schmaler wurden, bis sie ihn nur mehr aus einem ganz kleinen Spalt betrachtete, ob abschätzend, misstrauisch oder neugierig, das war nicht zu erkennen.

Gabriele war die künftige Erbin des Hofes, weil der einzige Sohn bei einem Unfall ums Leben gekommen war. Sie führte den Haushalt, nachdem die Mutter aus Kummer über den Tod des Sohnes bald darauf gestorben war.

Mit einem Ruck wandte sie sich um, sodass ihr weiter Rock sich wie eine Glocke drehte, und ging ins Haus.

»Ist das dein einziges Kind?«, fragte Robert und sah wie verzaubert in die kühle Dämmerung des Hausflurs.

»Ja, das Einzige. Der Bub, der Andreas – hat jung sterben müssen«, antwortete der Surauer mit streng gefalteter Stirn. »Das hat mir die Haare über Nacht grau werden lassen.« Dann ging er gesenkten Kopfes ins Haus. Robert folgte ihm.

Gabriele hatte inzwischen Seife und Handtuch hergerichtet, führte Robert ins Bad und nahm ihm dann die Jacke ab. Sie sah ihm zu, wie er die Hemdsärmel hochkrempelte, und wusste nicht, warum sie sich auf einmal so merkwürdig fühlte. Schließlich war sie doch längst keine fünfzehn mehr, wo man, von Neugierde geplagt, jeder Bewegung eines Mannes folgen musste. Und das noch dazu bei einem Menschen, den sie zum ersten Mal sah.

Robert nahm jetzt, nachdem er die Hände vom Öl gesäubert hatte, die Krawatte ab, öffnete weit das Hemd am Hals und wusch sich auch das Gesicht. Dann streckte er, blind geworden, weil ihm Seifenschaum in die Augen gekommen war, beide Hände nach dem Handtuch aus, das ihm Gabriele entgegenhielt.

»Danke«, sagte er danach. »Übrigens, Kling ist mein Name. Robert Kling.« Dabei sah er sie wieder so merkwürdig an, dass sie die Lider senken musste. Er knöpfte das Hemd wieder zu und streifte die Ärmel herunter. »Nun haben Sie auch noch Arbeit mit mir gehabt.«

Beim Klang seiner Stimme horchte sie auf. Nicht der fremde Dialekt war es, dem sie nachhorchte, sondern der warme Klang. Nachdenklich betrachtete sie ihn jetzt, und doch ganz ungeniert. Sein dunkelblondes Haar lag leicht gewellt über der hohen Stirn, auf der sich eine dunkle, schmale Narbe hinzog. In seinem gebräunten Gesicht leuchteten die hellen Augen wie zwei klare Seen, in denen sich die Sonne spiegelte. Er war so groß, dass sie zu ihm aufblicken musste, obwohl auch sie nicht klein war.

Weil sie ihn so intensiv betrachtete, nahm er seinerseits ihren Blick bewusst in sich auf. Es war, als wären in diesem Augenblick beide von einem Zauber berührt worden. Gleich darauf aber war er wieder verflogen, die Laute des Lebens waren wieder da, die schimpfende Stimme der Ursula aus dem Stall, das Rattern der Mähmaschine im Talgrund und die Stimme des Surauer, der durch das offene Stubenfenster fragte, was denn jetzt mit seinem Kaffee sei.

»Ich komm ja schon«, sagte Gabriele mit einer Stimme, die sich anhörte wie die eines beleidigten Kindes, das man von seinem Spielzeug wegholen will.

Der Surauer saß bereits hinter dem großen Tisch im Herrgottswinkel, als Robert die Stube betrat. Wohltuend wirkte die behagliche Wärme und Sauberkeit dieses ziemlich großen Raumes auf ihn. Die Sonne fiel durch die Fenster und ließ den sauber gescheuerten Boden fast weiß erscheinen. Dunkelgrüner Efeu rankte sich vom Herrgottswinkel heraus an ein paar Balken, die die Decke trugen. Neben dem grünen Kachelofen mit der weißen Kuppel stand ein ledernes Kanapee. Darüber hing zwischen zwei Hirschgeweihen in einem Silberrahmen das Bild eines jungen Mannes.

»Ist das Ihr Sohn?«, fragte Robert und musste sich wundern über die Ähnlichkeit mit dem Mädchengesicht, das ihn vorhin so seltsam angesehen hatte.

»Ja, das ist der Andreas.«

»Wie ist er gestorben?«

»Ich habe von der Polizei erfahren, dass er einen schweren Motorradunfall hatte.«

In diesem Augenblick kam Gabriele mit dem Kaffee und stellte ein blau getupftes Kännchen mit ebensolchen Tassen auf den Tisch. Sie schob Robert Brot und Butter zu und ermunterte ihn, nur fest zuzugreifen. Wenn sie durch die Stube ging, überflüssigerweise hier und dort etwas ordnend, fühlte sie, dass Robert ihr unter gesenkten Lidern heraus nachsah.

»Hast du die Blumen nicht schon vorhin gegossen?«, fragte der Vater beiläufig.

Gabriele merkte, dass sie brennend rot wurde. Sie hatte tatsächlich die Blumen bereits gegossen. Aber in ihrer Verlegenheit musste sie in der Stube jetzt einfach etwas tun. Merkte denn der Vater, dass in ihr etwas vorging, dass sie mit einem Mal von etwas Befremdlichem, aber sehr Schönem überfallen worden war? Wie ein Bann hatte es sich über sie gelegt. Darüber wunderte sich niemand mehr als sie selbst, denn bisher hatte sie noch kein Mann in Unruhe versetzt, obwohl sie an jedem Finger einen hätte haben können. Aber dieser Fremde hier, der brauchte sie nur anzusehen, und sie fühlte, wie sie unsicher wurde.

Dann hatten die Männer den Kaffee getrunken. Als Erster stand der Surauer auf, ging in die Kammer nebenan und holte sich seine Jacke. Diesen Augenblick nützte Robert, um nach Gabrieles Hand zu greifen und sich für das vortreffliche Frühstück zu bedanken.

»Das ist doch kaum der Rede wert«, sagte sie verlegen, schob aber ihre Hand ganz tief in die des Mannes.

»Doch, doch«, beteuerte er. »Zugleich müsste ich auch dem Leben danken.«

»Für was denn?«

»Dass es mich dir begegnen ließ.«

Schnell zog sie ihre Hand aus der seinen.

»Das sagst du ja bloß so!«

»Nein, nein! Ich möchte dich wiedersehn. Geht das, Gabriele?«

»Ach, meinen Namen weißt du auch schon?«

»Dein Vater hat dich ja so genannt.«

»Ach so.«

»Dann geht es also nicht?«

»Nein!«

»Also gut, heute Abend um zehn Uhr, da draußen vor dem Pflanzgarten.«

So eine bodenlose Frechheit, dachte Gabriele. Wie kommt er dazu, ganz einfach über mich zu verfügen? Mir einfach zu befehlen? Aber da kann er lange warten!

»Kommen Sie – kommst du danach mit dem Vater wieder herunter?«, fragte sie scheinbar beiläufig.

»Ich glaube kaum.«

Jetzt kehrte der Surauer zurück, stülpte seinen Hut über das Haar und sagte:

»Also, packen wir es!«

»Also dann auf Wiedersehen«, sagte Robert noch und sah sie dabei so bittend an, dass sie den Blick bis ins Mark hinein spürte. Und wie unter einem Zwang senkte sie ganz leicht den Kopf, sodass es wie eine Zustimmung auf sein stummes Bitten aussah.

Dann blickte sie vom Fenster aus den beiden Männern nach, wie sie hügelwärts gingen. Die Schultern des Vaters waren schon ein wenig gebeugt, er schlenkerte mit dem rechten Arm ein wenig. Robert Kling dagegen ging straff aufgerichtet, schulterschmal wie ein Bub, im Schritt aber überaus energisch.

Dann sah sie den Stock, den er vergessen hatte, und eine große Freude durchfuhr sie. Nun musste er doch wiederkommen!

Oder – hatte er absichtlich den Stock vergessen, um zurückkommen zu müssen?

Sie strich mit der Hand über die Augen und wunderte sich wieder über die Verwirrung, von der sie sich überfallen fühlte.

Sie schaute wieder zum Fenster hinaus, aber eine Hügelwelle verdeckte den Blick zum Bergacker hinauf, den die Hirsche so zugerichtet hatten. Nur die Kühe sah sie auf der Weide, die mit leise bimmelnden Glocken dahinzogen, indessen sich ein seidenblauer Himmel über den Bergen spannte, in dem wie Flaumbällchen ein paar Schäferwolken schwammen.

Die beiden Männer waren inzwischen auf dem Acker angekommen, der an den Wald grenzte, und Robert Kling betrachtete mit prüfendem Blick das übel zugerichtete Feld.

»Was sagst du jetzt?«, fragte der Surauer lauernd.

Schweigen.

»Das musst du doch selber sagen, zu siebzig Prozent ist der Hafer hin!«

»Im höchsten Fall vierzig«, sagte Robert endlich.

Verblüfft starrte ihn der Surauer an.

»Und da sagst du, dass du von den Sachen was verstehst!«

»Ja, weil ich etwas davon verstehe, Surauer, darum! Aber wollen wir's gnädig machen. Sagen wir fünfzig Prozent. Mehr kann ich mit bestem Willen nicht verantworten. Schließlich hafte ich ja mit meiner Unterschrift.«

»Da zahl ich ja sauber drauf!«

»Nein, Surauer. Du bist ein viel zu guter Bauer, um nicht zu erkennen, dass ich Recht habe.«

»Na ja, aber du brauchst es ja nicht aus deiner Tasche zu zahlen, und den Staat, den muss man schädigen, wo man kann. Der zieht es ja von uns auch raus, wo er kann.«

»Das ist deine Meinung, aber für mich darf sie nicht gelten. Wenn du den Streifen da umackerst und Rüben setzt, wäre der Schaden ohnehin schon ausgeglichen. Aber wie gesagt, das ist bloß ein Tipp von mir.«

»Dank schön dafür. Aber lass mich nicht vergessen – ich will dir hernach auch noch einen Tipp geben.«

Sie schritten nebeneinander das Feld entlang, weiter unten war überhaupt nichts zertrampelt, da stand der Hafer sogar schon recht üppig in den Ähren, sodass Robert fast ein wenig Gewissensbisse bekam, überhaupt so hoch geschätzt zu haben. Aber es bestand keine Gefahr, dass sein Gutachten nachgeprüft werden könnte. Beim Amt wussten sie ja, dass er fachkundig wie kein anderer war. Und in gewissem Sinn hatte der Surauer ja auch Recht. Der Bauernstand hinkte immer ein bisschen hinterher in allem, was der Staat ausschüttete.

Später setzten sie sich am Waldrand auf einen vom Sturm umgerissenen Baum. Es war so feierlich still ringsum. Kein Laut kam von der Tiefe herauf, nur hinter ihnen hämmerte einmal ein Specht ins Holz.

Der Surauer zog eine Pfeife aus seiner Jackentasche, füllte sie und setzte sie in Brand.

»Um diese Jahreszeit im Wald eigentlich verboten«, lachte Robert.

Der Surauer sah ihn mit schräg gehaltenem Kopf an.

»Paragraphenschuster bist auch noch?«

»Das war doch nicht ernst gemeint.«

»Aber ich meine jetzt etwas ganz im Ernst.«

»Ach ja, du wolltest mir einen Tipp geben.«

»Ja, und sogar kostenlos, und ich rechne damit, dass du dich daran hältst.«

»Wenn er gut ist, ohne weiteres.«

»Der ist gut, verlass dich drauf. Und er heißt ganz einfach: Lass die Gabriele in Ruh.«

Robert erschrak.

»Wie bitte?«

»Die Gabriele, die musst du in Ruh lassen.«

»Wie kommen – wie kommst du denn darauf?«

»Weil ich Augen hab, die gut sehn, weil ich es ganz einfach spür, dass zwischen euch was gefunkt hat, und weil ich auch gute Ohren hab, die gehört haben, dass du sie für heut Abend zum Pflanzgartenzaun bestellt hast!«

Robert Kling biss sich auf die Lippen und fühlte sich ertappt wie ein Schulbub. Andererseits dachte er, dass die Gabriele alt genug wäre, um darüber selber entscheiden zu können. Und es klang eher trotzig, als er jetzt antwortete:

»So jung ist das Mädel doch nicht mehr, dass du um sie Angst haben müsstest.«

»Das hat mit Angst gar nichts zu tun. Die Gabriele ist sechsundzwanzig, und der kann man den Kopf nicht mehr verdrehen wie einem blutjungen Ding.«

»Der Meinung bin ich auch.«

Der Surauer zog heftig an seiner Pfeife, weil sie ausgehen wollte. Dann drückte er mit dem Daumen die Glut nieder.

»Damit wir uns ganz genau verstehen«, sagte er dann, »es hätte keinen Sinn. Weil sie nicht mehr jung genug ist, besteht die Gefahr, dass sie sich ernsthaft in dich vergafft. Ich hab schon gesehn, wie sie dich angeschaut hat. So ist sie sonst nicht, im Gegenteil. Gar mancher hat es schon versucht bei ihr und ist abgeblitzt. Bis auf den Schildbacher-Lorenz. Dem schenkt sie in letzter Zeit ein bissl Gehör. Und das ist ein eingesessener Bauernsohn. Du aber kommst von weit her und wirst fremd bleiben hier, weil deine Wurzeln ganz woanders sind.«

Ganz ruhig hatte Robert zugehört. Jetzt spielte ein wehmütiges Lächeln um seinen Mund. Gezeigt hat man es ihm schon hin und wieder, dass er hier ein Fremder war, aber so deutlich hatte es ihm noch niemand gesagt. Aber merkwürdigerweise, er war dem Surauer gar nicht böse deswegen. Der Mann hatte seinen Sohn verloren, und nun schrie die simple Bauernangst aus ihm, es könnte ein Fremder versuchen, in dem Boden Wurzeln zu schlagen, auf dem seit über zweihundert Jahren nur Surauer gesessen hatten.

Der Specht hämmerte wieder, und einmal donnerte ein Flugzug über den Wald. Tief holte Robert Atem.

»Du brauchst nicht zu meinen, dass ich dich nicht verstehe, Surauer. Ich bin auch nicht der Meinung, dass du anders reden würdest, wenn ich dir siebzig Prozent Wildschaden zugeschrieben hätte. Das ist eben deine Art, die nichts Fremdes dulden will. Aber irgendwo werde auch ich meine Wurzeln wieder schlagen. Ich weiß genau, was du denkst. Der Staat muss mir wieder auf die Füße helfen. Jawohl, das muss er, finanziell gesehen wenigstens, aber die Wurzeln, die muss ich selber schlagen. Und die Liebe zu einer neuen Heimat, die muss auch in meinem Inneren wachsen. Es wird vielleicht lange dauern, aber dann werde ich auch Bauer sein so wie du, so wie alle hier.«

Robert stand auf, streifte ein paar Tannennadeln von seinem Ärmel und merkte erst jetzt, dass er seinen Stock am Hof unten vergessen hatte. Aber nach dem, was der Bauer ihm eben gesagt hatte, konnte er doch nicht wieder mit ihm hinuntergehen. Außerdem musste er um zehn Uhr beim Kreuzriegelholzschlag oben sein, um Holz zu vermessen und die Stundenlöhne der Holzarbeiter aufzuschreiben.

Auch der Surauer erhob sich jetzt. Ein Stück hatten sie noch den gleichen Weg. Die Pfeife war leer gebrannt, und er hatte sie wieder in die Tasche gesteckt. Die Sonne war mittlerweile recht hoch gestiegen und brannte unbarmherzig herunter. Der Surauer nahm den Hut ab und wischte sich über die Stirn. Die Sonne ließ sein graues Haar wie Silber aufglänzen.

»Du wirst dir halt jetzt denken, ich bin ein hochmütiger Bergbauernprotz, der alles Fremde ablehnt.«

»Nein, das denke ich nicht.«

»Was dann?«

»Surauer, reden wir besser nicht mehr davon. Die Sache mit dem Wildschaden geht in Ordnung, wir werden uns wohl kaum mehr, oder nur durch Zufall einmal, treffen. Und – nur keine Angst, ich werde deine Tochter in Ruhe lassen. Wenn ich auch gerne einen schönen Gruß an sie schicken möchte, so wirst du ihn doch nicht ausrichten. Also, trennen wir uns jetzt. Ich muss dort links hinauf, und du wirst ja wieder heimgehen. Es gibt herrliches Heu heuer. Da muss doch jedes Bauernherz lachen. Also, grüß dich, Surauer.«

»Behüt dich«, antwortete der Surauer und sah dem anderen nach, wie er mit hastigen Schritten bergwärts eilte, als würde er gejagt.

Dann ging der Bauer talwärts, kam auf die Wiese, auf der der Bertl das Gras mähte. Er bückte sich nach einer

Hand voll und roch daran. Die Sonne hatte es bereits angesengt, der Duft war herb, würzig und süß zugleich.

Der Surauer schaute zum westlichen Himmel, der wolkenlos war. Dann sagte er zum Bertl: »Das Wetter hält. Am Nachmittag tun wir es wenden, und morgen können wir es heimfahren.« Er griff nach einem Rechen und begann, die dicksten Mahden ein wenig auszubreiten. Erst gegen Mittag fuhr er mit dem Bertl auf den Hof zurück.

Die Gabriele Surauer war mit ihren sechsundzwanzig eine blühende junge Frau und so auffallend schön, dass sich ein Außenstehender wundern konnte, dass sie noch immer ledig war. Aber weil Gabriele neben ihrer außerordentlichen Schönheit auch noch eine gute Portion Stolz besaß, musste sie immer wieder denken, dass sie vielleicht nur des prächtigen Hofes wegen begehrt würde. Es konnte aber auch sein, dass ihr noch keiner begegnet war, der in ihrem Inneren etwas wachgerufen hätte. Der Schildbacher-Lorenz, ja, dem war sie irgendwie gut gesonnen, vielleicht deshalb, weil er ihrem Bruder ein guter Freund gewesen war. Er sah gut aus, dieser Lorenz, und war etwas still und besonnen. Es war gut, ebenso still neben ihm am Abend auf der Hausbank zu sitzen und in den Abend zu schauen. Manchmal hatte Gabriele auch schon nach seiner Hand gefasst in der Erwartung, ihm dadurch vielleicht ein bisschen Mut zu machen, denn er müsste doch auch fühlen, wie einsam sie war und dass sie sich nach ein wenig Zärtlichkeit sehnte. Der Bursche aber saß dann stocksteif da und schien gar nicht zu wissen, welch eine begehrenswerte junge Frau da neben ihm saß. Dann kroch Gabriele wieder in ihre Schutzhülle zurück, aus der sie hatte ausbrechen wollen, war wieder stolz und unnahbar, horchte in sich hinein und stellte fest, dass nichts in ihr aufbrechen wollte in seiner Nähe, und dass er niemals der Mann sein könnte, mit dem sie ihr Leben zu teilen bereit sein würde.

Seit heute Morgen war das mit einem Schlag anders. Immer wieder musste sie daran denken, wie Kling einfach befohlen hatte: Heute Abend um zehn Uhr beim Pflanzgarten. Als ob es für ihn ganz selbstverständlich wäre, dass sie käme.

Natürlich würde sie nicht kommen, sie würde ihn aber mittags noch einmal sehen, wenn er mit dem Vater zurückkam, weil er doch seinen Stock vergessen hatte. Dann würde sie ihm sagen, dass sie kein kleines Mädchen sei, das ihm so einfach gehorcht. Wie er überhaupt auf den Gedanken kommen könnte, wofür er sie eigentlich anschaue! Ja, solche Fragen würde sie ihm stellen, und sie merkte dabei, dass eine große Freude ihr ganzes Wesen erfasste. Sie legte ein größeres Stück Rauchfleisch ins Kraut, denn sie rechnete fest damit, dass er zum Essen dabliebe.

Als aber dann der Vater mit dem Arbeiter allein in den Hof fuhr, war es Gabriele zu Mute, als stürze etwas in ihr zusammen. Eine leise Traurigkeit befiel sie, aber sie ließ sich nichts anmerken, tat dann überhaupt so, als erinnere sie sich kaum mehr seines Namens, und fragte:

»Wo ist denn der vom Forstamt hingekommen? Ich dachte, du brächtest ihn noch einmal mit.«

Der Surauer warf seinen Hut auf die Bank, setzte sich an den Tisch und griff nach der Zeitung. Erst dann antwortete er seiner Tochter.

»Warum hätte ich ihn denn noch einmal mitbringen sollen? Wir sind fertig geworden da oben.«

»Ist das so schnell gegangen?«

»Bei dem schon. Und vormachen kann man dem gar nichts.«

»Ehrlich?«

»Auf den ersten Blick hat er schon erkannt, wie weit es wirklich fehlt. Aber wir sind dann auf halbem Weg zusammengekommen.«

Gabriele nahm die Tischdecke aus der Schublade.

»Heb die Zeitung ein bissl hoch, Vater, dass ich den Tisch decken kann. Wir können gleich essen.« Sie wandte sich um und tat erstaunt. »Ja, was seh ich denn da? Hat er seinen Stecken vergessen!«

Ohne von der Zeitung aufzublicken, sagte der Surauer: »Wahrscheinlich absichtlich. Aber wenn ich morgen ins Dorf komm, nehm ich ihn mit und geb ihn im Forsthaus ab.«

»Vielleicht holt er ihn sich selber?«

Nun legte der Bauer die Zeitung weg.

»Der Niederlechner von Moos ist gestorben, hab ich grad gelesen. Ja, ja, so geht einer um den anderen!«

»Der muss ja schon über achtzig gewesen sein.«

»Vierundachtzig, steht in der Zeitung. Hat seiner Lebtag ein bissl gern getrunken, der gute Niederlechner. Aber wenn halt bei einem Menschen die Zeit um ist, muss er gehen.«

»Das ist Naturgesetz«, sagte die Gabriele und nahm das Besteck aus der Schublade.

»Wenn man weiß, wie das Leben hinter einem weiterläuft, ist es leichter zu sterben. Ich weiß es nicht ganz genau, aber so zehn oder zwölf Enkel wird er wohl haben, der Niederlechner. Wenn mich nicht alles täuscht, auch etliche Urenkel.«

Bei der Gabriele zeigte sich plötzlich eine recht scharfe Falte zwischen den Brauen.

»Ich weiß schon, was du meinst, Vater. Aber kann ich etwas dafür, wenn der Richtige nicht kommt?«

»Der Schildbacher-Lorenz wär doch kein so unrechter Bursch. Stammt aus einer angesehenen Familie und aus einem großen Hof. Dir ist schon keiner gut genug.«

»Meinst du?«

Der Bauer nickte. Aber Gabriele wusste es seit diesem Morgen anders. Und in diesem Augenblick wuchs in ihr der starke Wille, heute Nacht, Schlag zehn Uhr, an den Pflanzgartenzaun zu gehen.

Am Nachmittag half sie im Heu. Zu viert waren sie auf der breiten Bachwiese. Die Sonne stach wie mit tausend Nadeln herunter, aber Gabriele merkte es kaum. Die Stunden rannen so schnell dahin, und als der Abendwind schon etwas kühler von den Bergen herunterstrich, dachte sie, nun sind es nur noch vier Stunden bis zur vollständigen Nacht. Je später es dann wurde, desto mehr bedrängte sie eine bisher nicht gekannte Unruhe. Sie saßen alle auf der Hausbank. Die Sonne war hinter den Bergen schlafen gegangen, wohl in ein feuerglänzendes Bett, weil die Bergspitzen noch lange von einem schimmernden Rot angestrahlt waren, das dann langsam purpurn wurde, bis es erlosch.

Zuerst begann die Ursula zu gähnen und ging schlafen. Der Bertl rauchte noch seine Zigarette zu Ende, dann verschwand auch er. So saßen nur mehr Gabriele und ihr Vater auf der Bank. Sie sprachen nichts miteinander, jeder hing seinen Gedanken nach, bis der Bauer seine Pfeife auf dem Pflaster ausklopfte und sich ächzend erhob.

»Ich leg mich jetzt auch schlafen. Die Hitze heute hat mich ein bissl mitgenommen. Sperr die Haustür ab, wenn du reingehst.«

»Gute Nacht, Vater.«

Gabriele wartete noch eine Weile. Ihr Herz klopfte ein wenig ängstlich. Jetzt war doch alles ganz anders. Zum ersten Mal in ihrem Leben wollte sie den Erwartungen eines Mannes entsprechen. Und doch war sie noch unschlüssig, sodass sie es schließlich an den Knöpfen ihrer Bluse abzählte: »Soll ich – soll ich nicht …«

Es ging so auf, dass sie sollte. Sie stand auf, nahm den Hofhund am Halsband und brachte ihn in den Stall. Damit war eigentlich ihr Entschluss endgültig gefasst.

Damit es nicht auffiel, ging sie zunächst ins Haus und ziemlich laut die Stiege hinauf. Wie sie wusste, würde der Vater in einer Viertelstunde längst eingeschlafen sein. Im Hinaufgehen merkte sie sich auch sorgsam die zwei Stufen, die knarrten, damit sie dann beim Heruntergehen wusste, welche sie zu übersteigen hatte.

Dann stand sie in ihrer Kammer. Draußen war jetzt Nacht. Tausende von Sternblumen funkelten über den Bergen im dunklen Firmament. Der Nachtwind trug den herben Geruch von Bergkräutern in sich, und einmal hörte man hinter dem Hof einen Nachtvogel weinen, lange und traurig.

Drunten im Dorf brannten die Lichter wie vom Himmel gefallene Sterne. Nach und nach verloschen sie, und als es halb zehn Uhr schlug, brannte kaum mehr eine Hand voll. Gabriele nahm einen Schal aus der Kommode und legte ihn über ihre Schultern. Irgendwo da unten, außerhalb des Dorfes, am Waldrand, wo sie das Forsthaus wusste, sah sie noch Licht. Sie wusste aber nicht, ob dieser Mann im Forsthaus wohnte. Sie wusste überhaupt nichts von ihm. Nur, dass er Robert Kling hieß. Ein ihr bisher unbekannter Name, und doch klang er ihr irgendwie vertraut, so als trüge sie ihn schon von jeher in ihrem Bewusstsein.

Die Nacht war nicht ganz dunkel. Ein Halbmond verlieh ihr mit den Sternen einen milden Glanz, in dem sie Robert Kling auf dreißig Meter hin leicht hätte erkennen können, falls er sich dem Pflanzgarten näherte.

Sie hörte die zehnte Stunde schlagen. Ihr Herz klopfte ganz unsinnig. Noch nie hatte sie sich in einer solch stürmischen Bedrängnis befunden. Und dann gesellte sich Angst dazu, dass der Mann vielleicht schon längst dort unten stehen könnte, hinter dem Fliederbusch vielleicht. So verwirrt wurde sie dann, dass sie meinte, hinter dem Fliederbusch hätte sich etwas bewegt. Licht und Schatten verwoben sich ineinander, der Wind bog zuweilen einen Ast, und Gabriele meinte, das sei nun eine Hand gewesen, die ihr zugewinkt hätte.

Entschlossen zwang sie sich zur Ruhe, zog das Schultertuch enger und trat auf den Flur hinaus. Alles war still. Vorsichtig setzte sie Fuß vor Fuß auf die Stufen. Dann stand sie vor der Haustür. Der Riegel klirrte ganz leise, als sie ihn zurückschob und mit wild klopfendem Herzen in die Nacht hinaustrat. Nie hätte sie gedacht, dass sie auf diese Weise einem Mann nachlaufen könnte. Und es war doch nichts anderes als nachlaufen. Und auf einmal stellte sie sich das Gesicht des Mannes vor, wie er siegesgewiss lächeln und sagen würde:

Ich hab gewusst, dass du kommst.

Sie würde dann antworten:

Ja; aber du brauchst dir deswegen nichts einzubilden. Ich bin nur gekommen, um dir zu sagen, dass es keinen Sinn hat.

Oder vielleicht würde sie gar nichts sagen, nur warten, was er sagen und was er tun würde.

Sie streifte die Schuhe ab, um ganz lautlos über den Hof zu kommen. Kein Steinchen durfte knirschen unter ihrem Schritt. Dann war sie am Pflanzgartenzaun, stand vor dem Fliederbusch und sagte leise:

»Hier bin ich also.«

Keine Antwort. Ihr Herz stockte. Hatte sich der Fremde einen Scherz mit ihr erlaubt? Saß er zu dieser

Stunde vielleicht bei einer anderen, um ihr prahlerisch zu erzählen, dass er sich heute ein Mädchen an einen Pflanzgartenzaun bestellt hätte, aber natürlich gar nicht daran dächte, hinzugehen?

Gabriele spürte, wie das Blut ihr heiß ins Gesicht schoss aus Enttäuschung oder aus Zorn, dass sie genarrt worden war. Sie trat hinter den Fliederbusch.

Der Mann war nicht gekommen.

Sie stand noch eine ganze Weile in loderndem Zorn dort. Dass er sich das erlaubte!

»Das tut er mir an!«, flüsterte sie in die Blätter des Fliederbusches hinein. »Mir, der Gabriele Surauer! Komm mir bloß nicht mehr unter die Augen! Ich werde dich so verachten, dass du dich sterbenselend fühlen wirst!«

Diesem Ausbruch des Zorns folgten tiefe Niedergeschlagenheit und eine bleierne Leere in ihrem Gehirn. Später wusste sie gar nicht mehr, wie sie wieder in ihre Kammer zurückgekommen war. Sie zog die Vorhänge zu und löste vor dem Spiegel ihre schweren Haare. Wie ein dunkler, blau schimmernder Mantel fiel ihr das Haar über die Schultern. Sie betrachtete sich im Spiegel wie schon oft, um doch nie ergründen zu können, ob sie schön sei. Aber sie war es. Eine voll erblühte Schönheit, makellos gewachsen und begehrenswert, mit großen, dunklen Augen, über die sich sichelförmig die Brauen wölbten, die Nase war ebenmäßig, der Mund herrlich geschwungen.

Und doch war sie anscheinend nicht begehrenswert, denn der erwartete Mann war nicht gekommen. Tapfer hatte Gabriele sich dem großen Erlebnis stellen wollen, weil sie heute Morgen ganz jäh erkannt hatte, dass ihr mit diesem Robert Kling der Mann begegnet war, dem sie bedingungslos geglaubt hätte, wenn er ihr gesagt hätte, dass man ohne Liebe ein ganzes Leben umsonst gelebt hätte.

In dieser Nacht fand sie lange keinen Schlaf. Und als ihr dann endlich die Augen zufielen, nahm sie diesen fremden Mann mit hinüber in ihren Traum, der so lange währte, bis sich das Licht des frühen Tages an den kleinen Fenstern hochstahl.

Als Gabriele, schlaftrunken und noch in der grauen Morgenfrühe, auf den Flur hinaustrat, da lag auf den Dielen ein kleiner Strauß von Almrosen. Er musste während der Nacht, jedenfalls erst nach elf Uhr, bei der offenen Balkontür hereingeworfen worden sein.

Einen Augenblick stand sie ganz still und starr. Dann war ihr, als wolle ihr Herz einen Jubelruf ausstoßen. Sie hob das Sträußlein auf und presste es an ihre Brust. Dann erst ging sie hinunter, goss in eine kleine Vase Wasser und stellte die Blumen ans Fensterlicht. Sie dachte keinen Augenblick daran, sie in einen verborgenen Winkel zu stellen, es sollte sie nur jedermann sehen. Und wenn sie jemand gefragt hätte, woher sie die Almrosen hätte – bitte, sie sind am Morgen auf den Dielen des oberen Flurs gelegen, und es ist doch wohl kaum anzunehmen, dass sie der Ursula zugedacht waren, denn von jeher haben die weiblichen Angestellten auf dem Surauerhof unten zu ebener Erde neben der Mehlkammer geschlafen.

Der Surauer kam vom Stall herüber in die Küche, stellte den Kübel, mit dem er den Kälbertrank holen wollte, auf den Herdrand und warf einen prüfenden Blick auf Gabriele.

»Als ich heut Früh in den Stall kommen bin, hab ich gemerkt, dass der Tasso über Nacht in den Stall gesperrt war.«

»So?«, fragte Gabriele teilnahmslos zurück und nahm

vier Tassen aus der Stellage an der Wand. »Ihr könnt gleich zum Frühstück kommen.«

»Wird schon wieder die Ursula gewesen sein! Dass vielleicht der Angerer-Sepp wieder ans Kammerfenster kommen ist. Der werd ich jetzt einmal die Leviten lesen!«, meinte der Surauer.

Gabriele fuhr mit dem Gesicht herum.

»Das solltest lieber bleiben lassen, Vater.«

»Sollt ich vielleicht nicht mehr auf Ordnung schaun dürfen in meinem Haus?«

»In deinem Haus, ja. Aber was außerhalb geschieht, da wirst du nicht viel machen können. Sagst was, dann geht sie.«

»Leider, leider«, seufzte der Surauer. »Heutzutage darfst ja nichts mehr sagen. Muss man ja froh sein, wenn man jemanden hat.«

»Eben darum.« Gabriele holte die Teekanne und stellte sie auf den Tisch. »Oder hättest du lieber Kaffee mögen, Vater?«

»Wie kommst denn darauf?«

»Weil du gestern auch Kaffee getrunken hast.«

»Gestern? Ja, weil der Schätzer dazugekommen ist.«

»Ach ja, der Kling. Heißt er nicht Kling?«

»Kann schon sein, das weiß ich nimmer. Dass ich nicht vergesse, Gabi, heut Mittag für zwei Personen mehr auftragen. Die Kastlin und ihre Tochter helfen uns heuen. Übrigens – heut Nacht war mir einmal, als hätte ich Schritte im Hof gehört.«

»So? Um wie viel Uhr?«

»Kurz vor Mitternacht ist es gewesen. Ich hab dann beim Fenster rausgeschaut, hab aber nichts sehen können. Und ausgerechnet da war der Hund im Stall!«

An diesem Vormittag konzentrierte sich Gabriele kaum auf ihre Arbeit. Zwar konnte sie jeden Handgriff im Haus im Schlaf, es kam aber dann doch vor, dass sie dem Hofhund das Hühnerfutter hinstreute und den Hühnern die Schüssel mit dem Hundefutter hinaustrug. Auch meinte der Bertl zu Mittag, dass die Suppe arg versalzt wäre.

»Vielleicht ist sie verliebt, unsere Gabriele«, sagte Ursula. Gabriele ärgerte sich, dass sie wegen dieser Anspielung rot wurde. Wenn man erst wüsste, dass sie nachts aus dem Haus gegangen und genarrt worden war!

War sie denn wirklich genarrt worden? Konnte Robert Kling nicht durch irgendeinen Zufall verhindert worden sein, pünktlich zur Stelle zu sein? Er war ja gekommen, nur eben später. Die Blumen auf der Diele bewiesen das doch!

Wenn sie nur irgendjemanden wüsste, mit dem sie über ihn reden könnte! Oder wenn sie nur eine Gelegenheit wüsste, bei der sie ihm begegnen könnte. Eigentlich merkwürdig, dass er nicht kam, um seinen Stock zu holen. Er musste ihn doch vermissen.

Am Nachmittag half sie abermals beim Heu, und allmählich wurde sie wieder ganz ruhig. Wenn es sein soll, sagte sie sich, dann kommen wir eines Tages doch zusammen. Sie begriff auf einmal, dass man mit Gewalt nicht herbeizwingen kann, was man sich einbildet oder wünscht. Wenn das Schicksal sich wirklich aufgemacht hatte, in ihr Leben einzugreifen, konnte sie selber im Augenblick gar nichts dazu tun, als geduldig zu warten.

Geduld war alles. Sie war bloß aufgeschreckt worden aus ihrer Ruhe, und vielleicht sah in einer Woche schon alles wieder anders aus.

Die Glocken von Greinach läuteten den Sonntag ein. Die Ursula musste an diesem Sonntagmorgen daheim bleiben, das Haus hüten und das Mittagessen bereiten, denn

Gabriele wollte endlich wieder einmal in die Messe gehen. Ursula maulte darüber, denn hätte man es ihr früher gesagt, hätte sie es sicherlich so einrichten können, dass der Angerer-Sepp zufällig vorbeigekommen wäre, um ihr zu helfen, das Haus zu hüten.

An diesem Sonntagmorgen nun, der so schön über die Berge heraufgestiegen war, stand Gabriele in der kleidsamen Bergtracht in der Haustüre und wartete auf ihren Vater. In dieser strengen, dunklen Kleidung sah sie noch reifer und Respekt gebietender aus. Sie sah hinauf zu den Bergen, die vom glänzenden Morgenlicht umflossen waren. Das Gipfelkreuz auf der Prechtlerspitze flimmerte wie Gold.

Jetzt wandte sie den Kopf zurück und rief in den Flur:

»Nun beeil dich doch, Vater.«

Brummend erschien er nach einer Weile.

»Was pressiert denn gar so heut?«

»Es hat schon Dreiviertel geläutet, und der Pfarrer hat es nicht gern, wenn man während der Predigt hereinkommt!«

»Ich hab auch manches nicht gern«, meinte der Surauer, wischte mit dem Jackenärmel über die Krempe seines Plüschhuts und setzte ihn auf. »Also, gehen wir.«

Der Weg ins Dorf dauerte nur eine Viertelstunde, zuerst den Berghang hinunter und dann am Bach entlang. Die Gabriele hatte ihren Blick streng geradeaus gerichtet, der Surauer aber schaute immer wieder in das Wasser neben sich, blieb manchmal stehen und seufzte:

»Da schau hin, da steht eine!«

Bis aber Gabriele zum Schauen kam, war die Forelle schon wieder fortgeschnellt.

»Ich versteh dich überhaupt nicht, Vater. Du brauchst dir ja bloß ein Forellenwasser zu pachten! Es fischen so viele andere auch.«

»Ja, andere, die Zeit haben. Wann soll ich mich denn ans Wasser hinhocken können? Wenn halt ein junger Bauer da wäre, blieb mir für einen solchen Sport eher einmal Zeit.«

Gabriele wusste schon, was jetzt wieder kommen würde, und gab lieber keine Antwort. Heute aber war der Vater besonders hartnäckig.

»Was ist jetzt eigentlich mit dem Schildbacher-Lorenz?«

Härter, verschlossener als je zuvor antwortete Gabriele:

»Was soll denn sein mit ihm?« Das Bild des Burschen hatte sich in ihr verwischt. In ihren Gedanken flammte etwas anderes.

»Er ist doch sonst eine gute Haut«, sprach der Surauer.

»Vielleicht gerade deswegen, Vater. Ich will doch einen Mann und keine gute Haut.«

»Ach geh! Du dürftest dir glatt einen schnitzen lassen oder vom Bäcker einen backen. Dann kannst ihm auch den Kopf abbeißen, wenn er dir nimmer passt! Du bist zu wählerisch.«

»Soll ich vielleicht weniger wählerisch sein?«, fragte Gabriele lachend zurück. »So wie die Ursula vielleicht?«

»Du wirst dich doch nicht mit der vergleichen.«

»Nein, aber wenn ich wäre wie sie, hätte der Hof längst einen jungen Bauern. Dann könntest du zum Fischen gehen.«

Das war so abweisend gesagt, dass der Surauer nur noch ziemlich kleinlaut anfügte:

»Schau, Gabi, du bist halt jetzt doch schon sechsundzwanzig.«

»Ja und? Warten muss man halt können. Heiratet man zu schnell und käm dann erst danach der Richtige, dann wär das Unglück fertig.«

»Wie willst du denn wissen, wann es der Richtige ist?«

»Oh, das fühlt man. Glaub mir's, Vater, das fühlt man ganz bestimmt.«

»Du mit deinen Gefühlen«, sagte er noch. Dann schwieg er, weil er wusste, dass er mit solchen Gesprächen bei ihr nur ins Uferlose geriet.

Sie gingen jetzt über die Bachbrücke und kamen an einer jungen Birke vorbei. Üppig im Laub und breitästig stand sie da. Man nannte sie den »toten Pfarrer«. An ihrem Stamm war eine Schrifttafel befestigt, auf der man lesen konnte:

»Hier wurde am 25. April 1945 der hochwürdige Herr Pfarrer Ulrich Neuberger erschossen. Der Herr sei seiner Seele gnädig.«

In jenen turbulenten Tagen hatte der Pfarrer, weil man von der Ferne schon den Geschützdonner der Sieger vernehmen konnte, auf dem Kirchturm die weiße Fahne gehisst. Er hatte sie um fünf Tage zu früh gehisst und wurde ganz einfach aus dem Dorf geführt und erschossen. Der Messner konnte sich gerade noch rechtzeitig in einem Stadel verstecken, sonst stünden jetzt vielleicht zwei junge Birken hier.

Der Bach machte hier eine scharfe Wendung nach rechts und hatte eine Mühle zu treiben. Nun kam schon das erste Haus, das dem Viehhändler Wax gehörte, der die »Baronin« geheiratet hatte. Dann kam der erste Bauernhof, beim Miethanner, nach einer kleinen Lücke reihte sich anschließend links und rechts der Dorfstraße Haus an Haus bis zur Kirche hin, die mit dem Pfarrhaus auf einem kleinen Hügel stand. Rechts davon war das Gasthaus »Zum goldenen Ross« mit der Kegelbahn und dem großen Garten.

Es läutete zum letzten Mal, als der Surauer und seine Tochter Gabriele durch den Friedhof gingen, am Familiengrab kurz stehen blieben und dann die Kirche betraten.

Der Gabriele war bei diesem Pfarrer überhaupt noch nie eine Predigt lang vorgekommen.

Heute jedoch hörte sie kaum auf die Worte des Predigers, denn sie hatte beim Eintritt in die Kirche gleich neben der ersten Säule den Mann stehen sehen, der sie um ein Stelldichein genarrt, ihr aber dann doch Blumen vom Berg in den nächtlichen Flur geworfen hatte.

Sie wusste nicht, ob auch er sie bemerkt hatte, denn es waren ja nur Sekunden gewesen, in denen sie an ihm vorbei mit drei Fingern in den Weihwasserkessel gegriffen hatte, um dann eiligst weiter vorne mit einer Kniebeuge in die Kirchenbank hineinzurücken.

Am Ende der Messe wartete sie absichtlich, bis sich die Kirche schon fast geleert hatte, dann ging sie langsam hinaus. Verschwenderisch lag die Sonne auf dem Dorfplatz, über den sich der Strom der Kirchgänger ergoss. Das »Goldene Ross« über der Eingangstür des Gasthofes sprühte tausend goldene Punkte aus. Gabriele sah ihren Vater durch die Eingangstür des Gasthofes verschwinden. Auf dem freien Platz standen Sommerfrischler, ihnen gegenüber eine Hand voll junger Burschen mit kurzen Lederhosen und Gamsbärten auf den Hüten. Darunter der Schildbacher-Lorenz.

Unschlüssig blieb Gabriele auf der untersten Stufe der Friedhofstreppe stehen, die Hand auf dem Eisengeländer, und blickte um sich. Was ihre Augen suchten, es fiel nicht in ihr Blickfeld. Erst als sie den Kopf ein wenig nach der Seite drehte, sah sie ihn in seinem grünen, gut geschneiderten Lodenanzug, den Hut in der Hand, neben dem Pfarrer vor dessen Gartentürchen stehen. Der Pfarrer deutete auf die Rosenstöcke und schien etwas wissen zu wollen. Sie sah, wie Robert Kling eine ausholende Handbewegung machte und lächelte. Bis er sie plötzlich sah.

Es war, als ginge ein Ruck durch seinen Körper. Dann neigte er kaum merklich den Kopf, höflich, korrekt, mit ernstem Gesicht, wo sie doch zumindest ein karges Lächeln erwartet hätte.

Einen Augenblick besann sie sich, ob sie zurücknicken sollte. Aber dann fiel ihr wieder ein, dass er sie vergeblich hatte warten lassen. Sie warf den Kopf in den Nacken und ging weiter. Das heißt, recht viel weiter kam sie nicht, sie musste ja an den Burschen vorbei, von denen einer sofort seinen Hut rückte und sie ansprach:

»Guten Morgen, Gabi!«

»Grüß dich, Lorenz!«

Sie wollte vorbeigehen, aber er blieb an ihrer Seite und fragte, ob er am Nachmittag kommen könnte.

Gabriele fühlte, dass ihr vom Pfarrhaus nachgesehen wurde, und hatte auf einmal die Gewissheit, dass ihr der Lorenz noch nie so lästig gewesen sei. Sie ahnte auch nicht, dass er sich unter dreihundertfünfundsechzig Tagen im Jahr gerade diesen Sonntag ausgesucht hatte, um eine Entscheidung herbeizuführen. Er wusste bloß nicht recht, wie er beginnen sollte. Erst hinter der Bachbrücke, beim »toten Pfarrer«, blieb er stehen und platzte heraus:

»Dann komm ich also heut Nachmittag.«

Gabriele wusste nicht, warum sie sagte, dass es ihr heute nicht passte. Sie sah sogleich die zornigen Falten auf seiner Stirn und vernahm den mürrischen Unterton in seiner Stimme:

»Wann hast denn du für mich überhaupt Zeit?«

Sie sah ihn an, sein Gesicht schien ihr plötzlich ganz fremd, so voller Mürrischkeit, vermischt mit Trotz.

»Es stünde eher mir zu, dich zu fragen, wann du für mich schon einmal Zeit gehabt hättest. Wie viele Sonntage bin ich schon allein daheim gesessen und habe – nicht gerade gewartet auf dich –, aber doch gedacht, dass es schön wäre, wenn man einen Menschen hätte, mit dem man sich unterhalten könnte.«

»Wenn du schlechte Laune hast, kann man sich ja gar nicht unterhalten mit dir.«

»Wenn ich was hab? Da schau her, das ist mir neu! Schau, Lorenz, das läg dann doch an dir. Was redest denn du schon? Oder meinst du, dass es für mich besonders interessant ist, wenn du mir fünfmal erzählst, dass du beim Kegeln drei Kränze geschoben hast? Oder dass ihr beim Watten zwölf Maß Bier ausgespielt habt. Den anderen Schmarren will ich gar nicht erwähnen.«

»Ah, da schau her, dann rede ich also immer bloß einen Schmarren?«

»Bei mir schon. Woanders, hab ich mir sagen lassen, hast du ein recht gutes Mundwerk.«

»Soso«, stotterte er und wurde rot. »Wer hat mich denn da verpfiffen? Du kennst mich halt nicht richtig, und dir kann man ja nicht einmal einen gescheiten Witz erzähln, weil du gleich immer essigsauer dreinschaust.«

»Was du halt gescheit nennst.«

Sie schwiegen eine Weile. Durch den »toten Pfarrer« säuselte der Wind. Der Bach plätscherte geheimnisvoll, und über die Prechtlerspitze zog eine flaumige Wolke hin. Von der Kegelbahn her hörte man die Kugeln rollen, und auf der anderen Seite des Dorfes sah man eine Schar von Fremden bergwärts wandern.

»Das war unter Garantie ein Sechzehner«, sagte der Lorenz, als er die Kugel poltern und den Jubelschrei des Keglers hörte. Dann wandte er sich wieder Gabriele zu.

»Jetzt pass einmal auf, Gabi. Wir müssen doch einmal ganz ernsthaft miteinander reden.«

Ihr Kopf wich wie witternd zurück, ihre Nasenflügel zitterten leicht.

»Über was?«

»Übers Heiraten.«

Gabriele lachte voller Spott auf.

»Das ist doch nichts zum Lachen«, sagte er verletzt.

»Wenn du übers Heiraten redest wie über den Kauf einer guten Kuh, dann ist das schon zum Lachen.« Sie stemmte eine Hand in die Hüfte. »Sag einmal, Lorenz, wann ist dir denn der Gedanke eigentlich gekommen?«

»Dass wir heiraten sollten?«

»Ja, das meine ich.«

»Geh, das ist doch mit deinem Vater schon längst besprochen.«

»Willst du den Vater heiraten oder mich?«

Verlegen starrte er sie an und meinte dann:

»Ich bin eigentlich gar nicht zum Spaßen aufgelegt, Gabi.«

»Ich auch nicht, Lorenz. Du bist doch sonst nicht so dumm – ist dir denn noch nicht eingefallen, dass zum Heiraten auch Liebe gehört?«

»Geh, das weißt du doch, dass ich dich gern hab.«

»So? Woher soll ich denn das wissen? Gezeigt hast du es mir jedenfalls noch nicht. Dagehockt bist und hast mir vom Kegeln erzählt!«

Immer staunender betrachtete er sie, immer fassungsloser wird er.

»Du hast ja auch nie sowas getan.«

Ganz hell lachte sie auf, es sollte lustig klingen, aber es lagen eher Zorn und Verachtung darin.

»Du bist schon gut! Hätt ich vielleicht sagen sollen, geh, sei so gut, Lorenz, und umarme mich? Oder: Ich bitt dich gar schön, gib mir einen Kuss? So weit brauch ich dann doch noch nicht runtersteigen.«

Jetzt kam auch er allmählich aus seiner Ruhe. Sein Gesicht war rot, seine Stimme klang gereizt.

»Das stimmt, du stehst ziemlich hoch oben auf deinem Podest. Wie ein Eisblock bist du manchmal, eine Rühr-mich-nicht-an. Und da wundert es dich dann, wenn unsereiner nicht aus sich rausgeht!« Er stutzte plötzlich und sah sie schärfer an. »Oder ist ein anderer aufgetaucht?«

Ganz kurz leuchtete es in ihren Augen auf. Sie fühlte, dass es ihr eine teuflische Freude bereiten würde, wenn sie ihm sagen könnte: »Ja, Lorenz, es ist mir ein anderer begegnet, und es ist nicht meine Schuld allein, dass mir ein anderer begegnen konnte.«

Sie blickte auf die Amsel, die im »toten Pfarrer« ihr Nest hatte und aus und ein flog. Die Wolke über der Prechtlerspitze war längst weggezogen, ganz klar spannte sich der Himmel über den blauen Bergen.

»Ja«, sagte sie dann. »Es hilft mir nichts, wenn ich da bei dir steh, und daheim wartet die Arbeit auf mich. Ich muss gehen.« Sie sah plötzlich in seinen Augen etwas aufblitzen, etwas Bösartiges, Tückisches. Er hatte ein ganz anderes Gesicht auf einmal, ein entschleiertes Gesicht, in dem der blanke Hass stand.

»Lorenz«, stammelte sie verwirrt. »Wie schaust du mich denn an?«

Ein kurzes, gereiztes Lachen.

»Ja, wie schau ich dich denn an?« Er griff blitzschnell nach ihrem Handgelenk. »Glaub ja nicht, dass du mich zum Narren halten kannst! Drei Jahre lang geh ich jetzt zu euch rauf, und du hast genau gewusst, warum ich komme!«

Mit einem Mal war alle ihre Angst verflogen. Mit einem Ruck machte sie sich von ihm los und sah ihn mit funkelnden Augen an.

»Ja, das habe ich genau gewusst, warum du kommst. Wegen dem schönen Hof. Die Gabriele nehm ich in Kauf, hast du dir gedacht und dabei ganz vergessen, dass der Weg zum Hof nur über mich, über mein Herz gehen kann. An den Vater hast dich immer gehalten, ihm hast du immer schön getan wie einem kranken Ross und hast es nie der Mühe wert gefunden, mit mir bloß ein einziges Mal ernsthaft darüber zu reden. Es wird schon alles recht werden, hast du immer gesagt, und ich hab mich gefragt, was denn recht werden soll. Gewartet hab ich oft darauf, auf ein armseliges kleines Wort, wie jede Frau auf ein Wort wartet, damit sie weiß, ob sie dem Mann so viel bedeutet, dass er mit ihr durch dick und dünn geht, dass sie ihm restlos vertrauen kann. Und das hab ich nie können, dir restlos vertrauen. Irgendetwas war immer in mir, was mich gewarnt hat. Vorhin, da hast du mir dein wahres Gesicht gezeigt, da war es wie ein entblätterter Baum, leer und grau und fremd.«

Benommen trat er ein paar Schritte zurück und wusste nichts mehr zu sagen als:

»So ist's recht! So ist's recht! Und ich hab gemeint, wie gut ich immer zu dir war! Hab manchmal gemeint, ich müsst dich in meine Arme reißen, aber dann hab ich mir denkt, ich will sie nicht erschrecken.«

Für diese Entschuldigung hatte sie nur Verachtung. Und wenn er in diesen Minuten seiner Aufgewühltheit Acht gegeben hätte, so hätte er ihr die Verachtung vom Gesicht gelesen. Er rührte sich auch nicht vom Fleck, als sie sich umdrehte und zum Weitergehen aufmachte.

Gabriele aber dachte, jetzt müsste er beweisen, ob es ihm wert sei, um sie zu kämpfen. Aber er rührte sich nicht vom Fleck, starrte nur finster hinter ihr her, drehte sich dann um und stelzte ins Dorf zurück, indessen Gabriele am Bach entlang hügelaufwärts ging und es kaum wahrnahm, dass ihr die Tränen über die Wangen rannen, aus Enttäuschung über den Lorenz vielleicht, vielleicht auch über sich selber, weil es doch wahr sein könnte, was der Lorenz gerade gesagt hatte, nämlich dass sie ein Eisblock sei.

Wie wenig wurde sie erkannt! Niemand wusste, wie stark ihr Verlangen war nach Wärme und Geborgenheit!

Nur sie allein wusste es, und darum kamen jetzt die Tränen. Sie waren wie eine Erlösung.

Eins war ihr aber in dieser Stunde ganz unerbittlich klar geworden: Niemals konnte es der Lorenz sein, dem sie ihr Vertrauen schenken wollte. Sein Gesicht hatte sie erschreckt, in seinen Augen war zu viel Habgier gewesen. Und sie war dankbar, dass er ihr dieses Gesicht gezeigt hatte.

Gabriele hatte gesagt, dass es ihr heute nicht passe, und damit so ungefähr angedeutet, dass sie an diesem schönen Sonntagnachmittag nicht zu Hause sein würde, obwohl sie nicht wusste, wohin sie hätte gehen sollen. Die einzige Freundin, die sie jemals besaß, die Kotter-Lisa, hatte im Vorjahr einen Lehrer aus Stuttgart geheiratet, der nach Greinach zur Sommerfrische gekommen war.

Sie durfte also nicht daheim sein, wenn der Lorenz trotz allem kommen sollte. Es war ja immerhin anzunehmen, dass er die Flinte nicht so schnell ins Korn werfen und aufgeben würde. In Gabriele aber war etwas bereits endgültig zerbrochen, und was vielleicht noch an einem letzten Empfinden für diesen Burschen in ihr war, das reichte nicht einmal so weit, dass sie auch nur noch eine Stunde neben ihm sitzen wollte.

So sagte sie also beim Mittagessen, dass sie am Nachmittag in den Wald hinaufgehen werde, vielleicht noch etwas weiter hinauf bis zur Bacher-Alm, um dort einzukehren.

Eigentlich wusste sie gar nicht recht, wohin sie gehen wollte, und so wanderte sie zunächst recht ziellos über die Wiesen hinauf, bis der schattige Wald sie aufnahm und eine Lichtung sich zum Rasten anbot und zum Träumen. Und es träumte sich so gut im grünen Moos.

Später dann, als sie wahrhaftig eine gute Stunde geschlafen hatte, stieg sie weiter bergwärts. Der Wald war hier wie ein Säulengang, und durch die Lücken fiel goldenes Sonnenlicht. Einmal sprang ein Reh über den Hohlweg, blieb stehen, äugte misstrauisch nach dem Menschen, der hier eingedrungen war, und floh vor ihm, sodass Gabriele wiederum einsam war.

Nein, sie hatte wirklich kein Ziel und erschrak darum zutiefst, als sie plötzlich vor dem kleinen schwarzen Waldsee stand, an dessen Ufer ein Mann saß, der nach Bubenart flache Kieselsteine über das Wasser warf, sodass es hunderte von Kreisen zog.

Sie getraute sich kaum zu atmen und erwog, ob sie sich nicht ungesehen zurückziehen sollte in die Kühle des Waldes, denn so wundervoll konnte ja nicht einmal der Zufall sein, dass man ihr glauben würde, sie hätte diesen Weg nicht gesucht und nicht gewusst, dass sie den Mann hier träfe, der ihre Gedanken seit Tagen so sehr beschäftigte.

Es wäre ihr ein Leichtes gewesen, ungesehen davonzugehen. Aber sie stand wie gefesselt da und betrachtete ihn, der so gänzlich dem Spiel hingegeben war und alles um sich zu vergessen schien. Seine Jacke hatte er abgestreift, sie lag neben ihm im Gras.

Was sollte sie nur tun?

In diesem Augenblick, einen neuen Stein schon zum Wurf erhoben, wandte er das Gesicht, als hätte er die

Nähe eines Menschen gefühlt. Gabriele sah das kurze, leise Erschrecken, das über sein Gesicht glitt, zugleich aber nahm sie auch das Aufleuchten seiner Augen wahr.

Der Stein fiel aus seiner Hand. Er stand auf und ging auf sie zu.

»Das nenne ich aber eine Überraschung! Guten Tag, Gabriele!« Er streckte ihr die Hand hin und konnte sich nicht genug wundern. »Nein, so eine Überraschung«, wiederholte er. »Hast du denn gewusst, wie sehr ich an dich gedacht habe?«

Sie machte gar keine Anstalten, ihre Hand aus der seinen zu lösen.

»Dann wäre ich wohl kaum hier, weil es dann wie Nachlaufen aussähe«, sagte sie, senkte die Augen und sah auf die Hand nieder, die die ihre immer noch umfasst hielt. Tausend Gedanken durchjagten sie. Das konnte doch kein Zufall sein! Jetzt hob sie den Blick zu ihm.

»Ich glaube nicht, dass du an mich gedacht hast.«

»Doch, Gabriele. Nicht nur jetzt, schon seit der Stunde, in der ich dich zum ersten Mal gesehen habe.«

»Das ist schon bald eine Woche her. Und – wie soll ich das glauben?«

»Ich lüge nicht, Gabriele.«

Ein Gefühl von Dankbarkeit und Glück durchströmte ihr Herz.

»Aber du hältst nicht, was du versprichst.«

Kaum hatte sie es gesagt, tat es ihr schon Leid. Er ließ ihre Hand los und deutete zum Ufer hin.

»Wollen wir uns nicht setzen, Gabriele? Oder hast du keine Zeit?«

Sie folgte ihm gehorsam, wartete geduldig, bis er seine Jacke ausgebreitet hatte, mit dem Futter nach unten, damit sie sich darauf setzen konnte. Dann nahm er neben ihr Platz.

»Wann habe ich nicht gehalten, was ich versprochen hätte?«

»Du bist nicht zum Pflanzgartenzaun gekommen.«

Er griff wieder nach einem Stein und warf ihn, diesmal weniger kunstgerecht, über das Wasser hin. Mit einem leisen Klatschen versank er sofort in die Tiefe, anstatt erst ein paar Sprünge über die spiegelnde Wasserfläche zu machen. Dann beugte er sich vor und sah ihr in die Augen.

»Ich habe nicht versprochen, dass ich komme, Gabriele.«

»Nein, du hast mich nur hinbestellt und nicht abgeholt.«

Das klang so drollig, das sie beide lachen mussten. Erst nach einer langen Weile sagte er:

»Ich hab deinem Vater versprechen müssen, Gabriele, dich in Ruhe zu lassen.«

Ein Schatten überzog ihr Gesicht. Um ihren Mund zuckte es, als ob sie weinen wollte.

»Jetzt geht mir ein Licht auf!« Sie sah lange über den See hin, in dessen Mitte sich einige Seerosen sanft wiegten. »Und hat er auch gesagt, warum du mich in Ruhe lassen solltest?«

»Ja, auch das.«

»Wegen dem Schildbacher-Lorenz, gelt?«

Er nickte und griff wieder nach einem Stein.

»Ist das der, mit dem du heute nach der Messe weggegangen bist?«

»Ja, der ist es. Aber ich bin nicht mit ihm weggegangen, er ist mir nachgelaufen.«

»Jedenfalls hat er ein Recht dazu und ich nicht.«

Sie schwiegen. Vollkommen still war es ringsum, bis man einen Vogel hörte, hoch droben im Geäst einer Fichte, die ihren Wipfel der Sonne darbot. Dann fragte Gabriele:

»Aber du hast mir doch die Blumen gebracht, die Almrosen! Warum?«

»Als Gruß und Abschied zugleich.« Er schlang die Hände um seine Knie. »Weißt du, Gabriele, ich möchte mich in nichts hineindrängen. Du bist nicht mehr frei. Aber ich hoffe, dass dich die Blumen ein wenig gefreut haben.«

»Und wie!«, fuhr es aus ihr heraus.

Dann wurde sie wieder ernst. Ihre Stirn hatte sich umwölkt. Sie musste an den Vater denken, der es hintertrieben hatte, dass sie sich mit diesem Mann traf. Wie nutzlos aber war all die Mühe, da sie ihm nun doch begegnet war. Und vielleicht war diese Begegnung um vieles schöner, weil sie nicht geplant war.

»Dein Vater«, begann jetzt Robert leise, »ist ja wohl einverstanden mit diesem – ich weiß den Namen nicht mehr.«

Gabriele senkte den Kopf.

»Ja, aber das hilft nichts. Ich habe dem Lorenz heute gesagt, dass es nicht viel Sinn hat mit uns beiden.«

»Hast du das immer schon gewusst?«

»Nein, erst seit kurzem, seit ich dir ...« Sie verstummte plötzlich und schlug die Hände vors Gesicht. Es war nicht schwer für ihn, den Satz zu vollenden, der nicht anders heißen konnte als: »Seit ich dir begegnet bin ...«

Ein herrliches Glücksgefühl durchströmte ihn. Er beugte sich ein wenig vor und zog ihr behutsam die Hände vom Gesicht. Seine Stirn lehnte sich gegen die ihre.

»Es geht mir nicht anders als dir, Gabriele. Seit ich dir begegnet bin, ist plötzlich alles anders in meinem Leben. Es ist, als seien alle Schatten verschwunden, überall bricht Licht durch, und auf einmal weiß ich, dass es einen Sinn gehabt hat, weiterzuleben, wo ich doch oft gemeint habe, es lohne sich nicht mehr.«

Sie beugte sich zurück und sah in seine Augen.

»Ist das wahr?«

»Es ist wahr, Gabriele. Und wenn es geht, dann sag doch Robert zu mir.«

»Robert …«, flüsterte sie leise. »Ist denn dein Leben so schwer gewesen, dass du gemeint hast, es lohne sich nicht mehr, weiterzuleben?«

»Vielleicht haben andere ein noch schwereres Schicksal gehabt. Viele sind auch zerbrochen daran. Es kommt immer darauf an, wie ein Mensch das Auferlegte trägt.«

»Ja, ja«, sagte sie und verstand ihn nicht ganz. Sie wusste ja auch herzlich wenig von ihm, wusste aber auch, dass sie jetzt alles erfahren würde aus seinem Leben, jede Station, jedes Hoch und jedes Tief und alles, was gewesen war, bevor seine Schatten kamen.

Zunächst aber erfuhr sie an sich selbst, dass sie sehr widerstandslos war und die Hand des Mannes schmeichelnd in ihrem Haar wühlen durfte, bis er ihren Kopf ein wenig zurückbog und ihren Mund küsste.

Im ersten Augenblick erschrak sie, aber dann schlangen sich ihre Arme um seinen Hals.

Danach behielt er ihr Gesicht zwischen seinen Händen und betrachtete sie so, als ob er einen Vergleich anstellen wollte, um schließlich das eine so schön zu finden wie das andere. Dieses Gesicht war wunderbar gleichmäßig, obgleich ihre Schönheit nicht von jenem strahlenden Glanz war, der verwirrt.

Als er sie lange genug betrachtet hatte, ließ er die Hände sinken und sah wie verloren auf das Wasser hinaus. Ein leiser Wind schürte jetzt kleine Wellen, die Wasserrosen schaukelten mehr als vorhin, und in den Uferbüschen raschelte es zärtlich.

»Was denkst du jetzt?«, wollte Gabriele mit leicht belegter Stimme wissen.

»Es ist ein ganzes Meer von Gedanken, Gabriele.«

»Und einer wird darunter sein, der dir sagt, du hättest ganz leichtes Spiel mit mir.« Sie legte sich plötzlich zurück und schloss die Augen. »Ich weiß selber nicht, was mit mir los ist. Du wirst es mir auch nicht glauben, dass du der erste Mann in meinem Leben bist, zu dem ich mich wirklich hingezogen fühle. Du kommst einfach – du Fremder –, und mein Herz fliegt dir zu. Ich weiß nichts von dir und meine, dich schon eine Ewigkeit zu kennen. Erkläre mir das doch.«

»Da gibt es nicht viel zu erklären, Gabriele. Zwei Menschen gehen auf zwei getrennten Wegen, die aber in denselben Weg münden, den sie fortan gemeinsam gehen.«

Sie schlug die Augen auf und lächelte. Ihre Hand strich über sein blondes Haar.

»Es wird schon so sein, wie du sagst.« Sie zog seinen Kopf auf ihre Brust. »Komm, erzähle mir von deinem Leben. Wie viele Frauen hast du schon geliebt? Wie viele Herzen gebrochen? Brich aber bloß meines nicht, sonst –«

»Was sonst?«

»Ah, nichts. Am besten ist, ich erträume mir nicht zu viel, dann zerbricht wenigstens nichts in mir.«

»Du könntest dir alles erträumen, Gabriele.«

»Auch das Glück?«

»Gerade das Glück, soweit es in meine Hände gegeben ist, es dir zu schenken, in dem hohen Maß, in dem du es verdienst.«

»Wie willst du wissen, ob ich eine große Menge Glück wert bin?«

»Weil ich es fühle und weil ich dich besser kenne, als du meinst.«

»Wer bist du eigentlich, Robert?«

Er legte sich neben sie, behielt nur ihre Hand, schob seine Finger zwischen die ihren, als brauche er diese enge Verbindung, um leichter sagen zu können, was in dieser Stunde nun zum Bekennen reif war. Auch wusste er nicht, ob später nochmals so eine Stunde kommen würde.

Die Sonne war inzwischen weitergewandert. Sie fiel golden auf die Fichtenwipfel, die ihre Schatten weiter über das Wasser warfen und bald die Seerosen erreicht haben würden.

»Dass ich alles verloren habe, das weißt du ja?«, begann er.

»Ich weiß von dir sehr wenig oder gar nichts. Was also hast du verloren?«

Er holte tief Atem und sprach dann leise und leidenschaftslos:

»Da war zunächst einmal das Gut Schöneichen mit seinen vierhundert Hektar, mit seinen weiten Ställen und Wirtschaftsgebäuden, mit den Wiesen und Feldern, die an den Horizont zu grenzen schienen.« Er sprach von seinem Vater, der während des Krieges gestorben war und den Untergang Schöneichens nicht mehr erleben musste. Dann zeichnete er das Bild seiner Mutter mit ganz feinen, zärtlichen Strichen. »Meine Mutter hatte mit dreißig Jahren die ersten weißen Haare. Mit dreiunddreißig starb sie. Mitten im höchsten Glück einer neuen Schwangerschaft. Wenn ich sie im Himmel wiederfinde, dann werde ich ihr sagen, dass ich viel glücklicher war als sie und danach auch viel unglücklicher, denn ich habe nicht nur ein Kind, sondern zwei verloren und dazu eine wunderbare Frau.«

Gabriele schnellte in die Höhe, sah ihn mit erschrockenen Augen an.

»Du warst schon einmal verheiratet?«

»Ja, ich war verheiratet, Gabriele, und hatte zwei Kinder. Einen Buben, den Michael, und ein Mädchen, die Elke.« Er sagte das mit leiser Stimme und geschlossenen Augen, fragte dann ebenso leise: »Warum nimmst du deine Hand fort, Gabriele?«

Scheu ließ sie ihm wieder ihre Finger.

»Und die hast du auch verloren?«

»Ja, die russischen Panzer kamen über den Treck und zermalmten alles. Auf dem Rückzug kam ich noch einmal nach Schöneichen. Alles zerstört und ausgebrannt.«

Voller Erbarmen sah sie auf ihn hinab. Die Nachricht, dass er schon einmal verheiratet war, hatte sie wie ein Schock getroffen. Und doch musste sie froh sein, dass er ihr so ehrlich alles bekannte und nichts verschwieg, was später vielleicht doch einmal ans Tageslicht gekommen wäre und dann wie ein Lanzenstich verwundet hätte.

»Ich habe es noch niemandem hier erzählt«, sprach er weiter. »Warum auch? Ich weiß, wie weh Mitleid tun kann! Ich bitte dich inständig, Gabriele, habe auch du mit mir kein Mitleid. Ich habe das alles hinter mir und suche nach dem richtigen Weg, auf dem das Leben weitergehen kann.«

Nein, es war nicht Mitleid, was sie fühlte. Mitleid hieße mit ihm leiden, aber dazu kannte sie ihn zu wenig, und außerdem lagen ja schon Jahre zwischen dem Verlust seiner Familie und der Gegenwart.

Sie beugte sich über ihn und suchte in seinen Augen, als wollte sie seine Vergangenheit darin lesen. Nach einer Weile sagte sie nachdenklich:

»Es hätte dich auch ganz woandershin verschlagen können.«

»Ich war ja woandershin verschlagen. Vor einem Vierteljahr erst zog ich hierher.«

»Darum weiß auch niemand hier etwas von dir.«

»Ich bin nicht redselig, und warum soll ich jedem erzählen, was mir passiert ist?«

»War es sehr schwer, Robert?«

»Da waren zuerst sechs Jahre Sibirien, und erst als ich dann unverhofft und vorzeitig entlassen wurde, erfuhr ich das Entsetzliche.«

»Aber du weißt genau, dass alle tot sind?«

»Leider weiß ich es genau.«

»Von wem hast du es erfahren?«

Er bettete ihr Gesicht neben das seine. Wange an Wange lagen sie so, indessen der Himmel über ihnen nicht mehr ganz so blau war und allmählich einen rötlichen Schimmer bekam. Die Seerosen lagen jetzt schon ganz im Schatten.

»Nach langem Suchen fand ich in der Oberpfalz unseren früheren Gutsinspektor Werbing. Der hat mir erzählt, dass sie leider viel zu spät losgezogen wären und dass dann, kaum dass sie dreißig Kilometer gekommen waren, der Treck von russischen Tieffliegern zusammengeschossen worden sei.«

Stirnrunzelnd dachte Gabriele nach. Hatte er vorher nicht gesagt, dass es Panzer gewesen seien? Ihr gradliniger Charakter duldete keine Unregelmäßigkeit. Sie war hellhörig und voller Misstrauen.

»Vorhin hast du Panzer gesagt.«

Er hielt ihr Gesicht von sich ab und betrachtete sie.

»Diese Frage sagt mir, dass du an allem zweifelst.«

»Nein, keineswegs, aber du sollst wissen, dass ich genau aufpasse auf das, was du mir sagst oder verschweigst.«

»Die Panzer sind später gekommen. So genau hat es Werbing auch nicht mehr gewusst, er lag selber unter einem Wagen und hat sich glücklicherweise noch in den Straßengraben wälzen können, als er die Raupenketten hörte. Als dann alles vorüber war, hat er sich auf die Suche gemacht. Außer ihm war nur noch eine alte Frau am Leben geblieben. Wenn es dich beruhigt, werde ich an Werbing schreiben und einen ganz genauen Bericht von ihm erbitten.«

»Nein, bitte, entschuldige, dass ich deine Wunden wieder geöffnet habe, aber …«

»Schon gut, Gabriele«, unterbrach er sie. »Aber, dass du es genau weißt, es ist am achten Januar neunzehnhundertfünfundvierzig gewesen. Um neun Uhr vormittags.«

»Du Armer«, flüsterte sie und schmiegte ihre Wange noch enger an die seine.

»Eigentlich müsstest du sagen, du Reicher.«

»Sind denn deine Entschädigungsansprüche schon alle geregelt?«

Er nickte ganz ernsthaft und koste über ihre Stirn.

»Ja, die des Herzens, die könnten geregelt sein, Gabriele, durch dich.

Aber ich weiß ja nicht, was du tun wirst. Ob du nicht jetzt heimgehen und dir denken wirst: Was will er denn, der fremde Verlierer!«

»Umgekehrt könnt ich mich fragen, was will ich denn, ich Made im Speck.«

»Was wir beiden wollen, Gabriele, glaube ich, liegt noch tief in uns und ist von einem Vorhang verdeckt. Und wenn der Vorhang sich öffnet, vielleicht zeigt sich uns dann nur ein lebendes Bild, mit dem wir nichts anzufangen wissen.«

»Das glaube ich weniger, weil ich ziemlich unkompliziert bin in meinem Denken. Auch in meinen Wünschen. Aber du hast Recht, Robert: Ich muss jetzt wirklich heimgehen. Schau, wie schon auf den Bergen das Abendrot brennt.«

»Und wenn dich dein Vater fragt, wo du am Nachmittag gewesen bist?«

»Werde ich es nicht sagen, weil ich erst noch mal herkommen muss, um ganz da gewesen zu sein.«

Sie stand auf und streckte sich, bückte sich noch nach seiner Jacke und hängte sie ihm um die Schultern.

»Soll das heißen, Gabriele, dass wir uns wieder treffen?«

»Ja, genau das soll es heißen. Am nächsten Sonntagnachmittag um die gleiche Zeit.«

»Ich kann doch noch ein Stück mit dir kommen, Gabriele? Welch seltsamer Name übrigens in dieser Gegend. Wie kamen sie bloß darauf?«

»Irgendeine Ahne hat auch so geheißen. Im Übrigen nennen mich alle Gabi. Aber du sollst Gabriele sagen. Aus deinem Mund hört es sich so schön an. Ja, doch, Robert, ein Stück Weg haben wir noch zusammen, bis zu dem Acker, dem du großzügig fünfzig Prozent gegeben hast, obwohl es nur vierzig waren.«

»Dein Vater wollte siebzig.«

»Dafür ist er Bauer.«

»Ich kenne seine Meinung über den Staat.«

Gabriele musste lachen.

»Da sind sie alle gleich!«

Mitten im Gehen hielt Gabi plötzlich inne und zog ihren Begleiter heftig am Arm, er solle sich still verhalten. Robert freilich sah noch nicht gleich, was sie ihm zeigen wollte, und da sie ihm die Hand auf den Mund legte, verstand er nur, dass er zu schweigen habe, und er schaute dorthin, wo sie an einem grauen Fichtenstamm einen dunklen Punkt ausgemacht hatte, der sich als Specht entpuppte.

Ganz ruhig hing der Vogel am Stamm, ehe er zeigte, was er konnte. Sein Hämmern war so kraftvoll und so blitzschnell, dass man seinem Schnabel kaum folgen konnte. Sein ganzer Körper zitterte, und er schien die Welt um sich vergessen zu haben, denn die zwei Menschen standen jetzt nahe hinter ihm. Er flog erst weg, als Robert staunend sagte, dass er in solcher Nähe noch nie einen Specht gesehen habe, und das Hämmern müsse erst im Echo in einer Entfernung über hundert Schritt den helleren Klang bekommen, denn hier in der Nähe hörte sich das Spechtklopfen dumpf und traurig an.

Danach standen sie vor dem Schadenacker, der gar keiner mehr war, denn was vor Wochen noch zertrampelt ausgesehen hatte, das hatte sich unter der warmen Sonne wieder hochgereckt. Es stand zwar nicht mehr so dicht, aber immerhin sah es wieder wie ein richtiges Haferfeld aus.

»Da sieht man wieder, wie die Natur sich immer wieder durchsetzt«, meinte Robert.

»Ja, aber es war ein Glück, dass die Hirsche über den Acker gekommen sind, sonst hätte man dich nie zum Schätzen hergeschickt.«

»Dann hätte ich dich wahrscheinlich nie gesehen.«

Sie zuckte die Schultern und strich sich ein paar lockere Härchen hinters Ohr. Dann tippte sie mit ausgestrecktem Zeigefinger an sein Herz und lächelte:

»Und die Wege münden in denselben Weg, sodass sie fortan gemeinsam gehen.«

»Das hast du dir aber gut gemerkt, Gabriele!«

»Ich merke mir alles gut«, sagte sie.

»Und bist du wenigstens froh, dass wir uns begegnet sind?«

Sie sah ihn wieder lange und nachdenklich an.

»Das kann ich dir erst am nächsten Sonntag sagen. Für heute aber gute Nacht, Robert. Es war schön, dich getroffen zu haben.«

Ihre Arme hoben sich ein wenig. Rührend und schüchtern war diese Bewegung, so als ob sie die Arme verschämt wieder sinken lassen wolle, weil ihr zum Letzten der Mut mangele. Da schlüpfte er unter die halb erhobenen Arme hinein, hob sie zu sich empor und küsste ihren Mund. Einmal, viele Male, sodass sie danach ganz verwirrt den schmalen Weg neben dem Acker hinunterrannte zum Hof und kein einziges Mal zurücksah.

Gabriele brauchte nicht bis zum nächsten Sonntag zu warten, denn es genügte ihr die eine schlaflose Nacht und der darauf folgende Tag, um zu wissen, dass sie sich in diesen Mann verliebt hatte. Sie erkannte auch, dass verliebt sein nicht das richtige Wort war, denn sie war ja keine siebzehn mehr und wurde von diesem Gefühl bis in ihr tiefstes Inneres hinein erfasst. Peinlich genau wog sie das Für und Wider ab, so wie es ihre Art war. In ihren Träumen hatte sie sich immer vorgestellt, dass der Mann, den sie einmal heiraten würde, vorher mit keiner anderen Frau eine solche Bindung eingegangen sein dürfte. Und nun schickte ihr das Schicksal einen Gefährten, der schon einmal verheiratet war und zwei Kinder gehabt hatte. Es war doch nur natürlich, dass sein ganzes Leben um diese drei Menschen aufgebaut gewesen war. Wie sollte er sich da seine großen Empfindungen ausgerechnet für sie aufbewahrt haben!

Und doch. Gabriele legte das alles auf keine Waagschale. Wie von einem Sturmwind war sie erfasst und aufgerüttelt worden. Und je länger sie nachdachte, desto mehr wurde ihr zur Gewissheit, dass es sich gelohnt hatte, auf diesen Mann zu warten.

Sechsundzwanzig Jahre war sie alt. Mit dreißig würde sie vielleicht, wie er es von seiner Mutter gesagt hatte, die ersten weißen Haare haben. Sechsundzwanzig und noch vier bis dahin, und dieser Robert war wurzellos hierher gekommen, um durch sie zu erfahren, dass das Leben weiterginge.

Hätte der Surauer nur ein bisschen mehr Menschenkenntnis gehabt, so hätte er erkennen müssen, dass eine ganz und gar neue Gabriele durch diese Woche ging, in der nur am Mittwoch die Schönwetterperiode durch ein heftiges Gewitter unterbrochen wurde. Am nächsten Tag schien die Sonne schon wieder. Sie brachten alles unter Dach und Fach, und der Surauer meinte an seiner Tochter zu erkennen, dass sie doch aus einem echten Bauernschlag stammte, weil sie leuchtende Augen hatte und so schwungvoll durch das Heu wirbelte. Das konnte doch nur Freude sein, die gleiche, die er in sich fühlte, weil es mit dem Heueinbringen so rasch gegangen war und jetzt bis zur Ernte ein paar recht geruhsame Wochen folgten.

In diesen ruhigen Wochen musste alles sich entscheiden, und es könnte schon sein, dass ein recht hartes und zähes Ringen entstehen würde, dass alle Ruhe am Starrsinn des Surauer zerbrechen würde. Denn eines wusste Gabriele bereits am dritten Tag, als das Gewitter kam: dass nämlich sie keinen Fingerbreit von dem abgehen würde, zu dem sie sich in den langen Nächten durchgerungen hatte. Und das war nicht weniger als der Beginn eines neuen Lebens mit dem Mann, mit dem sie dieses neue Leben beginnen wollte, damit er niemals mehr in Zweifel geraten und sich fragen musste, wie sein Leben weiterginge.

Sie bedachte auch das, was die Leute reden würden: Jetzt hat es bei all ihrem Warten und bei all ihrem Stolz doch nur zu einem Mann gereicht, der schon einmal verheiratet war, nur zu einem Witwer, der eben nach Witwerart Vergleiche anstellt mit seiner ersten Frau. Und aus dem Tal selber ist ihr ja keiner gut genug gewesen, ein Ostdeutscher musste es sein, ein Hergelaufener!

Nichts beschönigte sie, keinem Problem wich sie aus. Sie fragte nur ihr Herz, und das gab ihr deutlich genug die Antwort. Sie liebte diesen Mann mit der ganzen Kraft ihrer Seele, ganz gleich, woher er kommen mochte.

Noch nie hatte ihr eine Woche so lange gedauert wie diese. Und als die Glocken wieder einen Sonntag einläuteten, ging sie um sechs Uhr schon hinunter zur Frühmesse, weil sie Angst hatte, es könnte nach der späten Messe der Lorenz wieder auf sie warten.

Kaum dass am Mittag gegessen und abgespült war, ging sie in ihre Kammer hinauf, um sich umzukleiden. Sie wählte für diesen Nachmittag ein geblümtes Dirndlkleid mit langen weißen Puffärmeln. Immer wieder betrachtete sie sich im Spiegel und spürte Eitelkeit in sich wie eine Siebzehnjährige. Sie legte das schwarze Samtband mit dem kleinen Medaillon wieder ab und ersetzte es durch eine Silberkette, an der ein gefasster Maria-Theresien-Taler hing.

Der Surauer schlief in der Stube auf dem Kanapee, sodass sie nicht zu sagen brauchte, wohin sie ging. Nur zur Ursula sagte sie, es könnte heute etwas später werden, obwohl sie sich auch schon Gedanken gemacht hatte, dass sie vielleicht in ein paar Stunden schon zurück sein könnte, wenn der Mann nicht ganz klar die Fragen beantwortete, die sie ihm heute zu stellen hatte.

Als sie dann schon auf dem Weg zu ihm war, erfasste sie auf einmal ein heftiger Schreck, weil ihr eingefallen war, dass Robert vielleicht verhindert und nicht am See sein könnte oder dass er sich im Laufe der Woche überlegt hatte, ob sich das Ganze denn auch lohne. Sicherlich würde auch er, genau wie sie, über alles gewissenhaft nachgedacht haben. Und genau wie sie, so würde auch er

Fragen an sie zu richten haben, und es könnte ja immerhin sein, dass sich zwischen den gegenseitigen Fragen dann ein Stolperdraht aufrichtete, der ein endgültiges Zusammenkommen verhinderte, weil vielleicht die Antwort nicht klar genug gegeben werden konnte.

Das alles bedachte Gabriele auf dem Weg durch den Wald und machte dabei immer schnellere Schritte. Ja, da rannte sie wahrhaftig wie eine Siebzehnjährige zu ihrem Stelldichein, um dann plötzlich, wie erlöst von aller Angst, stehen zu bleiben und auf den Mann zu starren, der auf der anderen Seite des Sees schlank und groß zwischen zwei Bäumen stand und ihr zuwinkte.

Er ging ihr entgegen, und sie lief in seine ausgestreckten Arme hinein und bot ihm gleich ihren Mund, obwohl sie sich vorgenommen hatte, dies heute erst nach der Beichte zu tun, die er ihr ablegen musste.

Ach, wie schnell sie doch alles vergaß! Sie hängte sich fest an seinen Arm und ließ sich von ihm zu einem Platz führen, wo er im Baumschatten aus etwas Moos ein Art Sitzbank bereitet hatte.

»Hier sind wir ganz ungestört«, meinte er, und aus seinen Augen leuchtete die Freude über ihr Kommen.

»Bist du schon lange hier?«, wollte sie wissen.

»Ja, schon seit dem Mittag. Ich habe die Minuten gezählt, Gabriele, und – Angst habe ich auch gehabt, dass du es dir anders überlegt haben könntest und nicht kommen würdest.«

Wenn du wüsstest!, hätte sie rufen mögen und konnte es aber nicht.

Es erging ihm nicht viel anders. Eine innere Scheu hinderte ihn daran, ihr zu sagen, wie sehnsüchtig er die ganze Woche auf diese Stunde gewartet, wie er in mancher Nacht schlaflos gelegen und über sein seltsames Schicksal nachgedacht hatte.

Der See lag still, von keiner Welle bewegt. Die Sonne spiegelte sich darin, und nur dort, wo sie beide standen, war Schatten.

»Wollen wir uns nicht setzen, Gabriele?«

In Gabriele brach mädchenhafter Übermut durch.

»Wenn der Herr es befehlen«, lachte sie und deutete auf die weiche Moossitzbank.

Er verneigte sich leicht und ging auf ihren Ton ein:

»Nach Ihnen, bitte.«

Lachend umschlangen sie einander, und Gabriele verglich den Platz mit dem Paradiesgarten. Sogleich sah er sich vorsichtig nach allen Seiten um, sodass sie fragen musste, ob er etwas suche.

»Nein, ich sehe mich nur um, ob nicht der Erzengel mit seinem Flammenschwert in der Nähe ist, der uns vertreibt.«

»Es ist doch gar kein Apfelbaum da!«

»Donnerwetter, Mädchen«, lachte er. »Du bist gescheit und hast Humor.«

»Ja, weil ich bei dir bin, Robert. Das macht mich froh. Aber nun einmal ganz im Ernst: Hast du ein Bild von deiner Frau mit?«

»Diese Frage habe ich erwartet«, meinte er.

Gabriele erschrak, denn was sie da zu sehen bekam, das war eine wirklich bildschöne Frau. In einem hellen Sommerkleid saß sie da, mit einer makellosen Figur und blondem Haar. Und wie sie das Bild auch wendete, immer verfolgten sie die Augen dieser Frau, flehend, bittend, so als ob sie sagen wollte: Sei du ihm jetzt, was ich ihm nicht mehr sein kann. Du musst immer gut zu ihm sein, er verdient es, und ich werde es ja vom Himmel herunter sehen.

»Sie ist sehr schön«, sagte Gabriele bedrückt und gab das Bild zurück.

»Du bist auch schön, Gabriele. Auf andere Art zwar, aber doch schön.«

Er zeigte ihr noch weitere Bilder von Anita. Und überall die gleiche Vollkommenheit in der Gestalt und in den Gesten. Er muss sie über alles geliebt haben, dachte sie und kam sich ganz klein und bedeutungslos vor.

»Von deinen Kindern hast du kein Bild?«

Doch, von den Kindern, vom Gutshof, von der Pferdekoppel und immer wieder wie hineingewoben in den Rahmen der Landschaft diese engelschöne Frau.

Sie gab die Bilder zurück und konnte ihre Traurigkeit nicht verbergen. Einen Augenblick regte sich in ihr sogar ein fremdes, nie gekanntes Gefühl. Eifersucht war das, die aber schnell wieder verebbte und einem heftigen Mitleid Platz machte.

Robert fühlte, was in ihr vorging, und legte den Arm um ihre Schultern.

»Was denkst du jetzt, Gabriele?«

Sie sah ihn lange an.

»Mir tut es so unendlich Leid um deine Frau und die lieben Kinder.«

Es war echtes Mitgefühl, in dem zugleich auch ihre ganze Unsicherheit lag, ob sie dem Mann das bieten könnte, was er verloren hatte. Es war nur gut, dass dieser Mann sich in ihre Gedanken einfühlen konnte und nun sagte:

»Du musst keine Angst haben, Gabriele, dass du vor Anita nicht bestehen könntest.«

»Aber du hast sie doch sehr geliebt?«

»Sonst wäre sie nie meine Frau geworden.«

»Ja, ja, freilich. Aber kann man denn danach wieder einen Menschen so lieben, dass man seine Welt in ihm findet? Ich bin noch nicht alt genug, Robert, um nur Ersatz sein zu wollen. Ich bin auch nicht so klug, wie sie vielleicht gewesen ist, und ich bin wahrscheinlich auch nicht tapfer genug, um es stillschweigend zu schlucken, wenn ich fühle, dass du Vergleiche anstellst.«

Lange musste er über ihre Worte nachdenken, bis er die richtige Antwort fand.

»Schau einmal, Gabriele: Das alles ist für mich eine versunkene Welt. Ein Vorhang ist heruntergegangen und öffnet sich nicht mehr. Was für mich einmal ein ungeheurer Schmerz war, ist heute ein freundliches Erinnern an alle, die einmal um mich waren. Und das ist gut so, Gabriele, sonst müsste man ja verzweifeln und könnte nie den Mut finden zu einem neuen Leben. Du sagst, du seist noch nicht alt genug, um Ersatz zu sein. Anita ist tot. Nur wenn sie noch leben würde, könntest du das neben ihr sein. Du musst nur den Glauben an mich finden.«

»Ja, Robert, das will ich«, sagte sie willig. »Sag mir jetzt, wer es noch weiß, dass du schon einmal verheiratet gewesen bist.«

»Hier in Greinach, meinst du?«

»Ja, bei uns halt.«

»Niemand.«

»Dann ist es gut, Robert. Dann wollen wir dieses Wissen ganz für uns behalten.«

Und als sei dies der Abschluss all ihres Abwägens und aller vorgenommener Fragen, schmiegte sich Gabriele eng in seine Arme und lauschte verzückt dem Vogelruf aus der Tiefe des Waldes. Ganz fern waren Menschenstimmen, aber das war weit weg, so weit wie Roberts Vergangenheit, die heute noch einmal auferstanden war beim Herzeigen der Bilder.

Und weil nun alle Scheu überwunden war, durfte nun auch das Wort von der Liebe gesprochen werden. Nicht laut und jubelnd, sondern ganz leise und behutsam, so wie die Wissenden von der Liebe reden, indem sie mit ihrem Schweigen dennoch Bände sprechen.

Gabriele legte nun allen Wert darauf, dass der Vater schon am anderen Tag erfuhr, was sie gestern mit dem Mann im Wald oben beschlossen hatte. Eigentlich hätte es ihm selber auffallen müssen, denn ihr Wesen war wie gewandelt. Ihre Augen strahlten so sonderbar, um ihren Mund lag ein ganz fremder, aufgelockerter Zug, und als sie dann während des Vormittags in der Küche immerzu vor sich hin sang, musste er sie doch anreden, als er zufällig hereinkam.

»Was ist denn mit dir los, Gabi? Du bist ja völlig verwandelt.«

Gabriele wirbelte herum und setzte sich auf das Fensterbrett.

»Merkt man's?«

»Freilich merkt man es. Gestern bist du noch ganz nachdenklich herumgerannt, und heute bist wie ausgewechselt. Was hat denn das zu bedeuten?«

Sie sah ihn schelmisch lächelnd an und sagte ihm dann frei heraus:

»Das hat zu bedeuten, Vater, dass ich nicht mehr lange allein sein will.«

Der Surauer zog heftig an seiner Pfeife und meinte dann:

»Soll das heißen, dass du heiraten willst?«

»Du hast doch nichts dagegen, Vater?«

»Ja und nein. Ich hab mir immer gewünscht, dass ein junger Bauer auf den Hof käm und ich noch Enkel auf meinen Knien reiten lassen darf. Mich wundert bloß, dass der Lorenz gestern im Wirtshaus kein Wort davon gesagt hat. Es wäre ihm nicht schlecht angestanden, wenn er auch mit mir darüber geredet hätte. Also heiraten wollt ihr? Na ja, einmal muss ich dich ja hergeben!«

»Ich werde aber nicht den Schildbacher-Lorenz heiraten, wie du meinst.«

Der Surauer vergaß an seiner Pfeife zu ziehen. Diese Nachricht war für ihn wie ein Schock, und es dauerte lange, bis er zu der Frage fand:

»Ja, wen denn sonst?«

Das verblüffte Gesicht des Vaters reizte Gabriele zum Lachen.

»Ich werde Robert Kling heiraten.«

Das Gesicht des Surauers verdüsterte sich. Er musste sich setzen und die Pfeife weglegen.

»Das ist doch nicht dein Ernst, Gabi?«

»Doch, das ist mein voller Ernst, Vater.«

Wütend schlug der Bauer jetzt mit der Faust auf den Tisch.

»Das ist eine Hinterfotzigkeit von dem Kerl! Ich hab ihm doch extra gesagt …«

»Dass er mich in Ruh lassen soll«, unterbrach ihn Gabriele. »Daran hat er sich auch gehalten und ist damals nicht zum Pflanzgarten gekommen. Aber dann hab ich ihn zufällig getroffen, oben im Wald beim Tannweiher.«

»Zufällig? Schaust du mich für dumm an? Nachgelaufen wirst ihm halt sein!«

»Nein, es war wirklich ein Zufall!«

»Hör auf! Wenn ich das Wort schon hör! Gabriele, wie kannst du mir das antun? Einen Wildfremden! Gibt doch auch genug von unserm Schlag. Was meinst denn, was die Leute reden?«

»Die Leute kümmern mich gar nichts, Vater. Die reden eine Zeit lang, dann finden sie einen anderen Gesprächsstoff.«

Immer wieder schüttelte der Surauer seinen grauen Schädel.

»Ausgerechnet einen Preißen! Wie fällt dir denn so was ein! Dem hergelaufenen Kerl soll ich meinen Hof geben?«

Nun rutschte Gabriele vom Fensterbrett, trat vor den Vater hin und legte ihm die Hand auf die Schulter.

»Das musst du nicht, Vater. Robert hat Anspruch auf Entschädigung. Und dann müsste ich halt mit ihm gehen.«

Stöhnend schlug sich der Surauer vor den Kopf.

»Ich glaube, du brächtest es fertig, mich wegen dem Kerl allein zu lassen!«

»Daran müsstest du eigentlich erkennen, Vater, wie gern ich ihn habe. Aber das kommt für dich jetzt bloß so überraschend. Du musst versuchen, dich damit abzufinden, und du wirst dich dreinfinden, weil ich nicht glauben kann, dass du mir mein Glück nicht gönnen würdest.«

»Glück nennst du das? Wenn es nur nicht ein Unglück wird! Und ich muss mit ansehen, wie du das Eigentliche vergisst.«

»Und was wäre nach deiner Meinung das Eigentliche, Vater?«

»Dass du einen heiratest aus unserer Gegend, von unserem Schlag und nicht den Nächstbesten, von dem man nicht weiß, was er alles zusammenlügt.«

»Robert lügt nicht, Vater! Er hat mir Bilder gezeigt von dem Gut und von ...«, beinahe hätte sie noch gesagt, und von seiner toten Frau. Aber das verschwieg sie doch lieber. Vielleicht, dass er es später einmal erfahren durfte.

»Ja, ja, ich seh schon, er hat dir den Kopf schon richtig verdreht!«

Heftig schüttelte Gabriele den Kopf.

»Wenn man Sechsundzwanzig geworden ist, Vater, lässt man sich den Kopf nicht mehr so leicht verdrehen. Da hat alles mehr Sinn und Verstand.«

»Oder der Verstand geht futsch! Dabei hätte alles anders sein können.«

»Aber wirklich, Vater, es ist kein anderer gekommen, wenn ich vom Schildbacher-Lorenz absehe.«

»Weil du dich bei jedem, der anklopfen wollte, so benommen hast, dass sie vor deiner Kälte Angst bekommen haben.«

»Weil es keiner verstanden hat, die Kälte zu erwärmen.«

»Aber der hat es verstanden. Natürlich, sie sind uns ja überall voraus, die Preißen, nicht bloß mit dem Mundwerk! Ich hoffe bloß, dass es noch nicht dein letztes Wort ist, Gabi.«

»Doch, Vater, es ist wirklich mein letztes Wort. Und wenn du das einsehen würdest – du, der du doch immer so einsichtig und klug gewesen bist –, dann könnte in vier Wochen bereits die Hochzeit sein.«

»Hochzeit auch noch? Mit allem Drum und Dran? Sonst nichts mehr? Und überhaupt, ich sag Nein!«

»Hör ihn doch wenigstens einmal an und prüfe ihn auf seine Tüchtigkeit als Bauer. Dann wirst du vielleicht anders reden.«

»Nein, nie! Und überhaupt – rutsch mir den Buckel hinunter mit deiner verrückten Idee.«

Der Surauer ging aus der Küche und warf die Tür hinter sich zu und ärgerte sich darüber, dass dieses Zuschlagen nicht den erhofften Knall gab, weil ein Wollknäuel zwischen Tür und Angel geraten war. Das war Öl auf die Flamme des väterlichen Zorns, und wenn er sich nicht geschämt hätte, wäre er umgekehrt, um das Wollknäuel zu beseitigen und den Knall mit aller Kraft nachzuholen.

Doch er ging seines Weges hinaus über den Hof zum Wald hinauf.

Der Surauer begann erst anders zu denken, als Robert Kling Urlaub nahm, um auf dem Surauerhof bei der Ernte mitzuhelfen.

Es war aber gar nicht so einfach für Robert. Er kam sich vor, als hätte er sich aufgedrängt, denn der Bauer sprach am ersten Tag kaum ein Wort mit ihm. Erst am Abend, als Robert wieder ins Forsthaus zurückgehen wollte, wo er eine kleine Dachkammer bewohnte, drückte der Surauer missmutig ein paar Worte heraus.

»Horch zu, du, ich will nicht, dass du dich umsonst hier abschindest in der Hitze. Sag, was du zu kriegen hast.«

Robert nahm es ihm nicht krumm. Von Gabriele kannte er ja die Einstellung des Bauern.

»Nach meiner Schätzung werden wir acht Tage brauchen, bis Korn, Weizen und Gerste eingebracht sind. Mit dem Hafer hat es ja noch Zeit.«

»Den du mir zu niedrig eingeschätzt hast.«

Der Surauer stand da, die Ärmel aufgestülpt, mit einem trotzig-wehleidigen Gesicht, wie ein Bub, der weiß, dass ihm etwas weggenommen werden soll, und nicht den Mut hat, sich zu wehren. Jetzt kam auch noch Gabriele daher und sagte:

»Du hast ja gar nicht gegessen, Robert, und willst wieder ins Forsthaus? Kommt ja gar nicht in Frage! Geh, setzt euch doch auf die Hausbank, ich werde gleich fertig sein. Magst inzwischen ein Bier, Vater?«

»Dann gib nur dem auch eins«, antwortete der Surauer mürrisch.

»Robert heißt er«, erklärte ihm Gabriele und strich dabei dem Vater über die stoppelbärtige Wange.

»Die versteht ihre Sach«, meinte der Surauer, und das klang schon gar nicht mehr so grantig.

Sie saßen auf der Hausbank und tranken gemeinsam aus einem Maßkrug, Wort fügte sich an Wort, Fragen wollten Antworten, und Roberts Antworten waren klar und deutlich. Ohne dass es der Surauer recht merkte, kam er diesem Mann immer näher, und am dritten Tag sagte er zu Gabriele:

»Du kannst ihm doch bei uns eine Kammer herrichten, dann braucht er nicht jeden Tag den weiten Weg ins Forsthaus zu machen.«

Aber gerade das wollte Robert nicht.

»Dann würden sich die guten Greinacher bald das Maul zerreißen.«

Doch fingen die Leute im Dorf auch so zu reden an. Besonders die gestandenen Bauern des Tales regten sich auf, die nicht begreifen wollten, dass dieser Gabi keiner gut genug gewesen war und dass es nun ein Hergelaufener sein musste. Und wenn sie »Hergelaufener« sagten, so konnte man ihre Verachtung daraus spüren.

»Einen schönen Batzen Geld hätte ich meinem Lorenz mitgegeben«, schrie der Schildbacher beim Sonntagsbier so laut, dass es alle hören konnten. »Aber nein, so einer muss es sein, der weniger hat als nichts!«

Daheim aber sagte er zu seinem zweitgeborenen Sprössling Lorenz:

»Wenn du nicht so ein Trottel wärst, dann wär sie dir nicht ausgekommen!«

»Du weißt nicht, was sie für einen Dickschädel hat«, verteidigte sich der Lorenz recht lahm.

»Der hätt ich den Schädel schon zurechtgerückt! Aber du bist ja ein Jammerlappen und kein Mannsbild! Nicht sie hätt dickschädlig sein dürfen, sondern du hättest es sein müssen! Wär doch gelacht, so eine Frau nicht zum

Nachgeben zu bringen! Aber ein Kerl muss man halt sein und kein Feigling wie du! Jetzt kannst schauen, wo sich dir noch mal so ein warmes Platzl bietet! Besser wär freilich, wenn du dem anderen das wieder ausspannst, was er dir abspenstig gemacht hat.«

»Ja, da hast Recht, Vater! Den werd ich mir noch kaufen!«

Wie das aussehen sollte, wusste der Lorenz aber nicht. Er hatte auch keine rechte Gelegenheit, diesem Robert Kling zu begegnen. Sein Zorn richtete sich auch viel mehr gegen Gabriele, denn immerhin hatte es einige Zeit so ausgesehen, als schenke sie ihm etwas Zuneigung. Und dann hatte sie ihm ganz einfach den Laufpass gegeben!

In einem freilich, da hatten die Leute vorerst Recht. Robert Kling hatte im Augenblick nicht viel, aber er setzte nun mit Nachdruck seine Ansprüche durch, konnte alles belegen, und keine Behörde konnte bezweifeln, dass er einmal der Gutsherr von Schöneichen gewesen war. Langsam, wenn auch widerwillig, setzte sich der Amtsschimmel in Bewegung.

Die zu erwartende Mitgift des Schildbacher-Lorenz nahm sich dann, wenn alles durchgefochten war, recht bescheiden aus zu dem, was Robert zu erwarten hatte. Er ließ nicht mehr locker, stieß immer wieder nach, drängte auf Eile, obwohl ihn niemand dazu trieb, Gabriele am wenigsten, die ihm sagte, dass sie ihn auch ohne alles nehmen würde, weil sie ihn ganz einfach liebe.

Robert aber hatte große Pläne. Den alten Querstadel wollte er ganz abreißen und viel größer aufstellen. Die dreißig Tagwerk Moorwiesen wollte er kultivieren und zu nutzbarem Ackerland machen. Einen schweren Traktor wollte er kaufen und vor allem noch einen Mähdrescher. Ach ja, er war von einem herrlichen Schwung erfüllt, und ohne dass er es wahrhaben wollte, wurde der alte Surauer unwillkürlich mitgerissen von diesen kühnen Plänen. Von Tag zu Tag wurde er diesem stürmisch drängenden Mann zugeneigt, der so bereitwillig einsprang und manchmal so übermütig lachen konnte, als hätte ihn noch nie irgendwelches Leid gestreift.

Ach ja, ein ganz neuer Mensch wuchs in diesen Tagen und Wochen heran. Seine Wunden vernarbten unter dem neuen Glück, das Gabriele ihm schenkte. Zehn Jahre waren ja auch eine lange Zeit. Bald würde seine Einsamkeit zu Ende sein, die Eintönigkeit eines Berufes, der ihm nur nebenbei lag. Er könnte wieder Bauer sein und säen und ernten. Es würde wieder ein erfülltes Leben sein, voller Verantwortung, voller Glück.

Wie traumwandlerisch ging Gabriele durch diese Tage. Sie wusste um das böswillige Gerede der Dörfler, es wurde ihr doch alles zugetragen, aber sie blieb von allem unberührt. Als dann auch das Haferfeld in Reife stand, ging Robert Kling zum Bürgermeister und zum Pfarramt, um das Aufgebot zu bestellen.

Jetzt gab es kein Zurück mehr. Aber es wollte auch niemand mehr zurück. Selbst dem alten Surauer war es jetzt recht, obwohl er anfangs schwer daran zu kauen hatte, weil man ihn zum »Alten« machen wollte.

Am Sonntag darauf verkündete bereits der Pfarrherr von der Kanzel, dass der Robert Kling vom Gut Schöneichen und die Bauerntochter Gabriele Surauer zur Ehe aufgeboten seien.

An diesem Sonntag saßen nachmittags Robert und Gabriele ganz allein in der Stube. Draußen war gerade ein Gewitter niedergegangen. Zuweilen sah man vor den Fenstern noch einen Blitz vorüberzucken, aber der Donner klang schon ferner.

Gabriele war von ganzem Herzen glücklich. In drei Wochen war sie die Frau dieses geliebten Mannes. Sie hatte sich eng an ihn gekuschelt, ihr Kopf ruhte an seiner Brust, und sie hörte sein Herz schlagen, ganz schnell. Sie nahm den Kopf zurück und sah ihn forschend an.

»Dein Herz schlägt so schnell, Robert. Bist du denn aufgeregt?« Sie beugte sich vor und küsste ihn auf die Wange. »Freust du dich denn nicht?«

Ein fremdes Lächeln zuckte um seinen Mund.

»Natürlich freue ich mich, Gabriele. Wie kannst du nur daran zweifeln. Aber es ist da noch etwas, Gabriele.«

Erschrocken presste sie die Hand auf ihr Herz.

»Was ist es, Robert? Hast du mir was verschwiegen? Bitte, dann sag es jetzt noch, bevor es zu spät ist. Bevor wir Hochzeit machen, muss alles ganz klar sein. Ich habe dich noch mit keinem Wort angelogen und erwarte von dir das Gleiche.«

»Ich habe dich nicht angelogen, Gabriele, und habe dir nichts verschwiegen. Du bist der einzige Mensch, der alles weiß. Aber schau einmal – mir war das bis jetzt nicht so ganz klar. Gesetzlich ist es nämlich so, dass ich eine Erklärung über den Tod meiner ersten Frau beibringen müsste.«

»Warum das?«

»Das Gesetz verlangt es.«

Mit weiten Augen sah sie ihn an.

»Sie ist doch tot?«

»Ja, natürlich, ich habe es doch vom Inspektor schriftlich.«

»Also dann! Warum noch diese Scherereien? Oder, wenn du meinst, ist das recht umständlich mit so einer Todeserklärung?«

»Das nicht. Aber dann müsste ich auch den Irrtum aufklären, der einem Beamten beim Ausstellen meines

Ausweises unterlaufen ist, als er in die Rubrik Personenstand ›ledig‹ eingetragen hat.«

»Warum hast du denn das nicht gleich richtig gestellt?«

Er zuckte hilflos mit den Schultern.

»Aber ich weiß es doch, dass du schon einmal verheiratet warst. Andere geht das doch nichts an.«

»Natürlich nicht. Und warum ich damals nicht gleich widersprochen habe, willst du wissen? Gabriele, ich weiß es nicht. Vielleicht war alles tot in mir, taub, mir war alles egal. Vielleicht war es eine Kurzschlusshandlung. Mit dem Hintergedanken habe ich nie gespielt, dass es für mich ein Vorteil wäre, als ledig zu gelten. Wenn ich das gewollt hätte, hätte ich auch dir nicht erzählt, dass ich schon einmal verheiratet war. Und wenn ich jetzt hingehe und die Sache aufkläre, nach so vielen Jahren, dann sieht das verdammt dumm aus.«

»Ja, eben«, sagte Gabriele, dachte lange und angestrengt nach und begriff dann allmählich, dass dies alles wie eine gefährliche Klippe aussah, wie ein Abgrund, in den man hinabstürzen konnte. Zwar liebte sie ihn mit einer so selbstlosen, großen Liebe, dass sie mit ihm an jeden Abgrund gewandert wäre, aber warum das alles?

Sie nahm seine Hand und sah ihn an.

»Jetzt pass einmal auf, Robert. Ich kenne mich in den Gesetzen nicht aus. Aber ich sehe nur Komplikationen auf uns zukommen. Du weißt, dass deine Frau tot ist. Wozu da noch eine Todeserklärung mit allem Drumherum? Wenn du so eine Erklärung beantragst, gestehst du zugleich ein, dass du seither bewusst als Lediger gelebt hast. Das kann dir falsch ausgelegt werden. Hier giltst du auch als ledig, und wenn es nun plötzlich anders herauskommt, hält man dich womöglich noch für einen Schwindler. Vielleicht war es sogar damals schon eine

Fügung des Schicksals, dass dem Beamten der Irrtum passierte.«

Ihre Hand war so gut und so tröstend, wie sie ihn so streichelte, ihre Worte so aufmunternd und zuversichtlich, dass alles Belastende von ihm abfiel. Aber dieses Problem musste nun schon bis zum Ende durchgesprochen werden.

»Weißt du, Gabriele, vor dem Gesetz bin ich bereits ein Schwindler, weil ich mich bei allen Eingaben um die Wiedergutmachung als unverheiratet ausgegeben habe. Seitdem begreife ich die Menschen, die auf die schiefe Bahn geraten.

Ein Fehler zieht den anderen nach sich. Zwar habe ich mir dadurch keinerlei Vorteile verschafft. Im Gegenteil. Aber du hast Recht, wir laden uns nur Komplikationen auf den Hals, vorausgesetzt, dass du mich jetzt noch nimmst.«

Statt aller Antwort umklammerte sie seinen Hals und küsste ihn.

»Was wäre denn mein Leben noch ohne dich, Robert! Du scheinst immer noch nicht begriffen zu haben, was du mir alles bedeutest. Ich müsste bei dir bleiben, auch dann, wenn du viel Schlimmeres auf dich geladen hättest als diese Lappalie.«

»Ich danke dir, Gabriele. Abe ich werde jetzt doch noch eins tun. Dem Inspektor werde ich schreiben, dass auch er schweigt. Er ist der Einzige, der weiß, dass sie mich wieder zum ledigen Menschen gestempelt haben. Dann erst bin ich ganz beruhigt.«

»Ja, tu das, wenn es dich beruhigt«, drängte Gabriele.

Vier Tage später kam der Brief ungeöffnet zurück mit dem Vermerk, dass Inspektor Werbing vor vierzehn Tagen einem Herzinfarkt erlegen sei.

So sehr Robert dies auch bedauerte, so sah er darin

doch ein Zeichen, dass er sich keine Gedanken mehr darum zu machen brauchte, und Gabriele sagte:

»Du siehst, Robert, dass du dir und mir nur noch Scherereien machen würdest, ohne dass dazu der geringste Anlass besteht. Ganz anders wäre es doch, wenn deine Frau amtlich als vermisst gemeldet wäre. Aber so hast du es ja schriftlich in der Hand, dass sie tot ist.«

Eine wunderbare Frau, diese Gabriele! Sie machte ihm alles so leicht und begreiflich. Es war fast so, als würde er von ihren starken Armen über einen Fluss getragen. Sie erfüllte ihn mit ihrem unverwüstlichen Vertrauen, sie schenkte ihm Zuversicht, und ihre Hände schienen zu nichts anderem mehr da zu sein, als ihm den Boden zu bereiten, damit er Wurzeln schlagen könnte.

An einem unvergleichlich schönen Herbstmorgen hielten Robert Kling und Gabriele Surauer ihre Hochzeit.

In aller Stille wurden sie in einem fernen Wallfahrtskirchlein getraut, sehr zum Leidwesen der Dörfler, die es von Ursula in allen Variationen erzählt bekamen, wie einmalig schön Gabi als Braut anzusehen war. Zum Weinen schön, ja, zumal sie auch einen Mann bekam, der sehr attraktiv war und gar nicht wie ein Bauer aussah. Auch das von den Blumen wusste Ursula ausführlich zu berichten. Es seien keine Rosen gewesen, auch keine Nelken, sondern Blumen, von denen eine schon so viel gekostet haben müsste wie ein ganzer Nelkenstrauß. Sie wusste zwar nicht, wie die Blumen des Brautstraußes hießen. Darüber konnte erst die Näherin Amelie Zink, der es aufgetragen war, die Braut anzuziehen, Auskunft geben. Orchideen seien diese Blumen, sündhaft teure Blumen, die nur in Glashäusern bei tropischer Wärme gedeihen könnten, ansonsten aber in kurzer Zeit zum Verwelken verurteilt wären.

Na ja, etwas Besonderes hatte die Gabriele ja immer schon gewollt. Und für ihn, den Hergelaufenen, mochten sich diese teuren Blumen wohl lohnen, denn er hatte dafür immerhin einen schönen Berghof eingehandelt.

Diese Ehe wurde genau das, was sie sich erhofft hatten: eine glückliche Ehe. Es lebte sich ausgezeichnet mit einer Frau wie Gabriele, die sich ihre ganze Kraft, ihr ganzes Blühen und alle Liebe aufbewahrt hatte für diesen Mann. Sie sprachen nicht von Liebe, aber alles Tun, jede Handreichung, jeder Blick waren nur Liebe.

Für Robert war die Vergangenheit nun völlig ausgelöscht. Er lebte in einem Land, in dem es keine Schatten mehr gab. Gabriele konnte ihn aus ihren dunklen Augen so wunderbar anstaunen, wie Anita ihn nie angestaunt hatte. Sie bewunderte ihn in allem und konnte selbst zu Kleinigkeiten sagen:

»Nein, Robert, wie du das wieder machst! Wie viel, schätzt du, dass die Moorwiesen abwerfen werden, wenn sie ganz drainiert sind?«

Ohne lange zu überlegen, konnte er ihr den Ertrag ausrechnen, wenn man im ersten Jahr Kartoffeln und im zweiten Roggen anbaute.

Ja, in diesem Herbst und bis weit in den Winter hinein konnten sie drainieren. Robert stand selbst bis zu den Knien im Moor, bestand aber darauf, dass sich der Surauer davon zurückhielt.

»Nein, Vater, das kommt gar nicht in Frage! Setz du dich lieber hinter den warmen Ofen bei diesem nasskalten Wetter!«

Ein wenig misstrauisch blinzelte ihn der Surauer an.

»Willst mich mit Gewalt zum alten Eisen werfen?«

»Aber wer spricht denn davon!«, antwortete Robert lachend. »Es muss doch nicht sein, bei deinem Alter.«

»Wirf du mir nur immer mein Alter vor«, sagte der Surauer mürrisch, meinte es aber bei weitem nicht so, denn es hatte nicht ausbleiben können, dass er diesem Schwiegersohn mit jedem Tag mehr Achtung zollte, denn dieser verstand sein Geschäft. Dabei war dies alles erst nur ein Anfang. Man könnte wahrhaftig Angst haben vor den gewaltigen Plänen, die Robert schmiedete. Aber er war klug genug, sie nicht allein auszubrüten, sondern zog in allem den Surauer zu Rate, hörte sich seine Einwände an und bestätigte ihm, dass er auf seinen Rat nicht verzichten könne, um es dann doch so zu machen, wie er es von Anfang an geplant hatte.

Die ersten Gelder aus seinen Entschädigungsansprüchen trafen ein. Robert kaufte einen neuen, viel schwereren Traktor, bestellte einen Mähdrescher und beaufsichtigte den Baumeister Hierl, Pläne für einen Stadelneubau anzufertigen.

Im Frühjahr sollte dann auch der Stall nach modernsten Gesichtspunkten eingerichtet werden.

Zunächst aber war noch Winter. Ein recht milder Winter, der nur zwischen Weihnachten und Neujahr grimmige Kälte brachte, sodass sie mit den Drainagearbeiten aussetzen mussten. In diese Zeit fiel die Hochzeit des Schildbacher-Lorenz mit der Brandstättertochter, der damit in ein kleineres Anwesen einheiratete, worauf sein Vater erklärte, für so ein »Sachl« würde eine kleinere Auszahlung auch ausreichen. Dafür richtete er die Hochzeit noch aus. Im Übrigen hätte sich der Lorenz besser umtun sollen, dann wäre er Surauer am Steig geworden und nicht bloß ein Kleinbauer.

Zu Gabriele wehten solche Gerüchte nur wie aus einer ganz großen Ferne her. Es interessierte sie nicht, ihr Leben spielte sich in ganz anderen Bahnen ab. Das lag aber nur an Robert, der sie unmerklich heraufzog in seine

Welt, in seine Anschauungen und in seine Einstellung, die er gegenüber einer Frau hatte. Es war ihm lange ein Dorn im Auge, dass Gabriele von früh bis spät arbeitete. Anita hatte nichts zu tun gehabt. Sie war geritten, und später dann war sie für die Kinder da gewesen. Gabriele aber war mit ihrem bäuerlichen Herzen viel zu sehr mit der Arbeit verbunden, als dass man sie hätte davon lösen können, und sie wäre wahrscheinlich gar nicht so glücklich gewesen, wenn sie nur Frau hätte sein dürfen und nicht Bergbäuerin vom Steig.

Allmählich kam es dann auch so, dass die Bauern im Umkreis dem Mann, der da aus der Fremde gekommen war und einer der ihren sein wollte, die Achtung nicht mehr versagen konnten. Hatten sie zuerst in ihm bloß einen Abenteurer vermutet, der es geschickt verstanden hatte, das Herz der schönen Surauertochter zu erobern, so mussten sie ihm nun neidlos seine großen Fachkenntnisse zugestehen und die geradezu unbändige Lust, immerzu Neues schaffen zu wollen.

Wenn zuerst auch ein bisschen verschämt, so suchte der oder jener doch einen Rat bei Robert. Auch sie hatten Moorwiesen, aber sie waren nie darangegangen, sie nutzbar zu machen. Erst dieser junge Surauer musste es ihnen vormachen!

Und die Frauen sagten, wenn diese Ehe so glücklich sei, dann läge das nur an dem Mann, der so ganz anders sei als die Männer hierzulande, aufmerksamer, die Liebe höher schätzend und nicht als selbstverständlich hinnehmend.

Natürlich war er ihnen auch sonst voraus. Er fuhr zum Beispiel seit kurzem einen teuren Wagen in hellem Grau mit roten Ledersitzen, der den steilen Hügelweg hinauf so leicht nahm, dass man den Motor kaum hörte.

Natürlich, der konnte sich's ja leisten! Der bekam ja

Flüchtlingszuschuss in rauen Mengen! Man konnte nur nichts Genaueres erfahren, und man hätte es doch so gerne gewusst, man war doch so neugierig.

Die reine Neugierde war es auch, von der die junge Dollingerin an einem der frostigen Wintertage zum Surauer am Steig hinaufgetrieben wurde. Natürlich konnte sie nicht gleich mit der Tür ins Haus fallen, und so fragte sie zuerst scheinheilig, wie Gabriele mit den Rhodeländer-Hühnern zufrieden sei.

»Da bin ich ganz zufrieden«, bestätigte diese und nötigte die Dollingerin Platz zu nehmen.

»Ich hab zwar nicht lange Zeit«, meinte diese, zog aber sofort ihren Mantel aus und setzte sich. »In der Hauptsache sind es halt Fleischhühner«, meinte sie. »Mit den Eiern, wie schaut es denn da aus?«

»Auch nicht schlecht. Bis kurz vor Weihnachten haben sie gelegt. Und jetzt fangen die Jungen schon wieder an.«

Die Dollingerin hatte dasselbe Alter wie die Gabriele und etwa vier Wochen vor dieser geheiratet.

»Könnt ich da nicht einmal ein Dutzend Eier haben zum Ansetzen?«, fragte sie, und als Gabriele dies zusagte, war das Hühnergespräch auch schon beendet. Sie schaute sich jetzt neugierig in der Stube um und wartete darauf, dass die Gabriele sie zu einem Kaffee einladen würde. Sie verschränkte die Hände ineinander und drehte die Daumen.

»Ist's wahr«, platzte sie dann heraus, »dass du eine Waschmaschine gekriegt hast?«

Ja, das sei wahr, und sie sei ungemein praktisch. Jetzt habe es ein Ende damit, sich alle vierzehn Tage einen ganzen Tag ins Waschhaus zu stellen und zu bürsten. So eine Waschmaschine könne sie nur empfehlen.

»Das sagst du so«, meinte Verena. »Was aber so was kostet!«

»Nicht ganz zwei.«

»Hundert?«

»Nein, tausend.«

»Um Gottes willen, da gingen ja gleich zwei Kühe drauf! Aber bei dir ist das ja was anderes. Der Deinige soll ja eine so hohe Entschädigung gekriegt haben.«

Jetzt erst wurde Gabriele hellhörig.

»Wer sagt denn das?«

»Na ja, es wird halt geredet davon.«

»Geredet wird viel, wenn der Tag lang ist.«

»Da hast du Recht«, bestätigte Verena prompt.

Nun kam endlich das erlösende Wort:

»Magst eine Tasse Kaffee, Verena?«

»Na ja, in Gottes Namen, wenn du meinst. Extra brauchst aber wegen mir nicht herummachen.«

»Ich mach nicht extra herum, denn seit ich verheiratet bin, trink ich am Nachmittag meinen Kaffee. Das hat Robert so eingeführt, weißt.«

Beim Kaffee versuchte Verena dann mehr zu erfahren und fragte mit frisch-fröhlicher Unverfrorenheit:

»Wie ist er denn sonst, der Deinige?«

Gabriele zog die Augenbrauen hoch, schob Verena ein Stück Guglhupf zu und fragte:

»Wie meinst du denn das?«

Verena biss von dem Guglhupf ab und verzog schmerzhaft das Gesicht. Dann sagte sie:

»Zum Zahnarzt sollt ich auch schon lang gehen. Aber man kommt ja zu nichts bei uns vor lauter Arbeit. Heut aber hab ich mir gedacht, heut muss ich einmal zur Gabriele rauf. Wegen der Hühner, weißt.«

»Ja, ja, wegen der Hühner, ich weiß schon. Aber du bist mir noch eine Antwort schuldig. Ich hab dich gefragt, wie du das meinst?«

Verena schob noch schnell ein Stück Guglhupf in

den Mund und antwortete zwischen Kauen und Schlucken:

»Na ja, ich hab gehört, dass er dir, wenn er in die Kreisstadt fährt, jedes Mal was mitbringt, eine Halskette oder so was, zumindest Blumen.«

»Ja, das stimmt. Die Nelken dort am Fenster hat er mir vorgestern mitgebracht.«

»Was du nicht sagst! Mitten im Winter Nelken? Nein, so was! Da kostet eine ein Vermögen.« Sie ließ wieder einen Brocken hinter ihren Zähnen verschwinden und meinte seufzend: »Da könnte der Meinige ein bissl was lernen. Der bringt nie was mit. Höchstens einmal einen Rausch vom Wirtshaus. Du – der muss dich aber gern haben! So viele Nelken im Winter!«

»Zwei Schoppen Wein kosten auch so viel«, antwortete Gabriele, nur um deutlich zu machen, was Männer oft unbedacht ausgeben.

»Der Meinige trinkt bloß Bier, aber da gleich sieben, acht Halbe. Wenn es Treibhausnelken sind, wird aber das Bier doch billiger sein.«

»Geh, Verena, meinst vielleicht, dass ich ihn frag, was dieses oder jenes kostet? Ich sag ihm höchstens, er soll mir nichts mitbringen, aber dann freut es mich doch recht. Das hat sich jetzt schon so eingebürgert bei uns. Und wenn es bloß eine Tafel Schokolade ist.«

»Freilich, da hast Recht. Eine Gute kostet heute auch schon ihr Geld. Oder gar Pralinen. Unter zehn Mark, glaub ich, kriegt man da nichts Gescheites.«

Wieder horchte Gabriele auf.

»Wie kommst du jetzt auf Pralinen?«

»Nur so. Hat er dir nicht kürzlich einmal eine Schachtel mitgebracht?«

»Ja, das stimmt.«

Ursula kam herein, und Gabriele richtete ihr in der

Küche den Tee zur Brotzeit her. Robert war mit dem Arbeiter und dem Vater im Wald oben. Der Tag war inzwischen etwas verhangen geworden, und einmal fegte ein kurzer Schneeschauer vorüber.

Als Gabriele danach mit Verena wieder beisammen saß, die bereits die vierte Tasse Kaffee hatte, weil sie die Abwesenheit der Gabriele ausgenützt hatte, fragte sie recht schmeichlerisch:

»Und wie ist er denn sonst?«

»Wen meinst du denn?«, fragte Gabriele, die ganz genau wusste, worauf die andere hinauswollte.

»Na, ihn halt. Ich sag dir was, eigentlich ist er ein tüchtiger und anständiger Mensch, dein Robert. Geh weiter, mir kannst es doch sagen, wie er sonst ist. Wir sind doch miteinander in die Schule gegangen und kennen uns schon lang genug.«

Gabriele drehte ihre Kaffeetasse in den Händen und sah dabei auf das Muster der Tischdecke nieder. Eine lange Zeit. Dann hob sie die Augen.

»Über solche Sachen, da redet man nicht.«

»Aber geh, warum denn nicht«, lachte Verena breit und behaglich. »Da kann man doch darüber reden. Meistens ist es ja so, wenn sie einen einmal haben, die Männer, dann interessieren sie sich nimmer viel für einen. Der Meinige hat zuerst gesagt, er könnt mich fressen vor lauter Lieb, und heut gibt er mir kaum mehr ein Busserl. Aber das ist halt unser Fehler. Man soll sie überhaupt recht kurz halten in allem, dann bleiben sie schön brav. Da wirst vielleicht du auch noch draufkommen mit der Zeit.«

»Das glaub ich weniger.«

»Ja, ja, ich weiß schon. Der Deinige läuft ja mitten von der Arbeit weg zu dir in die Küche und busselt dich ab. Ja, ja, mir tät das schon auch passen, aber wenn ich einmal ein Busserl will, sagt der Meinige kalt: ›Hör doch auf mit dem Schmarrn, wir sind doch nimmer in den Flitterwochen!‹ Ja, es ist schon ein rechtes Kreuz, wenn man selber zu Zärtlichkeiten veranlagt ist, und so ein Stoffl rührt sich nicht.«

Gabriele lächelte versonnen vor sich hin, wie in glücklicher Erinnerung an die Zärtlichkeiten, mit denen Robert sie vom ersten Tag an bis heute beschenkte. Sie wusste ganz genau, dass es anderswo, und gerade bei der Verena, anders gehalten wurde. Das lag aber mehr an der nüchternen Art der Männer in diesem Tal, die sich scheuten, am hellen Tag zärtlich zu sein. Am Anfang war es selbst ihr ein bisschen peinlich gewesen, wenn Robert sie, selbst wenn er bloß einmal in die Kreisstadt fuhr, beim Abschied wie beim Heimkommen in die Arme nahm und küsste, ganz gleich, wer in der Nähe war. Nun hatte sie sich längst daran gewöhnt, und sie würde es schmerzlich vermissen, wenn er es auf einmal nicht mehr täte. Für die Liebe braucht man sich nicht schämen, pflegte Robert zu sagen.

Recht viel Takt hatte die Verena, so weit sich Gabriele erinnern konnte, nie gehabt. Aber sie fand es doch recht geschmacklos, als die andere jetzt fragte:

»Sonst rührt sich bei dir noch nichts?«

Gabriele merkte, wie sie rot wurde, und zuckte bloß mit den Schultern. Eine Antwort wollte sie darauf nicht geben.

»Ich komm im Mai nieder«, plapperte die Verena weiter. »Hoffentlich wird es ein Bub, sonst fährt er mir aus der Haut, der Meinige!«

»So eine Dummheit!«, antwortete die Gabriele erbost. »Man muss doch für alles dankbar sein, Verena. Ein Kind ist ein Geschenk, und darum soll man es freudig annehmen.«

»Ja, das sagst du! Aber du kennst sie ja, wie sie sind, die Männer! Und der Meinige ist ein besonderer Rüpel. Dem lässt es sein Ehrgeiz nicht zu, dass das erste Kind ein Mädel ist.«

»Ein ganz und gar falscher Ehrgeiz«, antwortete Gabriele. »Magst noch einen Kaffee?«

»Nein, ich hab sowieso schon drei Tassen.«

»Wenn ich gewusst hätte, dass du kommst, hätt ich einen Kuchen gebacken. Unter der Woche, weißt, da hat man halt nichts da.«

»Der Guglhupf war ausgezeichnet«, lobte die Verena. »Und überhaupt bin ich ja nicht wegen Kaffee und Kuchen raufgekommen.«

»Nein, wegen der Rhodeländer-Hühner, ich weiß doch.«

»Ja, richtig. Hebst mir also ein Dutzend Eier auf. Und jetzt muss ich wieder gehen, sonst murrt er gleich wieder, wenn ich zu lang weg bin.«

Gabriele brachte den Mantel und die Handschuhe und begleitete Verena hinaus. In der Haustür sagte sie noch:

»Und jetzt sagst mir noch, Verena, von wem du die Neuigkeiten alle weißt.«

Verlegen blinzelte die Verena zum westlichen Himmel hinauf, an dem sich wieder ein Schneegestöber zusammenbraute.

»Na ja, es wird halt geredet. Bei dir vielleicht ein bissl mehr wie bei unsereinem, weil du einen geheiratet hast, der mehr nobler Herr als Bauer ist. Im Vertrauen gesagt, Gabriele, der wär mir auch lieber gewesen als mein Sepp. Im ganzen Auftreten ist der Deinige schon anders, ganz abgesehen davon, dass er ein gut aussehender Mann ist.«

»Nein, nein, Verena, das lasse ich nicht gelten. Du musst das schon alles aus sicherer Quelle wissen. Also, raus mit der Sprache!«

Ein bisschen druckste die Verena noch herum. Die ersten Schneegraupeln jagten über den Hof, und der Hofhund schlich sich eilig in seine Hütte.

»Also, unter uns gesagt, Gabriele, eure Sennerin, die Ursula, ist doch mit unseren weiblichen Angestellten befreundet und besucht sie sonntags manchmal.«

»Ach so. Ja, das hätte ich mir eigentlich denken können.«

»Brauchst es ihr aber nicht gleich vorhalten.«

»Nein, nicht gleich. Behüt dich, Verena.«

Die Verena wartete noch ein bisschen, ob sie nicht eingeladen würde, bald einmal wieder zu kommen, weil das so üblich war. Weil aber ein derartiges Angebot ausblieb, sagte sie einfach von sich aus:

»Ich komm dann wieder einmal, gelt? So ein kleiner Plausch heitert einen direkt auf. Behüt dich also, und dank recht schön für den Kaffee.«

Gabriele ging etwas verärgert in die Stube zurück und räumte das Geschirr ab. Bisher war es nicht üblich gewesen, dass von den Angestellten über den Hof geschwätzt wurde, weil es auf der Surauerhöhe immer so gehalten wurde, dass man die Angestellten zur Familie zählte, zu einem Kreis, in dem nichts zu verheimlichen war, aus dem aber auch nichts hinausgetratscht werden sollte. Hiergegen aber hatte die plappersüchtige Ursula verstoßen, und darum kündigte ihr Gabriele am Sonntag darauf für Lichtmess die Arbeitsstelle.

Die Wochen flogen dahin. Ein paar Föhntage ließen den Schnee schmelzen, die Bäche schwollen bedrohlich an, zuerst schüchtern und zart, um sich dann mit schäumender Kraft über die Landschaft zu stürzen. Überall grünte und blühte es. In den Obstgärten standen die Kirschbäume wie schneeweiße Bräute in ihrem Blütengewand, im Bergwald hatten die Lärchen ausgeschlagen und standen mit ihrer maigrünen Schönheit zwischen dem düsteren Grün der Tannen.

Um diese Zeit brachte die Dollingerin, etwas früher, als sie gemeint hatte, ein Mädchen zur Welt.

»Im Rechnen bist du ja in der Schule schon miserabel gewesen«, sagte ihr Mann darauf und soff sich aus Kummer, weil es »nur ein Mädchen« war, einen solchen Rausch an, dass sie ihn um drei Uhr früh heimfahren mussten. Dabei hatte er wie ein Fuhrknecht geflucht und über seine Frau gelästert, die nicht einmal fähig sei, einen Buben auf die Welt zu bringen.

Mitte Juni, als sie die große Hangwiese schon gemäht und eingebracht hatten, legte sich Gabriele hin, um ihrem Kind ins Leben zu helfen.

Das Heueinbringen war übrigens jetzt mit dem neuen Selbstauflader ein Kinderspiel gegen früher. Ein Kinderspiel auch das Abladen mit der neuen Anlage. Alles war ein Kinderspiel, bloß das, zu dem Gabriele sich hingelegt hatte, das war kein Spiel, sondern bitterer Ernst. Zwei Tage lag sie nun schon geduldig in schneidenden Schmerzen, und zum ersten Mal hörte man den Robert Kling in hellem Zorn die Hebamme anschreien, weil sie von einem Doktor nichts wissen wollte und in ihrer Sturheit nur immerfort sagte, man müsse eben warten können, bis es so weit sei.

»Jetzt hol ich ganz einfach den Doktor, dass ihr es wisst! Das ist ja nicht mehr zum Anschauen, wie sie leidet! Ruhig! Ich will kein Wort mehr hören!«

Er fuhr weg und holte den Doktor von Greinach. Der war noch ziemlich jung und ungemein tüchtig. Als er Gabriele untersucht hatte, schob er seine Brille auf die Stirn und sah den jungen Surauer vorwurfsvoll an.

»Warum habt ihr mich denn nicht schon früher geholt?«

»Weil die da meint, sie hätte die Weisheit mit dem Löffel gefressen«, antwortete Robert und deutete mit dem Kinn auf die Hebamme.

»Am besten wäre es gewesen, man hätte sie ins Krankenhaus gebracht«, meinte der Arzt.

»Das hab ich ja von Anfang an gewollt!«, brauste Robert auf.

»Nicht schreien, Robert«, bat Gabriele vom Bett her. »Ich hab mich doch dagegen gewehrt, also sei nicht bös. Und schlecht gemeint hat es die Hebamme sicher auch nicht.«

Sofort beruhigte er sich wieder. Aber in seinen Augen stand doch die pure Angst, und die Vorstellung, dass etwas schief gehen könnte, marterte ihn.

»Besteht denn Gefahr, Herr Doktor?«, fragte er, als sie das Zimmer verlassen hatten.

»Das kann ich noch nicht sagen. Eine schwere Geburt wird es auf alle Fälle. Ist Wasser erhitzt? Dann her damit! Und Sie verschwinden am besten. Ihre Angst hemmt nur, und helfen können Sie ja doch nicht.«

Ein bisschen verärgert über die barsche Art, mit der dieser Landdoktor ihn behandelte, verließ Robert das Haus. Er irrte durch die Nacht, die Viehweide hinauf bis zum Wald und wieder herunter. Immer noch brannte in der Küche Licht. Dort saß die neue Angestellte, die Vroni. Er steckte den Kopf durch das Küchenfenster:

»Noch nichts?«

Die Vroni schüttelte stumm den Kopf.

Und wieder das Wandern zum Wald hinauf, dann das Verharren beim Wegkreuz, über das ein schmaler Halbmond sein mageres Licht warf. Er verkrampfte die Hände ineinander und betete. Der stolze Surauer, neben dem die anderen Bauern nur schlecht bestanden, betete zu Gott, dass er ihm das nicht antun solle – nicht auch das noch –, nachdem er doch schon einmal eine Frau verloren hatte. Er betete voll tiefer Demut, dass Gott nicht Gabrieles junges Leben in die Waagschale werfen möge gegen eine etwaige eigene Schuld, die er ganz allein abzutragen bereit war.

Dann bedachte er, dass er ja nicht das erste Mal in dieser Lage war. Anita hatte ihm zwei Kinder geboren. Aber da war es ganz anders gewesen. Anita war jedes Mal schon früh genug in die Klinik gebracht worden. Man hatte ihn dann angerufen, wenn es vorbei war, und er war dann hingefahren. Niemals war er so hilflos durch die Nacht geirrt und hatte die Hände flehend zu einem Feldkreuz erhoben.

Es fiel ihm ein, dass er dann Blumen ins Krankenhaus gebracht hatte und dass er jetzt mit leeren Händen die junge Mutter begrüßen musste, es sei denn, er raffte im Pflanzgarten einen ganzen Arm voll dieser hellen Heckenrosen an sich.

Um drei Uhr in der Früh, als der erste helle Schein schon hinter den Bergen sichtbar wurde, gebar ihm Gabriele einen Sohn. Als man ihn eine halbe Stunde später in die Kammer einließ, wusste er vor lauter Verlegenheit gar nicht, was er sagen sollte. Auch genierte er sich, weil die Hebamme immer noch im Zimmer war. Und so beugte er sich nur über ihr erschöpftes Gesicht.

»Du meine tapfere Frau …«

»Neun Pfund hat er«, versicherte ihm die Hebamme in einem Ton, als sei es ihr Verdienst, dass der junge Erdenbürger so schwer war.

»Warum, wie viel wiegen denn sonst Neugeborene?«

»Im Durchschnitt sieben.«

Dann fiel ihm ein, dass der Doktor noch drunten in der Stube sitzen müsse, weil er ja keinen Wagen hatte wegfahren hören. Der Arzt hockte gemütlich im Herrgottswinkel und verzehrte, was ihm die Vroni aus der Speisekammer vorgesetzt hatte.

»Ah, der Herr Papa! Den Sohn schon begutachtet? Ein prächtiger Bursche, nicht wahr? Dass mir die Frau aber mindestens eine Woche im Bett bleibt!«, verlangte er.

»Ja, was denken Sie denn?«

»Was ich denke? Haben Sie eine Ahnung, was es da alles gibt! Am zweiten, dritten Tag stehen die Bäuerinnen hier oft schon auf, weil sie meinen, es ginge nicht ohne sie!«

Irgendetwas störte Robert an dem Arzt, die barsche Art vielleicht. In Wirklichkeit war Doktor Wendt nur verbittert, weil man ihn selten zu einer Geburt holte oder erst dann, wenn es schon zu spät war.

Hier war es noch nicht zu spät gewesen, aber höchste Zeit. Darum lobte er den Surauer auch, indem er anerkennend sagte:

»Sie sind anders als die Bauern da in der Gegend.«

»So? Wie denn?«

»Einfach anders.« Er schob das letzte Stück Rauchfleisch in den Mund, trank den Rest Bier aus und erhob sich. »Ich glaube ja kaum, dass sich noch Komplikationen einstellen, aber sollte etwas sein, dann lassen Sie mich rufen. Nur keine Angst haben vor einer gepfefferten Rechnung!«

»Ich habe keine Angst! Und was Sie zu bekommen haben …«

»Nicht ärgern, Surauer! Hab's ja nicht so gemeint. Herzlichen Glückwunsch zu diesem Prachtbuben. Und jetzt noch ein Mädel dazu!«

Das überlassen Sie ruhig mir, wollte Robert gereizt sagen, aber er verschluckte es, weil er plötzlich entdeckt hatte, dass hinter der landärztlichen Grobheit sich doch ein warmherziger Mensch verbarg.

Dann begleitete er ihn hinaus. Der Himmel im Osten zitterte bereits in einem warmen, hellen Rot. Es musste einen schönen Tag geben. Er bedachte, dass es der 22. Juni war, und stand dann einen Augenblick wie benommen da, denn ihm fiel ein, dass sein erster Sohn Michael auch an einem 22. Juni, fast um die gleiche Zeit, auf die Welt gekommen war. War das nun Zufall, oder wollte ihm das Schicksal einen versöhnenden Ausgleich bieten, damit es so aussehen sollte, als hätte er in seinem Leben überhaupt nie etwas verloren?

Auf einmal fiel ihm ein, dass man ja den Vater verständigen müsse. Er klopfte an das Fenster zu ebener Erde.

»Vater, einen Buben haben wir!«

Der Surauer fuhr in die Hose und rannte heraus.

»Ist das wahr? Einen Buben? Wie soll er heißen?«

»Gabriele hat gemeint, man solle ihn Andreas taufen.«

»Andreas ist gut«, nickte der Alte. »Mein Bub hat auch Andreas geheißen.«

Dann stiegen sie die Treppe hinauf, der Alte voraus. Die Hosenträger baumelten hinter ihm her und schlugen bei jedem Tritt an die Stufenkanten.

Durch die offene Balkontür fiel jetzt in einem breiten Streifen das erste Sonnenlicht, und in den Fliederbüschen beim Pflanzgarten drüben sang eine Nachtigall.

Durch diesen Sohn war Robert Kling endgültig der Surauer am Steig geworden, nach der Meinung der Leute wenigstens.

Robert hatte nicht um Zutrauen geworben und um keine Anerkennung gebettelt. Sie kamen von selber zu ihm. Da gab es zunächst einmal diesen neuen Mähdrescher zu bestaunen. Dass es so etwas von einem technischen Wunder gab! Der alte Surauer saß auf dem schweren Traktor, mit einer Hand war er zu lenken, und er konnte nebenbei seine Pfeife rauchen und in die Gegend schauen. Für einen Austrägler gerade das richtige Vergnügen! Weiter waren zu bestaunen der neue Stall und die Wirtschaftsgebäude.

»Menschenskind«, sagte der Thalhammer zum Viehhändler Wax, »das schaut ja schon bald aus wie ein Hotel für Rindviecher! Geht grad noch ein Bad ab, dass sie die Küh jeden Abend baden.«

»Sag's zweimal, dann richtet der so was auch noch ein!«

Der Thalhammer war weit und breit bekannt als fortschrittlicher Landwirt. Bei ihm war das Staunen ehrlich, so ehrlich wie seine Überzeugung bei einer Besprechung in der Landwirtschaftskammer, wonach man dem Surauerhof am Steig das Prädikat »Musterbetrieb« zusprechen könne. Musterbetrieb hieß zugleich Lehrbetrieb, und es war durchaus keine Schande für einen Großbauern, wenn er seinen Sohn oder seine Tochter für ein Jahr als Lehrling auf diesen Musterhof schickte.

Was aber diesen Mähdrescher betraf, so bot ihn Robert, als er seine Ernte innerhalb weniger Tage eingebracht hatte, gegen verhältnismäßig niedrige Miete seinen Nachbarn an. Freilich spielte er dabei mit einem kleinen Hintergedanken, weil im Herbst die Gemeindejagd von Greinach neu vergeben wurde. Er brauchte Stimmen für sich, und die bekam er, sodass er dann, wenn auch nicht Alleinpächter, so doch wenigstens Mitpächter dieser Jagd wurde. Gabriele machte ihm zu seinem Geburtstag im Oktober ein Jagdgewehr zum Geschenk, und als Robert seinen ersten Hirschen erlegte, wurde das eine große Familienfeier.

Der kleine Andreas wuchs prächtig heran. Wie eine einzige Wonne war dieser Sommer über das Land gegangen, hatte Hitze gebracht und jetzt die feinen Herbstnebel, die sich immer erst gegen Mittag hoben und den Blick auf die Berge freigaben, die unter dem blauen Himmel lagen.

Oft sah man den alten Surauer auf der Hausbank sitzen, das Körbchen mit dem schlafenden Enkel neben sich, sorgfältig darauf bedacht, dass keine Fliege den Schlaf störte. Der junge Surauer aber ging selbstbewusst und gertenschlank über Wiesen und Felder und hatte für seine Gabriele die gleiche Liebe wie am ersten Tag. Zuerst hatten ihn die Bauern für einen Glücksritter gehalten, nun aber war er der junge Surauer geworden, ein Mann, den man jederzeit um Rat bitten konnte. In Erfüllung der Pflichten für den Hof, in den er eingeheiratet hatte, verloren sich seine grauen Erinnerungen mit der Zeit vollständig, und manchmal meinte er, es sei alles, was vorher war, nur ein böser Traum gewesen.

Und das war gut so, denn Gabriele hätte mit ihren immer wachen Sinnen gespürt, wenn er Vergangenem nachgetrauert hätte, und daraus für sich den bitteren Schluss gezogen, dass es nicht in ihre Macht gegeben wäre, ihn aus der Vergangenheit zu lösen. Durch das Kind zu ihrer ganzen Schönheit erblüht, wollte sie ihren Mann ganz für sich allein haben und nicht angstvoll ahnen, dass in seinem Inneren noch irgendetwas aus der Vergangenheit war, zu dem sie keinen Zugang hatte. Aber diese Angst spürte sie nie. Robert fuhr weiter in die Kreisstadt und brachte ihr Blumen mit oder sonst eine Kleinigkeit. Und es war keine Angestellte namens Ursula mehr am Hof, die diese kleinen Aufmerksamkeiten weitertratschte und damit bei den anderen Frauen Neid erregte.

Eine kleine Ausnahme vielleicht bildete der Viehhändler Wax, der nebenbei Metzger war und seiner Frau von einer Hausschlachtung einen halben Schweinskopf einschließlich der Zunge mitbrachte, weil die »Baronin«

diese geräuchert für ihr Leben gern aß. An Blumen aber dachte er nie. Darum kaufte sich Frau Sophie in der Gärtnerei selber welche und stellte sie ans Fenster ihres Wohnzimmers. Beim Krämer Haberlander jammerte sie dann: »Wenn ich es meinem Pauli bloß ausreden könnt, dass er so viel Geld für Blumen ausgibt! Aber dieser Surauer hat ihn angesteckt, womit ich durchaus bestätigen will, dass dieser Surauer ein Mann mit Lebensart ist und weiß, womit man ein Frauenherz erfreuen kann.«

Ja, der Surauer war in allem ein besonderer Mann. Und Gabriele wusste das nach bald zwei Jahren Ehe besser als jede andere, war glücklich darüber und hatte darum ein so frohes Lachen.

Streit gab es kaum zwischen den beiden. Eine kurze Auseinandersetzung vielleicht einmal, eine kleine Meinungsverschiedenheit, um die zu beheben sie keine zwei Stunden brauchten, weil sie dann schon merkten, dass sie zu leiden begannen. Ja, so beglückend war die Liebe der Eheleute auf dem Surauerhof am Steig.

Und mit der Zeit wuchs auch in Gabriele der Glaube, dass sich das nie ändern könnte und dass sie in dieser Liebe miteinander ins hohe Alter gehen müssten, weil ein halbes Leben gar nicht ausreichen würde, um das Ausmaß dieser Liebe auszukosten.

Der Herbst hielt lange an in diesem Jahr mit dem Farbenrausch in den Wäldern, den Nebelschwaden bis zum Mittag und den Marienfäden am Nachmittag. In der späten Dämmerung brannten die Kartoffelfeuer auf den Feldern. Ihr Rauch stand noch herb in der Nacht. Erst Ende November legte sich tagelang düsteres Grau über die Landschaft. Der Nebel war so zäh und dick, dass ihn auch der kalte Wind nicht mehr vertreiben konnte. Als dann endlich nach einer Woche die Sonne wieder schien, war der Winter auf die Berge gekommen. Bis tief über die Almen herunter war alles weiß, und in den Wäldern war der Brunftschrei der Hirsche erstorben.

Die Zeit verfloss, und der kleine Andreas hatte sich zu einem recht strammen Bürscherl entwickelt. Auf seinen kurzen, stämmigen Beinen lief er nun schon im Hof herum, jagte die Hühner und ließ sich vom Hofhund bis weit über die Jährlingsweide an der Leine hinaufziehen.

Der Frühling hatte es auch recht gut gemeint in diesem Jahr, und als sich Andreas einmal besonders zärtlich an seine Mutter anschmiegte, war Gabriele so sehr davon gerührt, dass sie ihm für den Herbst ein kleines Schwesterlein versprach.

Ja, das Leben meinte es gut mit den Leuten am Surauerhof. Aber als sie alle so in Freude dahinlebten, von keinem grauen Schatten bedrängt, da blätterte das Schicksalsbuch des Robert Kling eine neue Seite auf, die ihn mit einem Schlag aus dem Himmel all seiner Träume riss.

An einem Vormittag, Robert saß noch in der Stube, um ein paar Schreibarbeiten zu erledigen, weil er einige Ersatzteile für den Mähdrescher anfordern musste, fiel sein Blick auf den Postboten, der sein Fahrrad den Hügelweg herauf schob. Er beeilte sich, seinen Brief fertig zu bringen, damit er ihn dem Postboten gleich mitgeben konnte.

Viel Post gab es auf dem Steig eigentlich nie. Außer der Tageszeitung noch das Landwirtschaftliche Wochenblatt, und der alte Surauer hielt sich die Altbayerische Heimatpost. Manchmal waren auch ein paar Drucksachen dabei und heute außer dem Angebot einer Weinfirma ein weißes Kuvert mit einer steilen Handschrift. Das traf den Surauer wie einen Blitzschlag. Der Brief kam aus der Ostzone und trug den Absender Anita Kling, bei Frau Hilde Lohwasser, Rauenstein bei Sonneberg.

Der Postbote stand immer noch da und wartete nicht nur auf den Brief, den er mitzunehmen hatte, sondern auch auf das Glaserl Enzian, das ihm hier jedes Mal eingeschenkt wurde.

»Ach so«, sagte Robert, sich plötzlich besinnend. »Den Brief da nehmen Sie bitte mit.« Er legte das Portogeld dazu, stand auf und schenkte den Schnaps ein.

Es kam ihm wie eine halbe Ewigkeit vor, bis der Mann wieder ging und sein Fahrrad den nächsten Hügel hoch zum Lentnerbauern schob.

Robert starrte immer noch auf die Schriftzüge, die ihm einmal so vertraut gewesen waren. Er hörte Schritte im Flur und ließ den Brief schnell in seiner Tasche verschwinden. Es war Gabriele, die hereinkam und fragte, ob Post gekommen sei.

»Nichts von Bedeutung«, sagte er mit zugeschnürter Kehle.

»Die Tageszeitung auch nicht?«

»Doch, die, glaub ich, ist dabei.«

»Es ist wegen dem Roman, weißt du.«

»Ach so, ja, wegen diesem Findelkindroman.«

»Noch weiß das Kind nicht, dass es nur angenommen ist«, sprach Gabriele weiter. »Aber in dieser Fortsetzung muss es aufkommen. Gib her, ich kann nicht warten damit bis zum Abend.«

Robert reichte ihr die Zeitung und griff nach seinem Hut, der auf der Ofenbank lag.

»Wo gehst du hin, Robert?«

»Zum Bertl auf die Wiese. Der Zaun muss ausgebessert werden.«

Langsam ging er hinaus und hinter die neuen Wirtschaftsgebäude. Die Angst saß ihm im Hals, er hätte aufschreien mögen und getraute sich kaum zu atmen. Endlich riss er den Brief auf.

Es waren nur wenige Sätze, die vor seinen Augen schimmerten und sich dann doch zusammenfügten zu einer einzigen grausamen, unerbittlichen Wahrheit.

Ja, der Brief stammte von seiner ersten Frau Anita, geborene von Schwindegg. Nicht viel schrieb sie ihm, aber jeder Satz wog für ihn so schwer, als umfasste der Brief viele Seiten. Die Kinder seien tot, und hinter ihnen lägen Jahre des Grauens, zehn Jahre Sibirien. Jetzt sei sie in Rauenstein bei dieser alten Vertrauten, wo sie nach ihrer Rückkehr völlig zusammengebrochen war. Andernfalls wäre sie ja sofort zu ihm gekommen, weil Frau Lohwasser seine Anschrift kannte. Sie war Jahre vor dem Krieg schon von Gut Schöneichen weggegangen, hatte einen Gutsinspektor geheiratet und war mit ihm nach Thüringen gezogen. Jetzt war sie Witwe, und Robert hatte ihr jeweils zum Jahreswechsel geschrieben.

Der Brief schloss mit einem einzigen Aufschrei:

»Bitte, bitte, hol mich! Und bitte zeig dein Erschrecken nicht, denn ich bin alt und hässlich geworden.«

Blicklos starrte Robert über die Viehweiden hinauf. Die Berge standen wie aus Glas in der flimmernden Luft. Schwalben flogen mit erregtem Gezwitscher herum, die Bäume waren ins Blühen gekommen, friedlich segelten weiße Wolken über die Berge hin.

Langsam, ohne es recht zu bemerken, begann Robert zu gehen, machte einen großen Bogen um die Viehweiden, damit der Bertl ihn nicht sehe. So kam er zum Wald hinauf, ließ sich dort im Schatten nieder und sah zum Hof hinunter, der von der Sonne umflossen dalag.

Angst und Grauen waren in ihm. Und Mitleid mit der Frau, die plötzlich wie aus dem Jenseits zurückgekehrt war. Zehn Jahre Sibirien! Arme Anita! Seine Gedanken gingen zurück zu dem Tag, an dem er sie geheiratet hatte, ein junges, strahlendes Geschöpf. Vier Schimmel hatten die Hochzeitskutsche gezogen, und die ganze Nacht hatte das Fest gedauert, für die Gutsleute wenigstens, denn er war mit Anita am frühen Abend schon weggefahren nach Grado und Venedig. Kaum neunzehn Jahre war sie damals alt gewesen. Nur vier glückliche Ehejahre, dann war der Krieg ausgebrochen.

»Ich bin nämlich alt und hässlich geworden …«, hämmerten ihre Worte. Und er rechnete nach, wie alt sie jetzt sein musste. Nur ein paar Jahre älter als Gabriele. Mitte der dreißig ist eine Frau noch nicht alt und hässlich. Konnte sich ein so schönes, schmales Gesicht überhaupt in ein hässliches verwandeln? Was hatten sie mit ihr gemacht?

Dann fiel ihm Gabriele wieder ein, und er stöhnte auf.

Warum hatte er auf sie gehört! Warum, warum nur? Weshalb hatte er nicht vor der Hochzeit eine Todeserklärung für seine erste Frau beantragt! Gabriele war eigentlich schuld, sie hatte ihn überredet, zu schweigen. Aus purer Eitelkeit, damit die Leute nicht erführen, dass er schon einmal verheiratet war. Und weil er auf sie gehört hatte, darum stand er jetzt nicht nur als Schwindler, sondern sogar als Verbrecher da!

Warum musste aber auch die andere wieder auftauchen? Es war doch alles so schön zugedeckt gewesen, die ganze Vergangenheit. Man konnte jetzt doch nicht alles rückgängig und ungeschehen machen, nur weil da mit der Post ein Brief gekommen war, mit dem sich die Vergangenheit wieder meldete und ihre berechtigten Ansprüche stellte!

Hatte Anita ihm vorher Leid getan, jetzt hasste er sie. Warum musste sie sich wieder in sein Leben drängen, das er sich ganz neu aufgebaut hatte! Und dieses herrliche Gebäude, dieses auf solider Grundlage aufgebaute Lebensglück, es sollte nun zusammenstürzen wie ein Kartenhaus? Das konnte und durfte Anita nicht von ihm verlangen!

Was auch immer er sich aber vorsagte, bei ehrlichem Nachdenken kam er nicht darum herum, dass Anita ältere Rechte an ihn hatte, dass ihre Rechte nicht erloschen waren. Dann hatte er sich endlich so weit gefangen, dass er fähig war, einen Entschluss zu fassen. Und dieser Entschluss lautete, auf diesen Brief zunächst einmal nicht zu antworten. Aber wie er Anita kannte, würde sie nicht aufgeben. Sie würde ein zweites Mal schreiben und den Brief diesmal einschreiben lassen. Wenn er dann noch nichts hören ließ, würde sie sich auf seine Spur setzen, würde ihn suchen lassen. Immerhin könnte er auf diese Art sechs oder acht Wochen herausschinden. Das war eine Galgenfrist für ihn, aber er brauchte Gabriele vorerst nicht mit in das Dunkel hineinzuziehen, in das ihn dieser Brief gestürzt hatte.

So feierlich still war es um ihn herum. Nicht allzu weit rief ein Kuckuck. Er zählte die Rufe nicht wie in früheren Jahren. Aber der Kuckuck schrie endlos. Laut und pochend war sein Ruf, wie eine eindringliche Warnung, die ihm die Stunden seiner Galgenfrist aufzählte.

Wie schnell doch das Schicksal zuschlägt, wenn es sich einmal aufgemacht hat, einen Menschen zu treffen! Heute beim Aufwachen, nein, vor einer Stunde noch, hatte er von alldem nichts gewusst. Jetzt hing das Damoklesschwert über ihm und würde auf ihn niederfallen, wenn auch noch nicht heute, so doch in allernächster Zeit.

Genau betrachtet hatte aber doch der Zufall eine günstige Rolle gespielt, denn in der Regel war Gabriele allein daheim, wenn der Postbote so zwischen zehn und elf Uhr kam. Nur weil er noch den Brief hatte schreiben müssen, war er daheim gewesen. Was wäre gewesen, wenn Gabriele den Brief erhalten und geöffnet hätte?

Er stöhnte auf und schlug die Hände vors Gesicht. »Dieser verdammte Brief! Zum zweiten Mal wird mir jetzt mein Leben zerstört.«

Endlich beschloss er, Gabriele vorerst von dem Brief nichts zu sagen. Angelogen hatte er sie übrigens schon, weil er den Brief verleugnet hatte. Die erste, bewusste Lüge in seiner Ehe mit Gabriele.

Der Kuckuck rief immer noch. Diesmal weiter weg und in kürzeren Abständen. Immer mehr Wolken waren am Himmel aufgezogen, und wahrscheinlich würde es am Nachmittag regnen.

Er stand auf, ging auf die Weide hinunter und half dem Arbeiter, den Zaun zu richten. Da und dort musste ein Pfosten erneuert und der Stacheldraht straff gezogen werden. Ich werde mir ein Batteriegerät zulegen und die Zäune elektrisch laden, nahm er sich vor, um im nächsten Augenblick schon wieder zu denken: Nein, ich werde gar nichts mehr tun. Ich werde ins Gefängnis gehen, jawohl, weil sie mich wegen Bigamie verurteilen werden. Und danach werde ich Gabriele und meinen Buben nie mehr sehen, weil ich ja zu Anita zurückkehren muss.

So wütend schlug er mit dem schweren Schlegelhammer auf einen Pfahl ein, den der Bertl hielt, dass dieser verängstigt zu ihm emporblinzelte in der Befürchtung, es könnte bei so vielen blindwütigen Schlägen einmal einer daneben und auf seine Hand gehen.

Als er dann zu Mittag mit dem Arbeiter heimging, war ihm so zentnerschwer ums Herz, dass er klar erkannte, diese Bürde nicht allein tragen zu können. Er musste mit Gabriele sprechen. Einen Rat würde sie zwar auch nicht wissen, aber wenn die Last geteilt war, dann war sie leichter zu tragen. Sie hatten das Glück miteinander getragen, nun mussten sie auch das Leid gemeinsam tragen.

Wenn das Bekennen der Wahrheit nur einfacher gewesen wäre! Als er in die Küche trat und Gabriele neben dem Buben auf dem Boden knien sah, um ihm beim Aufbau der Bauklötzchen zu helfen, kam ihm mit einem Mal die Ausweglosigkeit seiner Lage ganz zum Bewusstsein. Nein, so ging es auch nicht, einfach hereinkommen, sich die Hände waschen und nebenbei sagen: Hör einmal, Gabriele, da ist nun meine erste Frau wieder aufgetaucht. Sie ist nicht tot, wie man mir versichert hat. Was machen wir nun?

Nein, das ging auf keinen Fall! So nicht und anders herum auch nicht. Ob schonend oder abrupt, es musste immer das gleiche schwere Leid daraus erwachsen.

In diesem Augenblick hob Gabriele den Kopf und lächelte ihn an.

»Seid ihr fertig mit dem Zaun?«

Er nickte und blickte auf ihren dunklen Scheitel hinab.

Stumm stand er da und dachte an die andere, die ihn gerufen hatte, die ihn brauchte, die arme, kranke Frau, nun auch noch um das Letzte betrogen, des einzigen Haltes noch beraubt.

Gabriele dagegen war gesund und blühend. Sie würde ihn nicht so dringend brauchen, sie stand ja stark und kraftvoll im Leben. Glühend schoss es ihm durch Mark und Bein, dass er ja mit Gabriele gar nicht mehr verheiratet war, weil Anita noch lebte.

Gabriele stand jetzt auf, sah ihn flüchtig an und wandte sich dann dem Herd zu.

»Ich habe Kalbsniere für dich gemacht, sauer. Für alle hätte es nicht gereicht. Der Lammwirt hatte nur mehr die Hälfte von einem Kalb.«

Robert setzte sich auf die Bank beim Fenster und erwiderte müde:

»Ich hab dir doch schon oft gesagt, du sollst für mich nichts anderes auf den Tisch stellen. Die Leute meinen sonst, ich wäre was Besseres. Und überhaupt, Gabriele, ich habe keinen Hunger.«

Sie wandte das Gesicht herüber, das vom Herdfeuer ein wenig erleuchtet war.

»Hast du Ärger gehabt?«

»Ärger? Nein, wieso? Aber ich werde das mit dem Weidezaun im nächsten Jahr anders machen. Elektrisch laden, weißt du. Und dann kann man ihn jeweils versetzen.«

Das sagte er ganz ruhig. Nebenbei aber dachte er: Ich muss mich zusammennehmen, sonst merkt sie etwas. Sie war bei aller äußerlichen Tatkraft doch ungewöhnlich feinfühlig. Der kleine Andreas krabbelte auf seine Knie, und er fuhr dem Knaben mit den Fingern durch die blonden Locken. Immerzu. Dabei starrte er zum Fenster hinaus. Die Schwalben flogen ganz nieder über dem Boden. Bald würden die ersten Tropfen fallen. Der Himmel war jetzt ganz zugezogen.

»Wird es regnen?«, fragte Gabriele.

»Einzelne Niederschläge hat das Radio heut früh angekündigt. Doch du weißt ja selbst, dass sich auch Meteorologen irren können.«

»Ruf die Leute zum Essen, Robert, ich bin fertig. Der Vater, mein ich, ist auf dem Speicher oben.«

Sonst pflegte sich Robert nach dem Essen immer im kleinen Stübchen eine halbe Stunde hinzulegen. Heute trieb es ihn hinaus. Es war ihm, als erdrückten ihn die Wände im Haus. Im Flur stieß er mit dem alten Surauer zusammen, der ihn fragte, ob der Weidezaun nun in Ordnung sei.

Robert starrte ihn geistesabwesend an.

»Was meinst du, soll in Ordnung sein? Ist doch sowieso alles in schönster Ordnung auf dieser schönen Welt! Schau dich nur um, überall die schönste Ordnung!«

Verdutzt schaute ihm der Alte nach, wie er, den Kopf eingezogen, über den Hof ging. Die Hände hatte er hinter dem Rücken verkrampft. Kopfschüttelnd drehte sich der Surauer um und ging in die Küche, um seine Pfeife zu suchen. Gabriele kam gerade aus der Kammer, wo sie den Kleinen hingelegt hatte.

»Was ist denn dem Robert über die Leber gelaufen? Habt ihr euch gestritten? Der hat so komisch dahergeredet und so sonderbar geschaut.«

Die Gabriele band sich eine Schürze um, um das Geschirr abzuspülen, und sah den Vater fragend an.

»Ist es dir auch aufgefallen? Mir kam er auch so merkwürdig vor. Nein, wir hatten nichts miteinander. Vielleicht hat er sich über den Bertl geärgert?«

»Das glaub ich kaum. Wann ärgert sich der Robert schon einmal! Ich hab ihn noch nie grantig gesehn.«

»Das ist es ja! Darum fällt es bei ihm sofort auf, wenn er einmal anders ist.« Nachdenklich schaute Gabriele eine Weile zum Fenster hinaus. Es regnete bereits ein wenig, aber lang konnte es nicht dauern, denn hinten im Westen zeigte der Himmel bereits wieder freundliches Gelb. Auf einmal hellte sich ihr Gesicht auf. »Weißt, was es sein kann? In letzter Zeit jammert er manchmal über Schmerzen im Kreuz. Die Bandscheiben, sagt er, sind es. Aber jetzt muss er zum Doktor, jetzt geb ich nicht mehr nach!«

Na also, jetzt war für die beiden das Rätsel gelöst.

Nach einer Stunde hatte der Regen wirklich wieder aufgehört, und Robert fuhr mit dem Arbeiter und der Vroni zum Kartoffelacker hinunter, um noch einen kleinen Rest Kartoffeln zu legen. Um vier Uhr kehrten sie bereits auf den Hof zurück. Roberts Gesicht war wieder etwas aufgehellter, die Furche zwischen seinen Brauen verschwunden.

»Ich werde noch ein bissl ins Revier gehen, Gabriele«, sagte er.

Um diese Zeit gab es zwar noch nichts zu schießen, aber er ging trotzdem mit Gewehr und Rucksack weg. Ihm war, als brauche er dieses Alleinsein dringend, um sich klar zu werden, was er nun tun wollte. Er kam bis zum See hinauf und versank in der Erinnerung an den Sommertag, als er sich mit Gabriele zum ersten Mal hier getroffen hatte. Das Gewehr über die Knie gelegt, so saß er da und starrte auf das Wasser. Er stellte sich vor, wie Anita nun Tag für Tag darauf wartete, dass Antwort von ihm kam. Ein ängstliches, zermürbendes Warten, so wie jemandem zu Mute sein muss, der zum Tod verurteilt ist und nicht weiß, wann das Urteil vollstreckt wird.

Schließlich kam er wieder zu dem Entschluss, den Brief vorerst nicht zu beantworten. Das versetzte ihn zunächst einmal selber in einen Zustand der Sicherheit. Wenigstens Gabriele gegenüber. Dabei hätte er aber bedenken müssen, dass die Gabriele viel zu stark mit ihm verbunden war, als dass sie die kleinste Regung, die leiseste Änderung in seinem Wesen nicht erahnt hätte. Hatte sie nicht bereits schon etwas erfühlt? Sie hatte ihn beim Heimkommen vom Kartoffelacker so forschend angesehen.

Sie sah ihn dann auch, als er in der fallenden Dämmerung heimkehrte, wieder so forschend an und sagte in ihrer bestimmenden Art:

»Du gehst morgen zum Doktor! Ich hab es heut Mittag schon gemerkt, dass du wieder Kreuzweh hattest.«

»Kreuzweh? Keine Spur! Wie kommst du darauf? Ich spüre seit Monaten nichts mehr. Im Übrigen könnte mir da der Doktor Wendt, so tüchtig er sonst sein mag, auch nicht helfen. Da muss ich schon zu einem Chiropraktiker.«

»Dann geh aber gleich hin, wenn du wieder was spürst.«

Ihre Anteilnahme tat ihm wohl, aber die ganze Ungeheuerlichkeit der plötzlichen Wendung schien ihn erdrücken zu wollen. Gestern war alles noch so klar und einfach gewesen, da hatte er sich in der Nestwärme geborgen gefühlt. Und jetzt …

Er nahm ihre Hand, so als wolle er sich Trost bei ihr holen. Das war an sich nichts Besonderes, heute aber schien es ihr, als sei seine Hand kalt und kraftlos. Forschend sah sie ihn an.

»Du hast etwas, Robert.«

Er setzte ein staunendes Lächeln auf.

»Aber was sollte ich denn haben?«

»Dann ist es ja gut. Gehen wir jetzt schlafen?«

Sofort stimmte er zu. Er schlief aber nicht wie sonst gleich ein, sondern lag noch hellwach da und starrte zur Decke hinauf, obwohl er den Atem tief aus und ein zog, damit Gabriele glauben sollte, er schliefe schon.

Manchmal murmelte der Andreas in seinem Bettchen etwas im Traum.

Es waren unverständliche Worte. Einmal bewegte der Nachtwind auch einen lockeren Fensterladen, sodass er leise knarrte, und Robert dachte, dass er da morgen gleich nachsehen müsse.

Gabriele schlief neben ihm, so meinte er wenigstens, weil er nicht wusste, wie sehr er sie in Unruhe versetzt hatte.

»Gute Nacht«, ja, das hatte er wohl gesagt, aber dabei vergessen, dass er sonst ein weniges mehr zu sagen pflegte oder wenigstens ihre Hand ein bisschen nahm.

Plötzlich drehte sie die Nachttischlampe an und sagte mit betrübter Stimme:

»Du schläfst ja gar nicht, Robert.«

Blitzschnell hatte er die Augen geschlossen, aber ihre Hand berührte ihn an der Schulter und rüttelte ihn.

»Und es ist doch was, Robert! Komm, spiel mir jetzt keinen Schlaf vor, wenn du hellwach bist.«

Da erkannte er, wie wenig Sinn es hatte, vor ihr etwas verbergen zu wollen. Nur einen Augenblick noch wollte er das Drohende beiseite schieben, indem er fragte:

»Was soll denn sein?«

»Das wirst du mir jetzt wohl sagen müssen, Robert, weil ich nämlich keine Ruhe mehr geben werde. Du verbirgst mir etwas. Du kannst dich nur schlecht verstellen.«

Für ein paar Sekunden lag er ganz still, ganz flach, fast ganz ohne Atem. Dann sagte er resigniert:

»Als ob man vor dir etwas verbergen könnte!«

»Nein, das kann man nicht oder wenigstens nicht leicht.«

»Ich gebe es auf, Gabriele.«

»Was gibst du auf?«

»Es für mich allein zu tragen.«

Gabriele richtete sich auf dem Ellbogen auf und sah auf sein Gesicht, das ihr plötzlich ganz gequält erschien.

»Was kannst du nicht allein tragen?« Ihre Stimme zitterte angstvoll. »Das brauchst du auch nicht, denn ich werde dir tragen helfen, was es auch sein mag. Nur muss ich es wissen. Wir haben doch bisher alles miteinander besprochen, und dann war es immer wieder gut.«

Er öffnete seine Augen weit und sah sie voller Traurigkeit an.

»Ja, alles war gut, Gabriele. So gut, dass ich manchmal gedacht habe, so viel Glück könne es doch gar nicht geben. Da müsste doch einmal was daherkommen, das alles verdunkelt, was zwischen uns so hell gewesen ist.«

Zwischen ihre Brauen hatte sich eine tiefe Falte geschoben.

»Was ist dahergekommen, Robert? So red doch um Gottes willen! Ich spür doch, dass etwas zwischen uns gekommen ist …«

Er schloss die Augen, weil er sie jetzt nicht mehr ansehen konnte, und stieß heraus:

»Sie ist gekommen!«

»Wer?«

»Anita ist gekommen, meine erste Frau.«

Für eine Minute war es totenstill, bis Gabriele mit einem erloschenen Klang in der Stimme fragte:

»Wo ist sie?«

»Nicht hier. Weit weg, in der DDR. Aber sie lebt, und ich soll zu ihr kommen.«

Aus Gabrieles Gesicht war alle Farbe gewichen. Sie starrte ihn entsetzt an, ihre Lippen zuckten.

»Woher weißt du denn das?«

»Heute hab ich einen Brief von ihr bekommen.«

»Zeig mir den Brief.«

Er griff nach seiner Jacke, die über der Stuhllehne neben dem Bett hing. Eine beängstigende Stille breitete sich aus. Dann ließ Gabriele den Briefbogen sinken und starrte mit vorgeschobener Unterlippe vor sich hin. Robert machte sich schon auf einen verzweifelten Ausbruch gefasst. Statt dessen sagte Gabriele ruhig und gefasst:

»Wann hast du den Brief bekommen?«

»Heut Morgen.«

»Und da wartest du bis in die späte Nacht, um mir etwas davon zu sagen? Vielleicht hättest du mir überhaupt alles verschwiegen, wenn ich nicht gespürt hätte, dass mit dir etwas los ist. Hast du denn kein Vertrauen mehr zu mir?«

»Das hat doch mit Vertrauen nichts zu tun. Es gibt eben Dinge, mit denen jeder Mensch allein fertig werden muss.«

»Warum heiratet man dann? Dass man in der Not eine Stütze hat, dass einer dem andern beisteht und hilft! Das hast du anscheinend vergessen!«

»Ja, aber was soll ich denn tun?«

»Was du tun sollst? Robert, du bist doch sonst nicht so hilflos in heiklen Situationen. Immer hast du sofort gewusst, was du tun musst, und jetzt fragst du mich. Das ist doch ganz klar, dass du sofort zu ihr hinfahren musst.«

Ungläubig starrte er sie an.

»Aber was soll ich ihr denn bloß sagen?«

Ein kurzes, hartes Lachen.

»Da gibt es doch nichts anderes als die Wahrheit, Robert. Sie tut oft weh, aber sie ist menschlicher als jede Lüge.«

»Also gut, die volle Wahrheit. Und was ist dann?«

»Was dann ist? Ich verstehe dich nicht, Robert.«

»Weil du mich nicht verstehen willst, Gabriele. Du scheinst dir über die Tragweite nicht ganz klar zu sein.«

»O doch. Ich kann mich vielleicht bloß nicht so ausdrücken. Aber nach meinem Empfinden gibt es doch gar nichts anderes, als dass du ihr klar machst, dass sie verzichten muss.«

»Ja, ja, natürlich, verzichten.«

»Du hast mir einmal erzählt, dass sie dich auch sehr lieb gehabt hätte. Wenn das wahr ist – wenn sie dich immer noch gern hat –, dann darf und kann sie unser Leben nicht zerstören.«

Das hörte sich alles recht einfach an. Und dennoch konnte es ihn nicht beruhigen.

Robert hatte die Faust geballt und schlug sich immer wieder damit gegen das Kinn, so als müsse er sich Schmerz zufügen. Gabrieles Worte gingen ihm im Kopf herum. Er verstand sie ja, es war ihr Recht, sich zu wehren, und ihre natürliche Art musste das auf diese Weise tun. Endlich sagte er:

»Aber was ist, wenn sie nicht will? Schließlich, Gabriele, wir können es ansehen, wie wir wollen – sie ist immer noch meine Frau.«

Gabriele schüttelte so heftig den Kopf, dass ihr das lange Haar über die Augen fiel. Mit einer energischen Bewegung strich sie es zurück. In ihren Augen sprühte ein trotziger Wille.

»Heute bin ich deine Frau! Wir haben einen Sohn, und ein zweites Kind will kommen. Da muss sie doch einsehen, dass sie den Kindern nicht den Vater wegnehmen kann!« Sie stutzte plötzlich und sah ihn scharf an. »Ist es überhaupt die ganze Wahrheit? Leben vielleicht die Kinder aus deiner ersten Ehe auch noch?«

»Nein, Gabriele. Sie sind tot.«

Beinahe hätte sie gesagt, dann ist es ja gut. Sie verschluckte es gerade noch rechtzeitig und schämte sich auch für den Gedanken, dass es vom Schicksal ungerecht war, die andere noch einmal unter die Lebenden einzureihen.

»Robert«, fiel es ihr dann ein, »versprich ihr, dass wir für sie sorgen werden. Aber mehr kann sie von dir nicht verlangen.«

»Ja, ja«, sprach er nach. »Du hast Recht, mehr kann sie von mir nicht verlangen. Ich werde ihr morgen schreiben, dass ich zu ihr komme und alles mündlich mit ihr besprechen werde. Aber nun wollen wir versuchen, ob wir nicht noch etwas schlafen können.«

Und doch machten in dieser Nacht beide kein Auge mehr zu. Sie sprachen zwar nichts mehr, waren aber doch beide innerlich zutiefst aufgewühlt. Als dann der Tag graute, erhob sich Robert, kleidete sich behutsam an, damit sie nicht aufwachte, denn für gewöhnlich stand

Gabriele immer eine halbe Stunde nach ihm auf. Aber als er dann die Tür hinter sich geräuschlos geschlossen hatte, überließ sich Gabriele ihrem Schmerz und weinte zum ersten Mal in ihrer Ehe bitterlich.

Acht Tage später war es dann so weit. Robert wollte mit dem Wagen bis kurz vor die Grenze fahren und dann mit dem Zug. Weil er dazu aber noch verschiedene Papiere brauchte, verzögerte sich alles noch einmal um acht Tage.

In diesen vierzehn Tagen hatten sie alles genauestens und in aller Ruhe durchgesprochen. Robert sollte ihr eine anständige Abfindung geben. Gabriele meinte, das sei er ihr schuldig, wenn sie doch einmal einen beträchtliche Mitgift mit in die Ehe gebracht habe.

Dann packte sie ihm den Koffer, tat einen zweiten Anzug, Unterwäsche und Lebensmittel hinein. Ein großes Stück Rauchfleisch, Eier und einige Gläser Eingemachtes. Sie hatte Robert gebeten, dem Vater von alledem nichts zu sagen. Er müsse ganz einfach einmal in die ehemalige Heimat, um wegen seines früheren Besitztums einiges in Ordnung zu bringen.

Die ganze Zeit über hatte sie sich recht tapfer und zuversichtlich gezeigt, obwohl in ihrem Herz eine riesige Angst nistete.

»Wie lange wirst du wegbleiben, Robert?«, fragte sie, als er nach dem Koffer griff.

»Ich werde so bald wie möglich zurückkommen, Gabriele. Aber mich genau festlegen auf einen Tag, das kann ich nicht.«

»Nein, nein. Wenn du nur mit einer guten Nachricht zurückkommst, dass wir wieder frei atmen können!«

»Es wird schon alles gut werden, Gabriele.«

Als sie ihm beim Wagen noch einmal die Hand reichte, an der anderen hatte sie den kleinen Andreas, da hatte sie ganz verschwommene Augen. Es war plötzlich alles viel schwerer, als sie geglaubt hatte. Nie hätte sie sich träumen lassen, dass Robert einmal allein tagelang fortfahren würde, am allerwenigsten, um seine erste Frau zu besuchen, von deren Tod er so fest überzeugt gewesen war.

»Bitte, vergiss uns nicht«, schluckte sie.

»Aber wo denkst du denn hin, Gabriele!«

Sie hielt ihm den Buben hoch, damit er ihn küssen konnte. Dann stieg er ein und fuhr aus dem Hof.

Zuerst fuhr er so langsam, als fragte er sich, ob er nicht doch umkehren sollte. Erst hinter dem Dorf, auf der offenen Straße, gab er Gas und fuhr dann mit hoher Geschwindigkeit.

Nach knapp zwei Stunden Fahrt war er in München. Auf der Autobahn Nürnberg raste er in einem Tempo dahin, als könnte er auf einmal nicht mehr schnell genug bei Anita sein. Es war aber nicht Sehnsucht nach ihr –nein, er horchte ganz genau in sich hinein –, es war keine Sehnsucht, sondern nur eine große Hast, diese unerfreuliche Angelegenheit bald hinter sich zu bringen. Erst als er hinter Bayreuth die Autobahn verließ und in die Bundesstraße nach Kulmbach einbog, verlangsamte er die Fahrt und verfiel wieder in tiefes Nachdenken. Greinach war jetzt schon so weit weg, der Hof, Gabriele und Andreas, alles lag so weit hinter ihm. Ganz schwer wurde ihm ums Herz, und es fiel ihm ein, dass er das gleiche Gefühl in sich gehabt hatte, als er sich nach seinem letzten Militärurlaub in Schöneichen von Anita und den Kindern trennte, um wieder an die Front zu fahren. Er hatte dann Anita und die Kinder nie mehr gesehen. Sollte er jetzt auch Gabriele und seinen Buben nicht mehr sehen?

Gewaltsam versuchte er, diese Gedanken abzuschütteln. Und auf einmal spürte er die ganze Gewalt der Liebe, mit der er an Gabriele und an sein neues Zuhause gefesselt war.

In Kronach stellte er den Wagen ein und fuhr mit dem Zug weiter. Da seine Papiere in Ordnung waren, kam er unbehelligt über die Grenze.

In Sonneberg musste er umsteigen in eine Nebenlinie, die nach Rauenstein führte. Es war genau fünf Uhr nachmittags, als er dort ankam und etwas unbeholfen am Bahnhof stand. In der nächsten Viertelstunde musste er Anita gegenüberstehen.

Der Weg vom Bahnhof führte ein wenig bergauf, und sein Atem ging schwer. Dann stand er vor dem Haus. Es war ein zweistöckiges graues Haus mit einem kleinen Garten auf der Rückseite. Die Haustür stand offen. Im ersten Stock las er dann auf einem weißen Emailschild: Hilde Lohwasser.

Er war am Ziel.

Wie würde Anita aussehen nach so vielen Jahren und nachdem sie vorsichtig angedeutet hatte, er solle nicht erschrecken. Welches übergroße Glücksgefühl müsste ihn jetzt durchfluten, wenn er ihr frei und von nichts belastet gegenübertreten könnte!

In diesem Augenblick fiel ihm gerade noch rechtzeitig ein, dass er den Ehering abstreifen müsste.

Dann hob er die Hand und drückte mit gemischten Gefühlen auf den Klingelknopf.

Auf sein Läuten hin rührte sich zunächst nichts. Erst beim zweiten Mal vernahm er müde, schleppende Schritte hinter der Tür, die sich dann nur zaghaft zu einem Spalt öffnete. Nur der halbe Ausschnitt eines Gesichts mit weißem Haar wurde sichtbar, und eine müde Stimme fragte scheu und ängstlich:

»Ja, bitte?«

»Entschuldigung«, sagte Robert. »Wohnt hier Frau Kling?«

Die Kette klirrte, fiel rasselnd herunter und weit, ganz weit, öffnete sich jetzt die Tür. In ihrem Rahmen stand groß und erschreckend mager eine Frau mit weißem Haar. In dem hohlwangigen Gesicht ohne Farbe sahen die dunklen Augen wie zwei kleine Höhlen aus. Erst als ein Lächeln über ihre Züge huschte, erkannte er sie plötzlich und erschrak bis in sein tiefstes Inneres hinein.

Das sollte wirklich die einst so blühende Anita sein? Aber es war kein Irrtum, denn sie streckte jetzt die Arme nach ihm aus und schluchzte laut auf.

»Robert – endlich!«

Sie fiel in seine Arme hinein und weinte herzzerbrechend. Zu überwältigend war dieses Wiederfinden nach so vielen Jahren. Er konnte nichts tun, als ängstlich über ihr Haar streicheln. Endlich fand auch er ein paar Worte:

»Sei ruhig jetzt, Anita, ich bin ja bei dir.«

»Ja, du bist bei mir! Endlich wieder bei mir! Komm herein, Robert! Ich bin allein. Frau Lohwasser ist nach Sonneberg, um Spielwaren abzuliefern. Aber sie muss bald zurückkommen.«

Er folgte ihr in die Küche, wo sie auf dem Sofa gelegen hatte, bis es geläutet hatte. Sie war immer noch krank und schwach. Jetzt wollte sie für ihn Tee kochen, aber er bat sie, sich wieder hinzulegen, wenn sie so schwach wäre. Er würde bei ihr sitzen, und sie sollte ihm alles erzählen. Das war zunächst viel besser, als wenn er erzählen müsste.

»Danke«, sagte sie, legte sich aber nicht auf das Sofa, sondern setzte sich nur und bat ihn, sich neben sie zu setzen.

»Es tut mir Leid«, sagte er dann, »dass ich dir keine Blumen …«

»Aber das ist doch nicht wichtig, Robert! Hauptsache, dass du da bist und mich von hier wegholst!«, fiel sie ihm ins Wort.

Er schluckte, stand schnell auf und öffnete den Koffer.

»Ich habe dir aber etwas anderes mitgebracht«, sagte er und packte aus. Auch eine Flasche Wein stellte er auf den Tisch, die er in Kronach noch erstanden hatte.

»Wein?«, staunte sie. »Ich habe schon eine Ewigkeit keinen Wein mehr getrunken. Vielleicht war das in einem anderen Leben. Wie bist du eigentlich hergekommen, Robert?«

»Bis Kronach bin ich mit dem Wagen gefahren und dann mit dem Zug.«

»Du hast einen Wagen? Ach, ich freue mich, dass es dir wieder gut zu gehen scheint. Du siehst übrigens blendend aus, Robert. Nun wird alles wieder gut werden!« Sie legte ihren Kopf an seine Schulter und begann wieder zu weinen, bat ihn um Entschuldigung und sagte, das sei wirklich nur die Freude, die sie zum Weinen bringe.

Zum Glück kam jetzt Frau Lohwasser zurück. Sie hatte in einer großen Tasche Spielsachen nach Sonneberg in die Fabrik gebracht, hundert kleine braune Teddybären, die sie hier in Heimarbeit anfertigte wie die meisten Leute in diesem Dorf.

Sie war alt geworden, und Robert hätte sie nicht mehr erkannt. Aber die Freude auf ihrem gutmütigen Gesicht war ehrlich. Es sei ein wahres Glück, sagte sie, dass er gekommen sei, denn während diesem langen Warten auf ihn habe sich Frau Anitas Zustand wieder verschlechtert.

»Es war wegen der Einreisepapiere«, sagte er. »Sonst wäre ich früher gekommen.« Und als sie dann sagte, sie wolle etwas zum Essen richten, meinte er: »Nein, lassen Sie nur, Frau Lohwasser, ich habe Essen mitgebracht.«

Die Wohnung war dürftig, es war nur noch ein Zimmer da, in dem die beiden Frauen schliefen. Robert wollte hier in der Küche auf dem Sofa bleiben. Er äußerte dies beinahe so heftig und nachdrücklich, dass es hätte auffallen müssen. Aber dies blieb unerkannt, und sie saßen an diesem Abend bis spät in die Nacht hinein beisammen.

Anita Kling erzählte. Leise, eintönig, als spräche sie von weit her, aus einer Welt, in der es nur Schmerzen und Leiden gab. So kam ein Wort nach dem anderen über ihre schmalen, rissigen Lippen. Mitunter nahm sie einen Schluck Wein. Ohne Leidenschaft erzählte sie dann weiter, und ohne Klage nahm sie ihre Zuhörer mit auf die grauenvolle Wanderschaft durch die Hölle von Sibirien.

Dann zog Frau Lohwasser sich zurück. Es war gut gemeint, weil sie dachte, dass sich die beiden doch allein mehr zu sagen hätten, vor allem auch vieles, was für andere Ohren und Augen nicht bestimmt war.

Aber sie sagten sich in den nächsten Minuten gar nichts. Endlich hob Robert seinen Blick zu ihrem Gesicht. Sein Herz war mit Mitleid angefüllt bis zum Rand. Dann war plötzlich ihre leise Stimme wieder da, in der schon ein kleiner Hauch von Zärtlichkeit war.

»Und nun erzähl mir von dir, Robert. Wie ist es denn dir ergangen, und wie geht es dir jetzt?«

Sofort wusste er, dass er von seiner Vergangenheit gar nichts sagen würde. Sollte er denn jetzt sie durch die Hölle der letzten Kriegstage, durch das Grauen der Gefangenschaft, durch all die Not schleppen, die auch sie am eigenen Leib verspürt hatte, als Frau wahrscheinlich noch härter und verzweifelter? Um diese Dinge zu erzählen, fand sich immer noch Zeit. Jetzt musste er schon mit der Gegenwart beginnen.

Ein tiefer Atemzug hob seine Brust. Die Wahrheit und nichts als die Wahrheit, klangen ihm Gabrieles Worte in den Ohren. Aber er wäre sich wie ein Mörder vorgekommen, hätte er ihr jetzt die Wahrheit gesagt, jetzt, wo in ihren müden Augen bereits ein kleiner Glanz von Glück und Geborgenheit schimmerte. Und doch und doch! Wenn er jetzt log, würde diese erste Lüge immer neue Lügen nach sich ziehen. Das würde wie ein Labyrinth werden, aus dem es kein Entrinnen mehr gab.

Und so begann er denn stockend:

»Ich habe natürlich lange nach dir – nach euch geforscht. Im Laufe dieser Ermittlungen, auf einen Aufruf der Suchaktion im Rundfunk, hat sich dann Inspektor Werbing …«

»Ach, der gute Werbing! Ich dachte, er wäre damals auch umgekommen.«

»Mittlerweile ist er leider gestorben. Noch vor gar nicht so langer Zeit. Von ihm habe ich also erfahren, dass du und die Kinder …«

»Ja, so sah es auch aus. Er hat das annehmen müssen. Aber ich kam davon. – Nur Michael und Elke –, bitte, erspare es mir, Robert. Sie hatten nichts zu leiden, es ging in Sekundenschnelle, und oft habe ich mir gewünscht, dass sie mich mitgenommen hätten, weil das, was nachher kam, furchtbarer war als ein schneller, barmherziger Tod. Ich glaube, es war auch nur der Gedanke an dich, dich wieder sehen zu müssen, der mir die Kraft gegeben hat, alles durchzustehen.«

»Du weißt nicht, Anita, wie nahe ich selber dem Tod war.«

Sie war näher an ihn herangerückt. Schüchtern und ängstlich, so als hätte sie Angst, ihn nicht berühren zu dürfen, streichelte sie über sein Haar.

»Ich habe immer gefühlt, Robert, dass du am Leben bist. Ich weiß nicht, woher ich diesen Glauben genommen habe, aber er war ganz einfach da.«

»Und jetzt hat ja alles ein glückliches Ende«, hörte er sich sagen.

»Ja, Gott sei Dank! Manchmal hatte ich furchtbare Angst, du könntest an meinen Tod glauben und vielleicht wieder heiraten. Es wäre dir wirklich nicht zu verdenken gewesen.

Du bist ja noch in den besten Jahren, und das Leben muss ja irgendwie weitergehen, in einer anderen Form, wenn das alte zerbrochen ist. Aber, Robert, wir haben uns doch so sehr geliebt, dass man doch gespürt hatte, wenn der andere gestorben wäre. Und ich habe dir vorhin schon gesagt, ich habe unablässig daran geglaubt, dass du lebst.«

Dir hat man auch nicht so zuverlässig von meinem Tod berichtet wie mir von dem deinen, dachte er erschüttert. Aber er schwieg, streichelte ihr über das Haar und sah nur auf einen Nagel an der grob getünchten Wand, als könnten ihm von dort her die Worte kommen, die er jetzt sagen musste. Aber war es denn dazu nicht bereits zu spät? Hätte er das nicht schon vor Stunden sagen müssen? Jetzt lehnte sie an seiner Brust in einer unendlichen Geborgenheit. Ihr Gesicht hatte sich ein bisschen belebt, war mit einem feinen rötlichen Hauch überzogen. Aber das konnte auch von dem ungewohnten Wein kommen.

Ihre Stimme schreckte ihn wieder auf.

»Was treibst du jetzt?«, hörte er sie fragen.

Ganz tief musste er Atem holen, gerade so, als wollte die Lüge nur schwer über seine Lippen kommen. Dann hatte er sich überwunden. Auf der ganzen Herfahrt hatte er hunderte von Möglichkeiten erwogen, falls er den Mut zur Wahrheit bei dieser ersten Begegnung nicht gleich finden sollte. Welche dieser Möglichkeiten war nun die beste? Welche Lüge am wenigsten erbärmlich?

»Ich?«, lächelte er dann verzweifelt. »Was ich jetzt treibe? Nun, ich habe wieder Fuß gefasst.«

»Anders wäre es bei deiner Lebenseinstellung auch gar nicht möglich«, nickte sie anerkennend. »Dieses Greinach, oder wie es heißt, ist es ein Bauerndorf?«

»Ja, mitten im Gebirge.«

»Ich kann mich erinnern, dass wir immer einmal ins Gebirge wollten, aber wir kamen nie dazu, mit Ausnahme der Fahrt durch die Dolomiten, als wir nach Venedig fuhren auf unserer Hochzeitsreise.«

Er war schon versucht, ein Loblied anzustimmen auf die Schönheit der bayerischen Berge, als ihm einfiel, dass er sie doch nicht dorthin mitnehmen konnte. Jetzt wenigstens noch nicht. Darum sagte er:

»So romantisch ist es dort gar nicht, wie du es dir vorstellst. Wir sind die Ebene gewohnt, das weite, weite Land. Und die Berge, manchmal meint man, sie wollten einen erdrücken.«

»Ja, das, glaube ich, ist so, bis man dort heimisch geworden ist. Dann müssten sie einen eigentlich hinaufziehen zur Höhe. Aber erzähle weiter. Du bist dort auf einem Gut. Als Inspektor, oder?«

»So groß sind die Höfe dort nicht, dass man einen Inspektor braucht.«

»Dann Verwalter?«

»Ja, so was Ähnliches. Das ist nun leider so, liebe Anita, dass ich dir im Augenblick gar keinen festen Wohnsitz bieten kann. Wir werden selbstverständlich schon was finden mit der Zeit.«

»Das macht doch nichts, Robert. Nur von hier bring mich fort! Ich kann der guten Lohwasser nicht mehr länger zur Last fallen. Lass mich nicht vergessen, wenn wir drüben sind, dass ich ihr gleich ein Paket schicke. Nimm mich mit hinüber!«

»Liebe Anita, so einfach geht das auch nicht, wie du dir das vorstellst.«

»Nein, so einfach ist es nicht. Aber ich nehme alles auf mich. Ich habe schon mehr ertragen als so eine Flucht über die Grenze bei Nacht.«

Wieder grübelte er verzweifelt über seine und ihre Lage nach. Gabriele schlief jetzt und würde den kleinen Andreas bei sich im Bett haben, damit sie nicht so allein sei. Vielleicht aber schlief sie auch gar nicht vor Sorge und Angst.

Und Anita trieb ihn mit ihren inbrünstigen Bitten immer tiefer hinein in die dunkle Not. Sie sei zwar noch recht schwach, meinte sie, aber das Wissen, mit ihm hinüberzukommen und nie mehr allein zu sein, das gebe ihr hundertfach die Kraft für einen nächtlichen Gang über die Grenze.

»Ich müsste morgen einmal auskundschaften, wie und wo wir am besten über die Grenze kämen«, sagte er dann.

»Am besten ginge es vielleicht bei Probstzella nach Ludwigstadt. Ich habe die Karte schon oft studiert. Und das meint auch Doktor Gruber.«

»Wer ist Doktor Gruber?«

»Der Arzt, der mich behandelt. Du wirst ihn morgen kennen lernen. Ach, Robert, ich merke direkt, wie in mir neuer Lebenswille wächst. Du wirst sehen, es wird alles gut.«

Es schien tatsächlich so, als sei ihr durch seine kurze Anwesenheit schon eine Menge Lebenswille gekommen. Eigentlich war sie immer so gewesen, wenn sie sich etwas in den Kopf gesetzt hatte, sie wusste es immer durchzusetzen. Er erinnerte sich an den Schimmelhengst auf Schöneichen, der sich nicht reiten lassen wollte. Anita hatte ihn bezwungen, weil es ihr unerbittlicher Wille gewesen war. Wie sollte er es da fertig bringen, sie hier zu lassen und allein zurückzugehen?

Er suchte zwar noch nach einer Ausrede, aber musste denn nicht alles, was er auch sagte, für sie unverständlich sein und sie schließlich auf den Gedanken bringen, dass es ihm gar nicht so bitterernst war, sie von hier fortzubringen?

»Ja, es wird schon alles gut gehen«, sagte er nach einer Weile, bloß um überhaupt etwas zu sagen.

»Daran zweifle ich keine Minute! Aber weißt du, was du bis jetzt noch ganz vergessen hast, Robert?«

»Was denn, Anita?«

»Du hast mich bis jetzt noch gar nicht geküsst.«

Er küsste sie und erschrak heftig, weil er dabei an Gabriele denken musste. Welch ein Unterschied! Anitas Arme, die seinen Hals umklammert hielten, waren erschreckend mager, und sie sah auch nach dem Kuss nicht beglückt aus, sondern wie jemand, der viel gesehen hatte, dem nichts fremd geblieben war, womit das Schicksal die Menschen heimsuchen kann.

Am anderen Morgen wollten sie dann nochmals alles genau beraten, wie sie am besten über die Grenze kämen. Er wusste dann bloß nicht, wo in der Westzone er Anita zunächst unterbringen sollte. Aber bis jetzt war eigentlich alles noch gut gegangen, und irgendwie würde es auch weitergehen.

Am nächsten Vormittag gegen neun Uhr kam Doktor Gruber zum allwöchentlichen Krankenbesuch. Er war ein kleiner, gemütlicher Herr, dem die Verwunderung sichtbar im Gesicht stand, als er Anita am Frühstückstisch sah.

»Nanu?«, sagte er. »Was ist denn mit Ihnen los?«

Anita stand auf und deutete auf Robert. In ihrer Stimme war die Freude hörbar, als sie sagte:

»Mein Mann.«

Robert gab es einen Stich. Aus Anitas Worten klang deutlich der Besitzerstolz.

»Ach, darum«, lächelte der Arzt und reichte Robert die Hand. »Das hat bei unserer Patientin anscheinend Wunder gewirkt. Sind Sie problemlos herübergekommen?«

»Ohne jede Schwierigkeit!« Robert bot Zigaretten an. »Schwieriger ist jetzt allerdings die Frage, wie wir zu zweit ohne Probleme hinüberkommen.«

»Sagten Sie nicht einmal, Sie wüssten eine Möglichkeit, Herr Doktor?« Anitas Frage klang eindringlich und bittend.

Der Arzt runzelte die Stirn und zog mit sichtbarem Genuss an der Zigarette.

»Mein Bruder ist Offizier bei der Grenzpolizei in Probstzella. Ich würde Ihnen gegebenenfalls ein paar Zeilen an ihn mitgeben. Fühlen Sie sich überhaupt gesund genug für so eine Reise?«

»Ja, ich glaube schon.«

»Sie wissen ja, dass es mit ihrer Gesundheit nicht recht weit her ist. Ich nehme an, dass Sie schon darüber gesprochen haben?«, wandte sich Doktor Gruber an Robert.

»Nein, eigentlich nicht. Aber weil wir schon beim Thema sind, kann ich es doch erfahren, oder?«

»Natürlich, Sie müssen es ja wissen. Infolge der unzureichenden Ernährung in den letzten zehn Jahren sind einige Organe sehr angegriffen. Vor allem Galle und Leber. Wenn Sie es sich leisten können, würde ich zunächst einmal eine vierwöchige Kur in einem Sanatorium vorschlagen.«

Das war die Rettung! Robert atmete direkt auf.

»Geld spielt keine Rolle«, sagte er schnell, fast zu schnell. »Was würden Sie vorschlagen?«

Der Arzt dachte eine Weile nach und meinte dann, Bad Mergentheim sei für diesen Fall bestens zu empfehlen.

Robert sah Anita fast bittend an.

»Du hast es gehört, Anita. Was meinst du dazu?«

»Ja, ich bin einverstanden. Hauptsache ist, dass ich von hier wegkomme! Sind Sie so lieb, Herr Doktor, und schreiben die paar Zeilen?«

»Natürlich, ich mache das gerne, und ich hoffe, dass alles klappt. Sie müssen nur versuchen, meinen Bruder allein zu sprechen. Vielleicht kommen Sie am Nachmittag in meine Praxis?«

Als er fort war, fragte Anita doch etwas besorgt:

»Sind dir aber das doch nicht zu viele Kosten, Robert?«

»Jetzt sei still, Anita! Als ob man in einem solchen Fall rechnen dürfte! Das Wichtigste von allem ist, dass du wieder ganz gesund wirst. Notfalls könntest du auf Grund deiner zehn Jahre Sibirien in der Bundesrepublik auch unentgeltlich in ein Sanatorium aufgenommen werden. Aber wie gesagt, das ist nicht nötig, durch meine Entschädigungsansprüche habe ich ein großes finanzielles Polster.«

Am Nachmittag gingen sie zusammen aus. Anita trug ein helles, geblümtes Kleid von billiger Machart, das ihren mageren Körper wie ein loses Tuch umflatterte. Sie hängte sich an seinen Arm, und als sie sich einmal in einem Schaufenster sah, begann sie zu lachen.

»Schau, da geht eine spindeldürre Frau mit fast weißem Haar am Arm eines gut aussehenden Herrn. Die Leute könnten meinen, ich sei deine Mutter.«

»So schlimm ist es gerade nicht«, sagte er, obwohl er das Gleiche dachte.

Sie schlenderten langsam durch das lang gezogene,

freundliche Dorf, das von dunklen Wäldern umschlossen war. Robert schickte Anita mit zwei Schachteln Zigaretten in die Praxis des Arztes, um das Schreiben für den Grenzbeamten abzuholen, und als sie strahlend herunterkam, sagte sie froh:

»Morgen um diese Zeit sind wir schon drüben, Robert!«

Der Wald nahm sie auf und wirkte so vertraut und heimatlich. Und wenn er an Heimat dachte, dann war es der Wald von Greinach. Auf dem ganzen Weg musste er an Gabriele denken. Und beinah hätte er einmal gesagt: Hör einmal zu, Gabriele ... Gerade rechtzeitig besann er sich noch und sagte »Anita«.

»Ja, Lieber?«

»Ja, was wollte ich jetzt noch sagen? Entschuldige, es ist mir entfallen. Ach ja, jetzt weiß ich es wieder: Wenn wir drüben sind, wirst du dich gleich neu einkleiden müssen.«

»Das hat Zeit, bis ich im Sanatorium untergekommen bin. Ich habe mir hier einen Mantel nähen lassen, in dem ich ganz passabel aussehe.«

»Gut, wie du meinst.«

»Oder schämst du dich so mit mir?«

»Aber keineswegs!«

Bei einem abgeholzten Waldstück setzten sie sich hin. Es war ganz still ringsum, und irgendwo hinter den schlanken Bäumen plätscherte ein Bach. So saßen sie eine Weile ganz still und betrachteten den Weißdorn und die schlanken Himbeerstauden, die sich im Wind leicht bewegten.

»Gestern um diese Zeit, da wusste ich noch nichts von dir«, sagte Anita und fasste nach seiner Hand. »Du hast dich eigentlich recht gut gehalten, Robert. Dir hat Sibirien doch nicht so viel anhaben können.«

Er legte ihr den Finger auf den Mund und bat sie, zu schweigen.

»Wollen wir davon nie mehr reden, Anita.«

»Ja, nur einmal lass mich aussprechen, was sich jahrelang in mir angestaut hat und wovon ich mir immer gedacht habe, dass ich es nur dir würde sagen können. Noch vor deiner Ankunft habe ich gemeint, dich bitten zu müssen, dass du mich fürs Nächste nicht anrühren sollst. Ich habe mich viele Jahre selbst nicht mehr anrühren mögen. Du hast mich gekannt, wie ich war, wie mir vor allem Schmutzigen gegraust hat. Und dann musste ich durch so viel Schmutz gehen. Ich habe nie geglaubt, dass es Menschen von so viel verbrecherischer Niedrigkeit gibt. Die ganze Woche lebten wir in Schlamm und Dreck, würdelos bis zur letzten Erniedrigung. Nur einmal in der Woche bestand der Zwang, das Lager zu säubern. Du wirst mir manches nachsehen müssen, Robert. Dort war man nicht Frau, nicht Mann und obendrein noch am Ende aller Kraft. Aber auch das wird wieder in Ordnung kommen. Mein Gesicht wird wieder voller werden, nur meine Haare werden grau bleiben.«

»Da kann man abhelfen.«

»Ich weiß, aber ich will dieses helle Grau im Haar behalten, weil es ebenso zu mir gehört wie die zehn Jahre Sibirien. Es sei denn, du möchtest mich wieder blond haben.«

»Es hat jedenfalls gut zu dir gepasst, Anita.« – »Liebe Anita«, fügte er hinzu. Es war das herbe Mitleid mit ihrem Schicksal, das ihn den warmen Ton der Liebe finden ließ.

»Ich habe so lange keinen Menschen mehr so lieb zu mir sprechen hören«, sagte sie und lachte glücklich. Dann küsste sie ihn, und er merkte, wie nicht mehr die steife Abwehr in ihm war, ja, dass er ihre Zärtlichkeit erwiderte.

So vergingen dann die Stunden. Gegen Abend kehrten sie zurück und begaben sich früh zur Ruhe, denn am anderen Morgen wollten sie fort von Rauenstein.

An der Grenze ging alles gut, und als sie dann in Kronach ausstiegen, breitete Anita ganz weit die Arme aus und flüsterte tief erschüttert:

»Freiheit! Die Freiheit!«

Dann staunte sie über den Wagen. Aus einem zu großen Elend kam sie heraus, um nicht bis ins Tiefste hinein beglückt zu sein von dem Wissen, da darf ich einsteigen, es ist Roberts Wagen und damit auch mein Wagen. Es war vorerst noch gar nicht auszudenken, dass sie in absehbarer Zeit auch selber am Steuer dieses Wagens sitzen würde!

Sie streckte sich behaglich auf dem Sitz aus, deutete auf das Armaturenbrett und wollte erklärt haben, was dieser Knopf und jener Schalter zu bedeuten habe. Robert erklärte es ihr mit einigem Stolz. Die Freude, die sie ganz und gar ergriffen hatte, sprang auf ihn über.

»Darf ich mit diesem Wagen auch selber einmal fahren?«, fragte sie voll kindhafter Spannung.

»Später, Liebes«, schränkte er ein. »Alles zu seiner Zeit. Zunächst müsstest du den Führerschein machen.«

Er zog das Schiebedach zurück. Langsam fuhren sie durch die Stadt zur offenen Landstraße hinaus.

»Es ist für mich alles so unfassbar«, flüsterte Anita. Sie griff vorsichtig nach seiner Hand. »Wirklich unfassbar.«

»Und doch kann das Unfassbare auch zur Gewohnheit werden. Zuerst war es mir auch unfassbar, dass ich wieder einen Wagen fahren sollte – erinnerst du dich noch an unseren alten DKW?«

»O ja, sehr gut!«

»Was ist aus ihm geworden?«

»Unter den Raupenketten russischer Panzer ein Bündel Schrott.«

»Weinen wir ihm nicht nach, Anita!«

»Nein, du hast Recht. Löschen wir alles aus, was hinter uns liegt, und leben wir nur mehr für das wiedergeschenkte Glück!«

Er nickte und sah sie von der Seite an. Der Fahrtwind spielte mit den Strähnen ihres grauen Haares. Wieder überkam ihn tiefe Rührung, sodass er für einen Augenblick das Steuerrad mit einer Hand führte und die andere um ihre Schulter legte.

»Bist du froh, Anita?«

Sie schloss die Augen und flüsterte in sich versunken:

»Weißt du, glauben kann ich das Wunder noch kaum. Es ist zu schön. Also träume ich es.«

Wenn ich nur mitträumen dürfte, dachte er wehen Herzens. Er nahm den Arm wieder von ihr und gab mehr Gas. Mit hundert Kilometern fuhren sie dahin.

In einer Kleinstadt lud ein Gasthaus zur Rast ein.

»Hunger, gnädige Frau?«, fragte Robert. Er war jetzt überhaupt etwas aufgelockerter.

Sie hielten an. Galant sprang Robert um den Wagen herum und öffnete den Schlag.

»Bitte, meine Gnädigste.«

»Danke vielmals, mein Herr«, ging Anita fröhlich auf seine Stimme ein. In diesem Gasthaus wirkte alles so anheimelnd, die Romantik vergangener Jahrhunderte grüßte aus allen Winkeln und Ecken.

»Wollen gnädige Frau vornehm speisen? Ein Glas Sekt vielleicht zum Essen?«

»Essen oder nichts essen! Bloß neben dir zu sitzen ist schon Glück genug für mich.«

»Zweimal Rahmschnitzel und eine Flasche Sekt«, bestellte Robert.

Zum ersten Mal saßen sie nach so langen Jahren wieder gemütlich in einem Gasthaus beisammen. Anita sprach wenig und machte einen ängstlichen Eindruck, als könnte sie alles nicht begreifen.

In Rothenburg tranken sie Kaffee. Bis dahin hatte sie im Wagen neben ihm geschlafen. Nach dem Kaffee gingen sie ein bisschen durch die alte, bezaubernde Stadt. Anita war entzückt. Das waren Auslagen! Herrlicher Schmuck, herrliche Kleider!

Er betrachtete sie still von der Seite, sah ihre leuchtenden Augen und glühenden Wangen. Ein bisschen schäbig in ihrem billigen Kleid, gab sie sich diesen bunten Verlockungen mit allen Sinnen hin. Langsam erwachte in ihr wieder die Lust zum Leben und zu allem, was damit zusammenhing. Und niemand von den Vorübergehenden konnte ahnen, dass diese Frau vor einem Vierteljahr noch im tiefsten Sibirien vegetiert hatte.

Dann mussten sie daran denken, den Rest des Weges zurückzulegen. Es war nicht mehr allzu weit nach Bad Mergentheim. Roberts erster Weg dort führte ihn zur Kurverwaltung. Neben anderem wurde ihm als besonders ruhig das Kursanatorium »Tauberperle« empfohlen, das leicht zu finden war.

Die Empfangsdame wies Frau Anita Kling ein Zimmer mit der Nummer 22 zu, und Anita spürte bei dieser Gelegenheit peinlich genau, dass sie von dieser Frau mit den rot lackierten Fingernägeln und dem üppig nachgezogenen Mund fast strafend gemustert wurde, als könne sie es nicht verstehen, dass ein so gut aussehender Herr, der noch dazu mit einem ganz passablen Wagen vorgefahren war, mit so einer Frau ankam.

Auch Robert fühlte das und beschloss, Anita morgen von Kopf bis Fuß neu einzukleiden. Für heute war es schon zu spät, die Läden hatten bereits geschlossen.

Das Zimmer lag auf der Südseite und hatte einen Balkon, von dem aus man einen guten Blick über das Taubertal hatte. Unten floss im Abendlicht flimmernd die Tauber dahin, ein Zug mit weißer Rauchfahne zog durch das Gewirr der blühenden Bäume, die man überall sehen konnte, so weit das Auge reichte. Vom Abendrot umschmeichelt, grüßte die Burgruine Neuhaus herüber.

Als Anita ihre wenigen Sachen ausgepackt und im Schrank verstaut hatte, legte sie ihre Arme um Roberts Hals.

»Ich danke dir vieltausendmal für alles, Robert.«

»Ist doch nicht der Rede wert! Das Wichtigste ist, dass du ganz gesund wirst.«

»Aber die Kosten! Wird es dich nicht doch zu teuer kommen, Robert? Vier Wochen sind eine lange Zeit, und zu den Kosten für die Unterbringung kommen doch noch die Arztkosten, oder?«

Er nahm sie liebevoll in die Arme. Diese Art war ihm ganz fremd an ihr. Wann hatte Anita früher schon einmal gefragt, was dieses oder jenes kostet!

»Mach dir doch darum keine Gedanken, Anita! Von Geld wollen wir gar nicht reden. Ich werde morgen gleich tausend Mark anzahlen, damit du in diesem Haus keinerlei Hemmungen haben musst. Und jetzt lass uns noch sehen, wo ich ein Zimmer finden kann.«

Sie wanderten durch den warmen, friedlichen Abend. Im Hotel Erlenbachtal fand er ein Zimmer für sich. Sie aßen dort auch gleich zu Abend, und es war schon Nacht, als Robert seine Frau ins Sanatorium zurückbegleitete.

Er erschrak fast, als sie ihm um den Hals fiel und ihn so küsste, dass es ihm fast den Atem nahm.

»Hast mich doch noch lieb, Robert?«

»Spürst du das nicht?«

»Doch, aber ich weiß es nicht. Etwas ist anders. Ich glaube, wir waren zu lange getrennt und müssen erst wieder ganz zusammenkommen.«

Als sich das Tor hinter ihr geschlossen hatte, blieb er noch eine Weile stehen und zündete sich eine Zigarette an. Die Unruhe war wieder da. Weshalb war in ihm ein so bitteres Gefühl? Am liebsten wäre er davongelaufen. Wovor? Vor Anita natürlich. Aber das konnte er jetzt nicht mehr. Das große Spiel hatte begonnen. Opferspiel nannte er es bei sich und bemitleidete sich, obwohl er Anita hätte bemitleiden sollen.

Langsam und in tiefe Gedanken versunken ging er zurück in sein Hotel. Über den sanften Hügeln des Taubertales blühten hell die Sternwiesen.

So, wie sie es ausgemacht hatten, holte er Anita am nächsten Morgen um acht Uhr ab. Sie gingen zunächst durch den Kurpark und besorgten sich dort eine Kurkarte. Dann setzten sie den Weg weiter fort in die Stadt.

Diesmal blieb es nicht mehr bloß beim Bestaunen all der schönen Dinge in den Schaufenstern. Robert schob seine wieder gefundene Frau in eines der besten Bekleidungsgeschäfte, um sie mit allem auszustatten, was sie brauchte. Und sie brauchte eigentlich alles.

Danach schickte er sie zu einem Friseur und wollte im Kurpark auf einer Bank auf sie warten. Hier hatte er Zeit, alles noch einmal zu überdenken. Das Beste von allem war nun doch, dass ihm diese vier Wochen Galgenfrist geschenkt worden waren.

Die Kurkapelle spielte eine Ouvertüre. Leise wehten die Klänge zu ihm in den fernen Winkel des Parks. Kurgäste schlenderten an ihm vorüber, in den Händen Gläser, die halb oder dreiviertel, je nach ärztlicher Anordnung, mit Heilwasser gefüllt waren, und er dachte, dass auch Anita nun vier Wochen lang durch diesen schattigen Kurgarten wandern würde, während er wieder bei Gabriele war und auf der Surauerhöhe das Heu eingebracht wurde.

Die Spitze seines Schuhes schrieb den Namen »Gabriele« in den feinen Sand, und gerade wollte er nach einem Gedankenstrich auch den Namen »Andreas« hinzufügen, als er Anita über den freien Platz daherkommen sah. Er musste zweimal hinsehen, weil er sie kaum wieder erkannte in dem eleganten Kostüm und dem hellen, blond gefärbten Haar.

Überrascht stand er auf und ging ihr entgegen.

»Donnerwetter«, konnte er nur sagen und betrachtete sie mit staunenden Augen. »Du siehst ja ganz verwandelt aus, Anita!«

»Durch deine Hilfe«, erwiderte sie und hängte sich an seinen Arm. »Jetzt brauchst du dich nicht mehr mit mir zu schämen!«

»Ich habe mich nicht mit dir geschämt, Anita!« Damit sagte er durchaus die Wahrheit.

Bei ihrer Rückkehr ins Sanatorium bekam die Dame im Empfangsraum kugelrunde Augen vor Staunen und legte jetzt einen ganz anderen Ton in ihre Begrüßung.

»Sie sind bereits beim Herrn Doktor vermerkt, Frau Kling, und werden gleich untersucht werden.«

Den ganzen Tag blieben sie noch beisammen. Aber am nächsten Morgen musste Robert auf jeden Fall zurück. Die erste, leise Verstimmung kam auf, weil Anita meinte, er müsse sich doch bei einigem guten Willen auch acht Tage freimachen und bei ihr bleiben können.

»Am guten Willen fehlt es bestimmt nicht«, redete er sich hinaus. »Aber ich habe daheim nichts angeordnet, und vielleicht haben sie mit der Heuernte schon begonnen. Es geht ganz einfach nicht, Anita.«

»Gut, ich sehe es ein.«

Um aber ihre Zustimmung gleich auszunützen, sagte er schnell:

»Es hat auch gar keinen Zweck, wenn ich in vierzehn Tagen schon wieder komme. Du musst erst einmal ganz gesund werden.«

»Ja, aber wahrscheinlich kann ich das erst, wenn wir wieder ganz zusammen sind. Du musst das begreifen, Robert. Ich habe dich so lange entbehren müssen, und jetzt heißt es schon wieder Trennung, obwohl wir diese leichte Fremdheit noch nicht überwunden haben.«

»Fremdheit? Wie meinst du das?«, fragte er misstrauisch.

»Doch, es ist noch was zwischen uns, Lieber. Ich kann es nicht benennen, aber es ist da, und ich weiß auch, dass es erst verschwindet, wenn wir wieder so eins werden, wie wir es einmal waren.«

»Das wird alles wieder«, versuchte er sie zu trösten. »Du musst nur noch ein bisschen Geduld haben.«

»Die brauchst du mich nicht zu lehren, Robert! Ich habe zehn Jahre Geduld haben müssen. Was sind da schon vier Wochen!«

»Oder sechs Wochen«, sagte er schnell. »Das kommt jetzt ganz auf den Heilungsprozess an. Was hat denn der Arzt gesagt?«

»Eine chronische Erkrankung der Gallenwege, insbesondere aber doch ein allgemeiner Erschöpfungszustand. Ich wiege nur mehr vierundneunzig Pfund. Viel Ruhe sagt er, nichts als Ruhe.«

»Na siehst du! Und diese Ruhe darf ich nicht stören. Ich habe mir übrigens schon überlegt – oder zumindest wäre es zu überlegen –, ob ich nicht meinen Posten aufgebe und hierher ziehe. Es wird sich sicherlich für mich wieder was Rechtes finden.«

Er bewunderte sich selber für die Eiseskälte, mit der er diesen Plan vorschlug.

»Mir ist es ganz gleich, Robert, wo wir leben. Obwohl ich glaube, dass es mir in Bayern, in den Bergen, schon gefallen würde. Du hast dich ja auch gut akklimatisiert dort. Es hört sich zu komisch an, wenn du in den Dialekt verfällst.«

»Das sind jeweils nur ein paar Worte«, meinte er.

»Aber sie klingen so weich und gefühlvoll. Macht es dir etwas aus, Robert, wenn ich ein Stückchen mit dir fahre? Ich werde dann zu Fuß zurückgehen.«

»Bitte, wenn du meinst. Nur solltest du dich jetzt am Anfang nicht überanstrengen.«

»Nein, nur ein kleines Stück, Robert.«

Etwa zwei Kilometer nahm er sie mit, dann hielt er in einem kleinen Waldstück. Sie umarmte ihn mit aller Kraft und küsste ihn.

»Ich danke dem Tag, der dich mir wiederbrachte. Jetzt hat mein Leben wieder einen Sinn. Ich liebe dich genauso wie früher.«

»Ich dich auch«, sagte er und wurde brennend rot, weil ihm diese Lüge so glatt von den Lippen kam.

Dann fuhr er langsam davon, winkte noch einmal zurück und verschwand hinter einer Kurve.

Was war nun eigentlich geschehen? Er hatte Anita wieder gesehen und sie in dem Glauben gelassen, sie hätte noch denselben Anspruch auf ihn wie früher.

Er hatte nicht den Mut zur Wahrheit gefunden, und alles, was er sich vorgenommen hatte, war unausgesprochen geblieben. Völlig ahnungslos hatte er sie jetzt zurückgelassen. Das einzige Positive waren die vier Wochen, die er herausgeschunden hatte für sich, ganz besonders aber für Anita, die sich nun, durch nichts belastet, ganz ihrer Genesung widmen konnte, zu Kräften kam, die sie brauchte, um dann den Schlag leichter zu überwinden.

Oder vielleicht kam es gar nicht zu diesem Schlag? Vielleicht ging er wirklich wieder zu ihr zurück? Gabriele war stärker und könnte ihr Leben auch ohne ihn meistern. Sie würde ihn sicherlich freigeben und Verständnis für seine Lage haben.

Als er dann in der Ferne die Silhouette der Berge sich abzeichnen sah, wurde ihm ganz weit ums Herz.

In München kaufte er für Andreas noch ein Blechauto, das elektrisch gesteuert werden konnte, und für Gabriele einen Anhänger aus Aquamarin.

Das Heimkommen war dann doch erschütternd, denn Gabriele, die seit ihrer Hochzeit noch nie einen ganzen Tag allein gewesen war, empfing ihn mit einer so überstürzten Heftigkeit, dass er meinte, erst in diesem Augenblick die ganze Gewalt ihrer Liebe zu erkennen. Dann war auch der Bub da, und auf einmal wusste er, wonach sich sein Herz in all diesen Tagen am meisten gesehnt hatte.

Zunächst fragte Gabriele gar nichts. Sie gab sich ganz dem Glück hin, dass er wieder da war, und sagte nur:

»So lange darfst du uns nicht mehr allein lassen. Andreas hat den ganzen Tag über immer nur nach dir gefragt. Ich habe nicht geahnt, dass der Bub so stark an dir hängt.«

Er war noch keine drei Stunden daheim, und doch fühlte er schon wieder die tiefe Geborgenheit, mit der ihn alles umfing, der Hof selber, die gewaltige Landschaft, Gabriele und das Kind. Der alte Surauer sagte ihm auf der Hausbank, dass alles wie ausgestorben gewesen wäre, solange er weggewesen sei. »Hätt es selber nicht geglaubt, dass ich dich einmal so vermissen könnt.«

Die Angst verwehte langsam, und es sah so aus, als ob Gabriele überhaupt nichts fragen, sondern den Fall bereits als erledigt betrachten wollte. Als sie aber dann am späten Abend noch ganz allein in der Stube saßen, schmiegte sie sich an ihn und sah ihn forschend an.

»Hast du mit ihr gesprochen?«

Jetzt muss ich mich bekennen, dachte er und nahm sich vor, keinen Fehler zu begehen.

»Ja, natürlich habe ich mit ihr gesprochen. Das war ja schließlich der Grund, warum ich zu ihr gefahren bin.«

»Es wird ihr nicht so leicht gefallen sein, zu verzichten.«

»Das kannst du dir denken.«

»Ja, nichts kann ich mir leichter vorstellen als das. Wenn ich auf dich verzichten müsste, Robert, ich glaube, ich würde den Verstand verlieren!«

»So leicht verliert man den Verstand nicht, Gabriele.«

»Na ja, ihr wird es nicht so schwer gefallen sein, weil sie dich ja doch über zehn Jahre nicht mehr gesehen hat, und – vielleicht hat sie dich auch vorher gar nicht so stark geliebt wie ich.«

Die Angst kroch wieder in ihm hoch, und jetzt war auch schon Ekel über sich selbst dabei, weil er so feig war und den Weg zur Wahrheit nicht finden konnte.

»Ich kann mir genau vorstellen«, sprach Gabriele weiter, »wie du es ihr gesagt hast. Sie wird wahrscheinlich recht erschrocken sein, das lässt sich ja denken. Aber mit deinem Einfühlungsvermögen hast du ganz sicher die richtigen Worte gefunden. Ich kenn dich ja. Vielleicht hast du ihr sogar gesagt, dass sie ganz sicher noch einen andern finden wird, mit dem sie dann wieder glücklich wird.«

Er griff sich mit den Fingerspitzen an die Stirn, in der Meinung, es stünden bereits Schweißtropfen darauf.

»Nein, das habe ich nicht gesagt.«

»Aber es würde nahe liegen. Ich hätte ihr das sicher gesagt.«

»Ja, du schon. Daran zweifle ich nicht.«

»Ja, weil ich möchte, dass auch sie wieder Glück und Geborgenheit findet. Das ist im Ernst gemeint, Robert, und kommt aus ehrlichem Herzen. Was ich noch fragen wollte, ist sie denn wirklich so hässlich, wie sie schreibt?«

Robert schluckte ein paar Mal. In diesem Augenblick hasste er Gabrieles raubeinige Fragen und Ausdrucksweise. Er sprach ihr jedes Feingefühl ab, fand sie bäuerlich, derb. Umständlich holte er sich eine Zigarette heraus und zündete sie an. Mit zusammengekniffenen Augen sah er den Rauchwölkchen nach und sagte, ohne Gabriele dabei anzublicken:

»Weißt du, ich hab sehr vorsichtig mit ihr umgehn müssen. Wie mit einem Glas, das schon einen Sprung hat und bei der leisesten verkehrten Berührung schon zerbricht. Nein, sie sah nicht gut aus. Schließlich sind zehn Jahre Sibirien für einen Mann schon eine Hölle, geschweige denn für eine Frau.«

»Ja, mich erbarmt sie auch. Aber das ändert halt jetzt doch nichts mehr daran, dass du mein Mann bist.«

Nun hätte er ihr sagen müssen, dass er nach dem Gesetz gar nicht mehr ihr Mann war. Ein Freibeuter war er, ein Bigamist, ein Feigling, der sich immer mehr in ein Gestrüpp von Unwahrheiten verwickelte und jetzt schon nicht mehr wusste, wie er herauskommen sollte.

»Meinst du, dass sie schweigt?«

»Ja, das glaube ich sicher.« Ein Strohhalm war auf einmal da, an den er sich klammern wollte. Den Arm um ihre Schultern legend, sagte er dann noch: »Ich darf sie jetzt nicht im Stich lassen, das musst du verstehen.«

In Gabrieles Augen kam ein Schimmer von Misstrauen. Die steile Falte zwischen ihren Brauen war wieder da, dünn und scharf wie ein Messerschnitt.

»Was heißt: nicht im Stich lassen? Natürlich musst du für sie sorgen! Du kannst sie auch mit Geld abfinden. Zum Glück brauchst du damit nicht zu knausern. Deine Entschädigungssumme ist ziemlich hoch. Ich will ja nichts davon. Gib es nur ihr. Hauptsache ist, dass sie schweigt und wir unseren Frieden haben. Aber du kannst ihr das Geld schicken, deswegen brauchst du nicht noch einmal zu ihr fahren.«

Schwer atmend suchte er nach einer weiteren Ausrede.

»Das wird sich nicht umgehen lassen, Gabriele, weil das noch alles genau abgesprochen werden muss. In etwa drei Wochen werde ich wieder zu ihr fahren.«

Grenzenlose Enttäuschung stand jetzt in ihrem Gesicht.

»Noch einmal? Zuerst hast du gesagt, es wäre so umständlich, in die DDR zu kommen.«

Überrascht blickte er auf. Hatte er ihr denn noch nicht gesagt, dass er Anita herübergebracht hatte?

»Ich brauche nicht mehr in die Ostzone. Hab sie doch mit herübergebracht.«

»Und das sagst du erst jetzt?«

»Ich dachte, das hätte ich schon gesagt.«

»Nein, kein Wort! Wenn ich nicht gefragt hätte, ich glaub, von dir aus hättest du überhaupt nichts gesagt. Als ob das für mich nicht ungeheuer wichtig wäre! – Wo ist sie jetzt? Hast du sie drunten im Dorf einquartiert?«

Etwas erschrocken schaute er sie an. So hart und schonungslos hatte er sie noch nie fragen hören.

»Im Dorf? Was dir nicht einfällt! Wie kommst du denn darauf?«

»Ja, wie komme ich darauf? Das könntest du dir ja gar nicht leisten. Also, wo ist sie dann?«

»In Bad Mergentheim, zur Kur, auf vier Wochen zunächst. Sie ist wirklich krank, Gabriele, und bedarf größter Schonung.«

»Ja, ja, das glaub ich gern. Aber du hättest es gleich sagen können. Wo liegt denn dieses Meggenheim, oder wie es heißt?«

»Bad Mergentheim. Es liegt vierhundert Kilometer von hier entfernt.«

Gabriele hatte sich nun von seinem Arm freigemacht, verschränkte die Hände über der Tischplatte und starrte auf das Bild ihres gestorbenen Bruders an der Wand. Man merkte an ihrem Gesicht, dass sie jetzt angestrengt nachdachte. Erst nach einer langen Zeit des Schweigens kamen ihre Fragen wieder hart und inquisitorisch:

»Da hast du sie also aus der DDR herübergebracht?«

»Das hab ich dir doch gesagt.«

»Da habt ihr aber auch übernachten müssen?«

»Ja, natürlich. Schließlich war ich immerhin vier Tage weg.«

»Habt ihr in einem Zimmer …«

Ärgerlich schlug er mit der Hand auf den Tisch. »Gabriele!«

Mit einem wilden, gehetzten Blick sah sie ihn an. So hatte er sie noch nie gesehen.

»Ich als deine Frau werde doch noch fragen dürfen?«

Immer wieder musste er sie anschauen, bis er schließlich begriff, dass es für sie auch nicht so einfach war.

»Pass einmal auf, Gabriele. Wir wollen doch jetzt nicht streiten. Anita ist krank, ein Bündel Elend. Was du dir da zusammenreimst, ist doch Unsinn!«

Sofort war sie beruhigt. Sie fasste nach seiner Hand, ihr Blick ruhte wieder warm und mitfühlend auf ihm.

»Ja, du hast Recht. Entschuldige bitt schön!«

»Ist schon vergessen, Gabriele. Du brauchst auch gar keine Angst zu haben, wenn ich noch einmal zu ihr fahre.«

»Also gut, noch einmal«, gab sie nach. »Ich vertraue dir, Robert, und will glauben, dass du mir allein gehörst. Zerstöre mir diesen Glauben nicht. Es tut mir einfach weh, wenn ich denke, dass du sie küsst. Hast du ihr ein Bild von mir gezeigt, unser Brautbild?«

»Ja«, sagte Robert. »Ich hab es ihr gezeigt.«

Wieder eine neue Lüge, kommt ganz schön was zusammen, dachte er.

Gabriele hätte keine Frau sein müssen, wenn sie jetzt nicht hätte wissen wollen:

»Was hat sie denn gesagt zu mir? Wie hab ich ihr gefallen?«

»Gut natürlich«, log er weiter.

»Bis zum nächsten Mal werde ich auch von Andreas ein Foto machen lassen«, sprach sie dann weiter. »Wenn du es ihr dann zeigst, wird sie erst recht verstehen, dass sie so einem Buben den Vater nicht nehmen darf.«

»Ja, sicher. Du hast Recht, Gabriele. Aber nun einmal die Frage: Angenommen, du hättest für tot gegolten und kämst plötzlich nach zehn Jahren wieder und fändest mich verheiratet vor, würdest du dann ohne mit der Wimper zu zucken zu Gunsten der anderen verzichten?«

»Ich hab ja nicht für tot gegolten!«

»Das ist keine Antwort auf meine Frage! Ich wollte dir damit auch nur sagen, dass man so schwer wiegende Dinge nicht aus dem Handgelenk erledigen kann. Das bedarf einer sorgfältigen Überlegung und großen Taktgefühls auf beiden Seiten, bis alles zum letzten Verstehen reif wird.«

»Ja, das sehe ich ein. Weißt du, Robert, ich glaube, es

wird schon am besten sein, wenn wir möglichst wenig davon reden. Hab schon gesehen, wohin es führt. Wenn man alles zerpflücken will! Du bist aufgebraust, ich bin aufgebraust. Das hat es doch bisher nicht bei uns gegeben. Ich bin überzeugt, du wirst es schon recht machen.« Und zum Zeichen, dass sie dieses Thema für abgeschlossen hielt, vorerst wenigstens, erzählte sie noch, was alles während seiner Abwesenheit geschehen war. Sie stand dabei vor dem Spiegel und löste ihre hoch gesteckten Haare. Wenn der Kamm durch das dichte schwarze Haar fuhr, knisterte es, als sprühten verborgene Funken.

Unwillkürlich musste Robert an die ungepflegten, dünnen grauen Haarsträhnen denken, mit denen Anita ihm gegenübergetreten war. Jetzt waren sie blond gefärbt und schön gewellt.

»Der Tierarzt war auch da«, sagte Gabriele. »Die Scheck hat nicht kalben können. Verkehrte Lage, weißt.«

»Ist das Kalb durchgekommen?«

»Ja, es ist alles gut gegangen. Dann war der Hartmannsegger da und hat sich angemeldet, damit du ihm heuer den Mähdrescher wieder vermietest.«

»Du hast ihm natürlich zugesagt?«

»Nein, ich hab ihm gesagt, das wäre deine Sache, und ich möchte darüber nicht entscheiden.«

»Aber, Gabriele, es ist doch unsere gemeinsame Sache. Ich habe schon daran gedacht, die landwirtschaftliche Genossenschaft müsste sich einen Mähdrescher anschaffen und ausleihen. Ich werde ihnen den Vorschlag unterbreiten für so einen Maschinenring.«

»Darauf gehen sie sicher ein, wenn du es sagst. Weißt, was er noch gesagt hat, der Hartmannsegger? Er hätte nie geglaubt, dass du dich so gut einleben würdest als Berglandbauer. Sie hätten schon viel von dir gelernt. Übrigens, der Fendt hat gestern seinen ersten Rehbock geschossen in dem Jahr.«

»Der ist früh dran«, meinte Robert. »Die Bockjagd hat erst vor acht Tagen angefangen. Aber morgen Früh möchte ich auch einmal hinausgehen. Lass mich nicht vergessen, dass ich den Wecker stell auf zwei Uhr.«

Er stand auf und streckte die Arme. Der Kamm fuhr weiter knisternd durch Gabrieles Haar. Es reichte ihr bis weit über den Rücken, umrahmte als dunkle schwarze Pracht ihr blühendes Gesicht. Welch eine schöne Frau, dachte er. Und alles, alles, dachte er weiter, habe ich ihr zu verdanken. Diesen prächtigen Hof, meine Sesshaftigkeit, den lieben, gesunden Buben und auch, dass ich morgen Früh um zwei Uhr auf die Jagd gehen kann. Alles war von Gabriele gekommen und ihm zum Geschenk gemacht worden. Das musste auch Anita begreifen. In dieser Minute nahm er sich vor, ihr beim nächsten Mal alles zu sagen. In diesem Augenblick drehte Gabriele sich um und lächelte ihn an. Sie hob wie bittend ihre Arme, und er schmiegte sich in diese Umarmung hinein wie ein Mensch, der nach langer Irrfahrt wieder heimgefunden hatte.

Dann begann die Heuernte, und Robert stürzte sich in die Arbeit, als wollte er darin mit Gewalt alles vergessen, was ihn so schwer bedrückte. Sein Verstand sagte ihm zwar, das er hierher gehörte, sein Herz aber stritt sich, es war geteilt, es war ein Herz zwischen zwei Feuern geworden, von denen ihn jedes verzehren wollte.

Da stand Gabriele mit ihrem einfachen, starken bäuerlichen Wesen, erneut ein Kind erwartend, zäh und verlässlich, zu jedem Opfer bereit, außer dem, ihn herzugeben. Dort war Anita, schwach, halb zerbrochen, von unverdienten Schicksalsschlägen gezeichnet, demütig wartend, dass er sie erlöse aus ihren grausamen Erinnerungen und sie zu sich hole in seine Welt.

Es war zum Verzweifeln! Er konnte sich gar nicht vorstellen, wie er es ihr sagen sollte, ohne dass sie daran zu Grunde ging. Und doch musste es sein. Sie hatte ihn ja in der Hand und konnte einen furchtbaren Skandal heraufbeschwören und ihn vernichten, denn auf Doppelehe stand Zuchthaus. Nicht nur er, nein, auch Gabriele war in dieses furchtbare Schicksal hineinverwoben, denn sie hatte alles gewusst.

Zwar war es nicht Anitas Art, Rache auszuüben. Aber selbst wenn sie den Schlag überwand und schweigen würde, so blieb doch immer die Schuld und mit ihr die Angst, dass es durch einen dummen Zufall doch herauskäme. Ein ganzes langes Leben lang diese Angst! Und dann kam noch etwas dazu. Die Verachtung. Anita müsste ihn, so wie er sie kannte, verachten, weil er ihr nicht die Wahrheit gesagt hatte.

Manchmal war ihm zu Mute wie einem Menschen, der sich im Wald verlaufen hatte und nicht mehr heimfinden konnte. Dabei musste er sich eisern beherrschen, immer den Unbekümmerten zeigen, der vollkommen aufging in seinem Familienglück und dessen Herz gar nichts anderes bewegen konnte.

Längst hatte er auch gemerkt, wie Gabriele jeden Tag auf den Postboten wartete. Also war auch sie immer auf dem Sprung. Auf Briefe von Anita wartete sie allerdings vergeblich, denn er hatte Anita gesagt, sie solle ihm postlagernd nach Burgheim schreiben, in diese nahe gelegene Kreisstadt käme er fast jede Woche ein oder zwei Mal, weil dort auch das große Lagerhaus, die Kreissparkasse, das Finanzamt und sonstige Ämter waren.

Ach, diese Briefe! Herzzerreißende Briefe, voller Liebe und Sehnsucht. Aus jeder Zeile sprach himmelhoch jauchzende Hoffnung und immer wieder die gleiche Bitte:

»Komm bald, geliebter Mann! Unser Leben war so zerstört, und nun wollen wir alles wieder von vorne beginnen! Jeden Tag bin ich glücklich, dass du so lange auf mich gewartet hast ...«

Oder ein andermal:

»Gestern habe ich in der hiesigen Zeitung gelesen, dass auf einem großen Gut, ganz in der Nähe, ein Inspektor gesucht wird. Ich dachte dabei sofort an uns. Auch ein größerer Bauernhof ist zum Verkauf ausgeschrieben, mit hundert Hektar. Gestern habe ich meinen ersten, weiteren Ausflug gewagt. Sie hat sich gelohnt, die Wanderung nach Stuppach. Diese Madonna von Grünewald ist eine so großartige Schöpfung, dass man nur mit Erschauern davor stehen kann. Erst 1908 wurde das Bild von Wissenschaftlern bei einer Restaurierung als ein Werk Grünewalds erkannt. Du siehst, lieber Robert, ich bin schon wieder fest dabei, mich für alles zu interessieren. Mit den körperlichen wachsen auch meine geistigen Kräfte wieder. Soll ich mich wegen des Bauernhofes inzwischen erkundigen?«

Er hatte wegen des Bauernhofes gar nicht geantwortet, schrieb überhaupt immer nur einige wenige Zeilen im Postamt zu Burgheim. Es ginge ihm gut, ja, nur viel Arbeit hätte er im Augenblick.

Gabriele aber war fest überzeugt, dass alles in bester Ordnung sei, weil nie ein Brief von Anita kam. Sie wiegte sich in Sicherheit, und aus diesem Gefühl heraus kam sie dann auch einmal zu der Vermutung:

»Du, Robert, sie muss eigentlich gar nicht so sehr an dir hängen, wie ich es befürchtet habe, weil sie nicht schreibt. Oder hat sie ihren Trost in dem Geld gefunden, das du ihr geschickt hast?«

Wie ein ertappter Sünder fuhr er herum.

»Woher weißt du das?«

»Weil ich den Postabschnitt in deiner Jackentasche gefunden habe. Achthundert Mark waren es. Und es war ganz klug von dir, dass du das Geld in Burgheim aufgegeben hast. Auf unserem Postamt unten könnten sie schließlich Verdacht schöpfen, weil du doch geschrieben hast: Frau Anita Kling. Nimmt sie denn nicht ihren Mädchennamen wieder an?«

»Sicher wird sie das tun«, antwortete er verwirrt. »Aber es braucht doch alles seine Zeit. Zunächst ist sie einmal in dem Sanatorium als Frau Kling. Solange sie dort ist, kann sie ihren Namen doch nicht plötzlich ändern.«

»Ja, das verstehe ich schon.«

»Und wegen des Geldes, das ich ihr geschickt habe – sieh einmal, Gabriele ...«

»Aber du brauchst mir darüber doch keine Rechenschaft abzulegen, Robert«, unterbrach sie ihn. »Natürlich musst du ihr Geld schicken. Aber du hättest es mir ruhig sagen können. Du siehst, es kommt doch immer alles auf.«

»Ich hatte nicht die Absicht, es dir zu verschweigen. Ich habe es einfach vergessen.«

»Ist ja recht, Robert. Ich mach dir doch keinen Vorwurf. Und lass mich nicht vergessen, wenn du noch einmal zu ihr hinfährst: Ich habe Eier hergerichtet. Auch Butter kannst du mitnehmen und Rauchfleisch. Oder einen Rehschlegel.«

»Ich glaube, Gabriele, dass ihr in dieser Hinsicht gar nichts fehlt. Außerdem muss sie streng Diät halten.«

Herrlich glitten die sonnigen Tage über die Landschaft. Wolkenlos war der Himmel, und kein Wind kam auf, der so barmherzig gewesen wäre, ein bisschen Kühlung zu bringen.

Das Heu war gut eingebracht worden, nur droben beim Wald waren noch ein paar Fleckchen, die mit der Hand gemäht und geheut werden mussten, weil man dort wegen des steilen Geländes mit den Maschinen nichts machen konnte. Der kleine Andreas trippelte an der Hand seines Vaters die Wiesen hinauf, und mit jedem Tag erkannte Robert mehr, wie der Bub seinem anderen, dem Michael, ähnlicher zu werden begann. Er kam ganz nach ihm, und Stolz wollte ihn überkommen über dieses prächtige Kerlchen. Gleich darauf aber wurde alles Frohe wieder überschattet von dem furchtbaren Wissen um das Drohende, das einmal hereinbrechen musste.

So sehr litt er unter allem, dass er mager wurde und dunkle Ringe um die Augen bekam, weil er oft halbe Nächte schlaflos war. Wenn Gabriele ihn deswegen ansprach, redete er sich mit der vielen Arbeit hinaus, und das war in dem ganzen Wirrwarr der Lügen die einzige Wahrheit, denn wenn man es zusammenrechnete, dann hatten die meisten seiner Tage sechzehn Arbeitsstunden.

Endlich kam dann eines Nachts ein Gewitter. Es kühlte ab, es regnete auch noch in den anderen Tag hinein, eine erlösende Erquickung für Mensch und Tier.

»Heut passt es grad schön«, sagte Gabriele. »Da könnten wir am Nachmittag nach Burgheim fahren, um den Anderl fotografieren zu lassen.«

Robert hatte nichts dagegen. Ob sie Geld brauche, fragte er, aber sie lächelte nur und räumte ihre Kassette aus. Einhundertdreiundneunzig Mark waren drinnen. Geld für verkaufte Eier und Butter. Mit zufriedenem Lächeln strich sie das Geld in einen Lederbeutel und sagte dabei:

»Die Dollingerin hat mir bis heut die zwölf Bruteier noch nicht bezahlt.«

»Das dürfte bereits verjährt sein, Gabriele«, sagte Robert, während er sich den grünen Selbstbinder um den Hemdkragen schlang. »Die paar Mark machen dich auch nicht reicher.«

»Nein, das nicht. Aber es muss alles seine Ordnung haben. Ich muss es doch wissen, wenn ich jemandem was schuldig bin.«

»Vielleicht hat es der Dollinger in einen Rausch umgesetzt?«

»Das kann schon sein. Geh, hilf mir doch bitte die Halskette zu schließen. So, ja. Wenigstens bist du kein Säufer!«

»Du tust ja grad, als wenn ich sonst eine Menge Untugenden hätte.«

»Nein, bist schon brav. Ich kann mich über nichts beschweren. Dem Anderl möchte ich gern eine kurze Lederhose kaufen.«

»Die kauf ich ihm«, sagte er, und dann waren sie so weit, dass sie fahren konnten. Unwillkürlich musste Gabriele einmal denken, dass auch die andere so neben ihm saß, als Robert und sie nach Mergentheim fuhren. Eine Menge Fragen wollten sich ihr aufdrängen, aber sie schluckte sie hinunter.

Während Gabriele mit dem Buben zum Fotografen ging, sah er auf dem Postamt nach. Es wunderte ihn eigentlich, dass heute kein Brief von Anita da war, war aber dann doch recht froh darüber, denn er verlebte so mit seiner Familie einen recht unbeschwerten Nachmittag.

»Ich hab dem Fotografen gesagt, dass ich bis spätestens Freitag die Bilder brauche. Am Samstag fährst du doch, oder?«

Die Bilder waren gut getroffen. Auf einem stand Andreas allein in der neuen, kurzen Lederhose da, die Ärmel seines weißen Hemdes aufgekrempelt, die Beine ein wenig gespreizt. Auf der zweiten Aufnahme hatte ihn Gabriele auf dem Schoß. Diese beiden Bilder tat sie Robert in die Brieftasche und trug ihm auf, er möge es ja nicht vergessen, sie Anita zu zeigen. Dabei wunderte er sich, mit welcher Selbstverständlichkeit sie jetzt schon den Namen »Anita« aussprach, so als sei ihr die Frau näher gerückt oder als kenne sie sie schon lange.

Dann war es so weit, dass er sich für die Fahrt nach Mergentheim rüstete. Gabriele war ruhig und gefasst, und dadurch wurde es ihm leichter. Er erschrak nur einmal zutiefst, als ihr am Vorabend noch einfiel:

»Am liebsten würde ich ja mitfahren, weil vielleicht eine Aussprache von Frau zu Frau das Beste wäre. Und sie dürfte ja ruhig wissen, dass ich ihr nicht böse bin, dass sie wieder aufgetaucht ist. Aber in meinem Zustand – ich weiß nicht, die weite Fahrt! Hast du nicht etwas von vierhundert Kilometern gesagt?«

»So ungefähr!«

»Das ist schon sehr weit, sonst würde ich mitfahren.«

Das fehlt mir gerade noch, dachte er und konnte seine Unruhe kaum mehr verbergen. Dann schüttelte er den Kopf.

»Was für Einfälle du hast! Dann könnte ich ja gleich dableiben, und du könntest mit der Bahn hinfahren.«

»Vielleicht wäre das sogar das Allerbeste. Ich kenne mich nur mit den finanziellen Abmachungen nicht so aus, was du ihr geben willst, oder was ihr zusteht. Steht ihr rechtlich überhaupt was zu?«

»Da sie lebt, steht ihr selbstverständlich etwas zu. Sie brachte damals eine große Mitgift in die Ehe, und außerdem hatten wir Gütergemeinschaft.«

»Eben! Darum musst du schon selber fahren, damit auch das in Ordnung kommt. Ich glaube schon, dass es dir schwer fällt, aber du musst dich halt überwinden. Die

Bilder, ja, die hast du. Vergiss nicht, sie herzuzeigen. Und bleib nicht wieder so lange weg wie das letzte Mal. Denk daran, dass wir Sehnsucht haben nach dir und ungeduldig warten.«

»Am Montag komme ich zurück, so, wie wir es ausgemacht haben. Mach dir keine Sorgen, wenn es etwas später werden sollte.«

Gabriele schlang ihre Arme um seinen Hals und schmiegte ihre Wange an seine.

»Wenn es irgendwie geht, dann regle gleich alles endgültig, sonst musst du ja noch einmal hinfahren.«

»Wenn es irgendwie geht, ja«, versprach er und empfing ihren brennenden Kuss. Sie wollte sich lange nicht von seinem Mund lösen und sagte danach: »Leb wohl jetzt, Robert, und gute Fahrt. Pass auf, dass dir nichts passiert!«

In Dinkelsbühl machte er Rast in einem kleinen, schattigen Wirtsgarten. Es war noch recht früh am Tag, denn er war daheim schon kurz nach vier Uhr weggefahren. Über dem Kastaniengarten wogte das Sonnenlicht. Die Schönheit des Landes, des Tages und der Stunde umschmeichelte ihn. Er dachte, wie beglückend es wäre, faul zu sein und keine Gedanken wälzen zu müssen. Wenigstens keine so schweren Gedanken, wie sie ihn quälten. Und doch merkte er, wie er alles mit Ruhe zu betrachten begann. Heute verspürte er nicht mehr das rasende Herzklopfen wie bei der ersten Fahrt. Heute brauchte er, das wusste er, nicht mehr zu erschrecken vor ihrem Aussehen und konnte dem Gespräch über die letzten zehn Jahre von vornherein ausweichen, weil darüber das letzte Mal schon erschöpfend gesprochen wurde. So konnte er sich also ganz auf die schicksalhafte Aussprache konzentrieren, und er wusste jetzt schon, wie er anfangen und wie er enden würde. Wie er auf einen Tränenausbruch reagieren oder einer wilden Anklage begegnen müsste. Allerdings stellte er sich vor, dass alles in Ruhe und gegenseitigem Einvernehmen besprochen werden müsse. Notfalls wollte er gleich einen Notar hinzuziehen, damit auch das Materielle ordnungsgemäß geregelt werden konnte.

Vorsorglich zog er aber zunächst den Ehering wieder ab und erschrak, weil der schmale Streifen an seinem Finger grellweiß abstach vom Dunkelbraun der Hand, und so kaufte er sich in Rothenburg kurzerhand einen nicht zu teuren Ring mit einem schwarzen Stein und streifte ihn über.

In Mergentheim angekommen, fiel ihm gerade noch rechtzeitig ein, dass er diesmal Blumen mitbringen müsse. Nach kurzer Suche entdeckte er einen kleinen Blumenstand, wo er einen großen Strauß Rosen erstand.

Er hatte den Wagen im Schatten eines Baumes abgestellt. Im Kurpark fand noch das Vormittagskonzert statt. Wieder das gewohnte Bild der vielen Menschen, die dort mit ihren Gläsern in der Hand lustwandelten. Die Springbrunnenanlage war in goldenes Licht getaucht, die Fontänen rieselten wie ein Silberregen in die steinernen Becken.

Dann fuhr Robert langsam die schmale Straße zum Erlenbachtal hinauf. Er hatte nur noch ein paar Minuten zu fahren bis zum Sanatorium »Tauberperle«, als er plötzlich scharf auf die Bremsen treten musste, weil mitten im Weg eine schlanke, gut gekleidete Frau stand, die nicht ausweichen wollte.

Robert Kling gehörte auch zu den Kraftfahrern, die ihren Unwillen in Kraftausdrücken abreagieren, aber bevor es dazu kam, erkannte er plötzlich, wer da vor ihm stand.

Er spürte einen Stich im Herz und glaubte immer noch, dass ihn ein Trugbild narrte. Aber das Lächeln im Antlitz dieser Frau blieb, und nun kam sie auf ihn zu.

»Du meine Güte«, staunte er dann. »Das ist doch nicht die Möglichkeit!« Schnell stieg er aus dem Wagen und streckte ihr beide Hände entgegen. »Anita, bist du es denn wirklich? Ich dachte zuerst, ich würde mich täuschen, aber nun sehe ich ...«

Ohne sich umzudrehen, ob jemand käme, legte sie ihre Arme um seinen Hals und küsste ihn.

»Ach, Robert, dass du endlich da bist! Seit einer Stunde gehe ich hier schon auf und ab und warte auf dich!«

Immer wieder musste er sie ansehen. Wie konnten drei Wochen einen Menschen so verändern! Ihre Stimme hatte einen ganz anderen Klang, fast wieder so wie früher. Die dunklen Schatten unter den Augen waren verschwunden, die strengen Falten um die Mundwinkel wie weggewischt. Die Augen leuchteten in einem stillen Licht. Das Gesicht war voller und von der Sonne leicht gebräunt. Alles in allem eine schöne, elegante Frau in der Blüte ihrer Jahre.

»Ich muss staunen, wie gut du aussiehst«, sagte er endlich. »Was doch drei Wochen ausmachen! Ich hätte dich beinahe nicht mehr erkannt.«

Mit einem forschenden, langen Blick sah sie ihn an.

»Von dir kann man es nicht ganz behaupten, Robert. Bist du magerer geworden?«

»Kann schon sein. Du darfst nicht vergessen, es war Heuernte.«

»Ach ja, richtig. Am besten wäre es, du würdest auch einmal ordentlich ausspannen.«

Er lächelte unsicher und ging auf die andere Seite, um ihr den Wagenschlag zu öffnen.

»Dir hat es jedenfalls gut getan, und darüber freue ich mich.«

»Das habe ich nur dir zu verdanken. Es war schon richtig, dass du mich hierher gebracht hast. Wie lange bleibst du, Robert?«

»Bitte, Anita, steig ein. Hier dürfen wir nicht so lange stehen bleiben.«

Kaum hatte sie Platz genommen, sah sie den Blumenstrauß auf dem Rücksitz liegen.

»Oh, diese wunderbaren Rosen! Für mich?«

»Natürlich, Anita. Für wen denn sonst?«

Sie griff nach dem Strauß und beugte ihren Kopf darüber.

»Wie sie duften! Wie lange habe ich schon keine Rosen mehr bekommen! Ist es zehn Jahre, zwanzig oder schon tausend her? Ich weiß es nicht mehr. Komisch, manchmal lebe ich hier ganz in der Gegenwart, und manchmal schwebe ich in fernen Zeiträumen. Aber jetzt weiß ich es wieder. Als du das allererste Mal zu uns kamst, da brachtest du auch weiße Rosen mit.«

»Sie waren für deine Mutter bestimmt«, erinnerte er sich. »Aber du nahmst sie gleich an dich.«

»Immerhin waren sie ein gutes Vorzeichen für unser gemeinsames Leben, das wir jetzt zum zweiten Mal beginnen.«

Er lächelte.

»Du kannst im Haus schlafen und essen«, sprach Anita dann weiter, während er langsam anfuhr. »Ich habe mir nämlich gedacht, dass du vielleicht die ganze Woche bleibst, dann könnte ich mit dir nach Hause fahren. Ich meine dorthin, wo du jetzt zu Hause bist.«

Robert musste wegen einer Baustelle, an der die Straße sehr verengt war, alle Aufmerksamkeit auf die Fahrbahn richten und entkam für diesen Augenblick einer Antwort.

»Wie hier gebaut wird!«, sagte er, nur um überhaupt etwas zu antworten.

»Ein neues Sanatorium«, erklärte Anita. »Ich hätte nie geglaubt, dass es so viele kranke Menschen gibt.«

»Auch ein Zeichen des Wohlstandes«, meinte Robert. »Oder wenigstens eine Begleiterscheinung.«

Anita hatte ein schönes Balkonzimmer für ihn reserviert, gleich neben dem ihren. Sie begann sofort, seine Reisetasche auszupacken, ließ Wasser in das Becken laufen, damit er sich frisch machen konnte, und hielt ihm mit einem glücklichen Lächeln das Handtuch hin.

Ihm war auf einmal, als hätte das große Trauerspiel ihres Lebens niemals stattgefunden. Die ganze Situation war genau so, wie sie früher gewesen war, wenn er an glühend heißen Tagen von den Feldern heimgeritten war und Anita ihm mit einem frohen Lachen das Handtuch über die Trennwand der Dusche zugeworfen hatte. Wie sie jetzt so dastand und das Leuchten in ihren Augen nur noch tiefer wurde, verstand er, dass diese Frau sich wieder gefunden hatte und dass sie an dieses wiedergeschenkte Leben ihre Forderung stellen würde. In dieser Forderung war die Sehnsucht nach Geborgenheit, nach Liebe.

Da übermannte es ihn. Er riss sie in seine Arme und küsste sie wild und verzweifelt. Alles andere war ausgelöscht, in diesem Augenblick verkörperte sie für ihn die Vergangenheit, an der er, ohne es sich einzugestehen, immer noch hing. Er dachte an die erste, scheue Berührung seiner Arme vor drei Wochen in Rauenstein. Wie kraftvoll, wie selbstbewusst war jetzt ihre Umarmung! Ihr Mund war wieder weich und voller Wärme.

Nicht dass du sie küsst, klangen ihm Gabrieles Worte im Gedächtnis nach.

Gabriele, hast du eine Ahnung! Ich wünsche dir nicht, jemals in eine verzweifelte Lage zu kommen!

Als der Gong zum Mittagessen rief, gingen sie miteinander in den großen Speisesaal hinunter. Anita hatte bereits eine Menge Bekannte, und er spürte, wie in ihrer Stimme unermesslicher Stolz klang, wenn sie sagte: »Mein Mann.«

Wie geistesabwesend drückte Robert die Hände und hatte dabei das Gefühl, jeder müsste ihm ansehen, welch jämmerliches Doppelspiel er trieb.

Nach dem Essen trafen sie im Aufenthaltsraum den Chefarzt des Hauses, Dr. Volz, und seinen Assistenzarzt Dr. Höfer, die rauchend am offenen Fenster standen. Mit den vielen exotischen Pflanzen sah dieser Aufenthaltsraum mehr einem Wintergarten gleich. In einem schrägen, breiten Streifen fiel das Sonnenlicht auf den hellen Parkettboden. Eine Reihe tiefer Klubsessel lud zum Sitzen ein, auf einem Tisch stand ein verlassenes Schachspiel.

Anita stellte die Herren einander vor, und dabei hatte Robert sogleich das Bedürfnis, mit dem Chefarzt zu sprechen.

»Ja, gern«, sagte Dr. Volz und ging mit ihm in sein Sprechzimmer. »Bitte, Herr Kling, nehmen Sie Platz.«

Robert setzte sich, dann sah er sein Gegenüber abwägend an. Dr. Volz wirkte vertrauenswürdig mit seinem Silberhaar und der dunklen Hornbrille.

»Ich bin überrascht, Herr Doktor, über das gute Aussehen meiner Frau. Sie werden sich ja erinnern können, in welchem Zustand ich sie vor drei Wochen herbrachte. Und jetzt – ich hätte sie beinahe nicht wieder erkannt, als ich sie heute auf der Straße traf. Würden Sie mir bitte über ihr Gesamtbefinden …«

»Ja, natürlich.« Doktor Volz schlug die Beine übereinander und spannte die Hände um die Knie. »Zunächst muss ich vorausschicken, dass die Vorfreude auf Ihr heutiges Kommen der Patientin in den letzten Tagen einen ungeheuren Aufschwung gegeben hat. Wir dürfen allerdings nicht glauben, dass die Funktionsstörungen, die in den Jahren der Gefangenschaft in Sibirien ihren Ursprung haben, sich in drei Wochen beheben lassen.«

»Meine Frau besteht aber darauf, mit mir heute wegzufahren.«

»Das ist verständlich, aber nicht klug. Das seelische Gleichgewicht, möchte ich sagen, ist zu achtzig Prozent wieder hergestellt. Dagegen sind Herz und Kreislauf noch nicht wieder in Ordnung. Insbesondere sind auch Leber und Galle in Mitleidenschaft gezogen. Wie gesagt, die Schäden von zehn Jahren Sibirien können innerhalb von vier Wochen nicht behoben werden.«

Robert nickte.

»Wenn ich Sie recht verstehe, Herr Doktor, würden Sie eine Verlängerung der Kur für notwendig halten.«

»Unbedingt. Vom ärztlichen Standpunkt aus muss ich das sogar dringend befürworten. In diesem besonderen Fall wäre ohne weiteres finanzielle Unterstützung zu beantragen. Ich weiß nur nicht, wer zuständig ist, aber das kann ich leicht erfahren.«

»Deswegen habe ich nicht gefragt, Herr Doktor. Mir ist aber nicht ganz klar, wie man es ihr beibringt, dass sie noch länger hierbleiben soll.«

»Überlassen Sie das, bitte, ruhig mir. Die Patientin ist sehr vernünftig und einem guten Rat durchaus zugänglich, wenn er in der richtigen Art an sie herangetragen wird. Nochmal vier Wochen, und ich garantiere Ihnen, dass Sie Ihre Frau dann vollständig gesund abholen können. In diesem speziellen Fall würde ich Ihnen gerne entgegenkommen.«

»Sehr liebenswürdig, Herr Doktor. Aber Kosten spielen keine Rolle. Nur noch eine andere Frage: Halten Sie es für möglich, dass meine Frau – noch Kinder bekommt?«

»Warum nicht? Organisch gesehen ist das ohne weiteres möglich. Aber, wie gesagt, eine Verlängerung der Kur wäre nur zu empfehlen.«

»Danke, das wollte ich wissen.«

Sie gingen zurück in den Aufenthaltsraum. Anita stand mit Dr. Höfer immer noch in angeregter Unterhaltung vor dem großen Fenster. An dem Schachbrett saßen jetzt zwei ältere Herren in stummer Gelassenheit.

Anita ging mit raschen Schritten auf Robert zu und forschte in seinen Augen. Er lächelte sie an.

»Hat er dir viel Schlimmes über mich erzählt?«

»Aber nein, Anita. Wie kommst du denn darauf? Gerade das Gegenteil hat er mir erzählt.«

»Dann bin ich froh! Ich dachte schon, er hätte dich überredet, mich noch weitere vier Wochen hier zu lassen. Doktor Höfer ist übrigens auch dieser Meinung.«

»Soo? Ja – davon hat Herr Doktor Volz allerdings auch gesprochen. Aber wir wollen darüber in aller Ruhe reden, Anita. Was werden wir jetzt tun?«

»Ich muss mich wohl« – Anita sah auf die beiden Ärzte – »eine Stunde hinlegen. Oder werde ich heute davon befreit?«

»Ausnahmsweise«, lachte Dr. Volz.

So fuhren sie am Nachmittag zu dem nahen Weikersheim und ließen sich in der märchenhaften Abgeschlossenheit des Schlosshofes bei dem Gemurmel des bemoosten Rokokobrunnens völlig verzaubern. Wie zwei junge Liebende strolchten sie herum, alles Schmerzliche war vergessen, war ausgelöscht.

Immer wieder entzückte ihn Anitas übersprudelnde Lebenslust, und es kam ihm vor, als seien sie wieder ebenso jung wie damals, als sie noch auf dem Rücken der

Pferde dahingejagt waren, um sich dann in einem versteckten Winkel zu küssen.

Später saßen sie dann in der gemütlichen, altertümlichen Burgschänke, tranken Kaffee, und Robert dachte, dass nun der Augenblick gekommen wäre, über alles zu sprechen. Aber gerade als er damit beginnen wollte, sagte Anita:

»Also gut, ich gebe nach und bleibe weitere vier Wochen. Ich will ja schließlich ganz gesund werden für dich.«

Tief und wie erlöst atmete er auf.

»Eigentlich hatten wir ausgemacht, dass Doktor Volz es dir beibringen sollte. Weil du aber selber davon anfängst – ich danke dir, Anita, dass du so vernünftig bist.«

Sie lehnte sich vertraulich gegen ihn und sah ihn an.

»Ich habe mich doch immer nach deinen Wünschen gerichtet. Und das soll in unserem neuen Leben nicht anders sein.«

Robert hielt ihre Hände und streichelte sie. In unserem neuen Leben, dachte er qualvoll. Wie wird denn das aussehen? Und was sollte er jetzt sagen? Da fiel ihm plötzlich ein:

»Ach ja, du hast mir doch einmal wegen eines Bauernhofes mit hundert Hektar geschrieben. Hast du da weiter nachgeforscht?«

»Nein, du hattest mir keine Antwort darauf gegeben. Auch wegen dem Inspektorposten nicht. Ich glaube, das ist auch nicht das Richtige für dich. Du warst einmal Landwirt auf eigenem Grund und Boden.«

»Ja, auf eigenem Grund und Boden.« Als er das gesagt hatte, kam ihm jäh zum Bewusstsein, dass ihm ja durch die Ehe mit Gabriele wieder Grund und Boden zugefallen waren. Er wischte sich mit der Hand über die Augen, wie um diese Gedanken fortzuscheuchen.

»Im Übrigen müsste es doch nicht so schwer sein, wieder zu einer eigenen Landwirtschaft zu kommen«, sprach Anita weiter. »Ich habe mich darüber mit Dr. Höfer eingehend unterhalten. Er ist auch Heimatvertriebener und kennt sich mit den Gesetzen ziemlich gut aus.«

»Doktor Höfer? Für einen Assistenzarzt ist er eigentlich schon ziemlich alt.«

»Er war auch acht Jahre in russischer Gefangenschaft. Wir haben viel Gemeinsames in unserem Schicksal.«

»So?«

»Er hat sich um mich in den ersten Tagen, nachdem du weggefahren warst, ganz besonders gekümmert. Es war für mich auch schrecklich, so allein unter den vielen Menschen. – Hattest du den Ring das letzte Mal schon am Finger?«

»Ein billiger Ring. Hat nichts zu bedeuten.«

Nachdenklich sah sie in sein Gesicht. Er spürte, wie es ihm ganz heiß unter der Stirn wurde, zog unauffällig seine Hand zurück und meinte:

»Ich werde dir auch einen Ring kaufen.«

»Eheringe brauchen wir wieder, alle zwei«, sagte Anita. »Meiner ging so schwer herunter, als man ihn mir nahm. Deiner wird ja auch irgendwo verloren gegangen sein im Lager.«

»Ich weiß gar nicht einmal recht, wo«, antwortete er, und das stimmte zufällig. Aber er dachte an den anderen Ring, den er im Handschuhfach des Wagens versteckt hatte.

Nein, er würde es ihr wieder nicht sagen können, wenn ihn nun auch nicht mehr das Mitleid zum Schweigen zwang. Jetzt war es etwas anderes. Das Wunder selber vielleicht, das ihn von Stunde zu Stunde mehr berührte, dass diese Frau jetzt nichts mehr gemeinsam hatte mit jenem geschlagenen Geschöpf vor nur wenigen

Wochen. Wenn er es richtig bedachte, war sie eigentlich eine wunderbare Frau, vor allem auch viel bequemer als Gabriele, die ihn, seit sie vom Zurückkommen Anitas wusste, von einer Verlegenheit in die andere gestürzt hatte und mit ihren immer wachen Sinnen darauf lauerte, ob sie ihn nicht bei einer Lüge ertappen könnte. Allerdings musste er ihr zu Gute halten, dass sie ja von Anitas Existenz wusste, während Anita von der Existenz Gabrieles keine Ahnung hatte. Gabriele wehrte sich ganz einfach mit ihrem gesunden Instinkt dagegen, dass ihr der Mann wieder weggenommen werden sollte.

Warum, so fragte er sich jetzt, während er mit Anitas Fingern spielte, sind es zwei Frauen, die alle beide einen makellosen Charakter haben? Frauen, die mir so viel Liebe schenkten, dass keine einzige Stunde des Zusammenseins mit ihnen einen Schatten hatte. Es hätte doch auch sein können, dass eine von ihnen zänkisch, boshaft, launisch oder gar herrisch gewesen wäre! Ja, dann wäre die Entscheidung leicht. Aber so? Eine hatte einen ebenso guten Charakter wie die andere, und jede hatte immer nur sein Bestes gewollt. Wie wunderbar hatte sich doch Gabriele allen Widerständen entgegengesetzt, wie klar war ihr Weg zu ihm gewesen, unbekümmert um alles Geschwätz der Menschen hatte sie sich zu ihm, dem unbekannten Flüchtling, bekannt. Das konnte und durfte er nicht vergessen.

Anita indessen, weil sie ja ahnungslos war, überging so manche Unstimmigkeit in seinen Erzählungen ganz stillschweigend. Für sie war es Glück genug, ihn wieder gefunden zu haben. Alles andere schied bei ihr aus. So hatte sie auch ihre kleinen Zweifel wegen des Rings, den Robert da neuerdings am Finger trug. So ein billiger Ring bei einem Mann wie Robert, der immer so großen Wert auf Kostbarkeiten gelegt hatte! Aber sie war jetzt zu glücklich, um ihn daraufhin anzusprechen. Einmal, während des übereifrigen Erzählens in der Burgschänke, verbesserte er sich dann selber und lachte:

»Nein, ganz genau so war es nicht, ich habe ein bisschen gelogen.«

Anita streichelte nur über seine Hand und schenkte ihm ein nachsichtiges Lächeln wie eine Mutter ihrem Buben, wenn sie ihn bei einem Streich ertappt hat.

»Ich habe schon gemerkt, Robert, ihr Männer müsst ja immer ein bisschen schwindeln. Aber es tut nicht weh, weil es ja nur um Nebensächlichkeiten geht.«

Wenn du wüsstest!, dachte er erschauernd, was das für Nebensächlichkeiten sind. Dass ich nur lüge, um meine Angst damit zu verdecken! Und irgendwie hast du mich doch nicht mehr richtig in Erinnerung, denn sonst müsstest du doch wissen, dass ich früher niemals gelogen, nicht einmal aus Verlegenheit ein bisschen geschwindelt habe.

Auf der Rückfahrt besichtigten sie auch noch die Burgruine Neuhaus, und als sie gegen sechs Uhr wieder ins Sanatorium kamen, war Anita doch so müde und abgespannt, dass sie sich gleich nach dem Abendessen schlafen legte.

Mit verschwenderischem Licht lag dieser Sonntag über dem Taubertal. Sie gingen am Nachmittag die Hügel hinauf bis nach Löffelstelzen und auf dem Höhenweg weiter bis zu dem Terrassencafé Waldeck, das man den Balkon von Mergentheim nennt. Mit dem fünften Glockenschlag hatten die Musiker ihre Instrumente gestimmt und spielten zum Fünfuhrtee auf.

Sie saßen auf der Terrasse, von wo sie einen zauberhaften Blick auf die Stadt hatten. Silbern schlängelte sich das Band der Tauber dahin, und ganz fern grüßten weiße

Kirchtürme aus üppigem Getreideland unter grünen Wälderbögen.

Einschmeichelnd klangen Weisen aus vergangenen Zeiten, wie »Du schwarzer Zigeuner« oder »In einer kleinen Konditorei«. Halblaut summte Anita die Melodie vom armen Gigolo mit, der einmal goldbestickt durch die Straßen ritt, und sah dabei ganz selbstvergessen in das braune Gesicht ihres Mannes, als wollte sie mit ihren Blicken fragen: Weißt du es noch, Robert …?

Ja, er wusste es noch und fragte, ob sie tanzen wolle.

»Ja, gerne. Ich hoffe, dass ich es nicht verlernt habe. Manchmal habe ich das Gefühl, als hätte ich noch die schweren Holzschuhe aus Sibirien an den Füßen oder als sei die Kette nach dorthin noch nicht ganz abgerissen.«

Sie tanzten dann, und bewundernde Blicke folgten dem schönen Paar.

»Die Kette wird reißen«, sagte Robert, »und dann sterben auch all die schweren Erinnerungen.«

Im Vorübertanzen erblickte Anita plötzlich ein bekanntes Gesicht.

»Ach, sieh doch, Robert! Doktor Höfer ist auch da! Macht es dir was aus, wenn du ihn an unseren Tisch bittest? Er sitzt so allein.«

»Im Gegenteil«, sagte er schnell und dachte, das passt mir gerade gut, dann habe ich wieder eine Galgenfrist!

Dr. Höfer kam dankend an ihren Tisch, und sie kamen sogleich in ein angeregtes Gespräch, das Anita aber mit der Bitte unterbrach, nicht von dem zu reden, was nur Bitterkeit heraufbeschwören könnte, und damit meinte sie die Jahre in Sibirien.

»Aber nein«, lachte der Arzt. »Dazu sind der Tag und die Stimmung viel zu schön! Genauso wenig soll man über Krankheiten reden. Sie glauben nicht, was man als unbeobachteter und unerkannter Zuhörer alles zu hören bekommt, wenn man neben so genannten Kurgästen sitzt! Ich sage absichtlich so genannte, denn wirklich Kranke sprechen nicht über ihren Fall, die horchen mehr in sich selbst hinein und achten peinlich genau auf Diät. Manchmal ist es zum Weinen, wenn die so genannten Kurgäste die Diagnose des Arztes auf ihre Weise zerpflücken und alles viel besser wissen, sodass sich der Arzt als Trottel vorkommen muss, der nichts versteht.«

Dr. Höfer hatte eine angenehme, ruhig klingende Stimme. Robert fand ihn, wenn er so sprach, äußerst sympathisch. Jetzt fragte er ihn:

»Und darf ich fragen, Herr Doktor, was Sie ausgerechnet nach Mergentheim verschlagen hat? Wollen Sie sich auf innere Krankheiten spezialisieren?«

»Wieso ich nach Mergentheim gekommen bin? Das war reiner Zufall, vielleicht auch Schicksal.« Von niemandem bemerkt, streifte er dabei Anita mit einem schnellen Blick. Dann griff er dankend nach der Zigarette, die Robert ihm anbot.

»Darf ich auch?«, fragte Anita mit einem entwaffnenden Lächeln.

»Ausnahmsweise«, sagte Dr. Höfer.

»Entschuldige, Anita, ich wusste nicht, dass du rauchst.«

»Nicht eigentlich. Nur ab und zu einmal. Im Lager haben wir allerdings geraucht, Machorka, wenn wir einen hatten.«

»Im Feldlazarett bei Smolensk habe ich einem sterbenden Leutnant versprechen müssen, seine Mutter in Mergentheim zu grüßen, falls ich heimkäme. Leider bin ich lange nicht heimgekommen. Aber ich habe über die vielen Jahre hinweg den Auftrag nicht vergessen. Und so bin ich eines schönen Tages hierher gefahren und bin dann, wie es oft so geht, hier hängen geblieben. Aber Sie fragten vorhin, ob ich mich auf innere Krankheiten spezialisieren wollte.« Er schüttelte den Kopf.

»Ich möchte nur Erfahrungen sammeln. Mein Traum ist eine Landpraxis, irgendwo in einem stillen Erdenwinkel. Ich besitze wenig Ehrgeiz, müssen Sie wissen, und möchte lieber irgendwo als einfacher Arzt helfen können, als wie ein Halbgott verehrt werden.«

»Das haben Sie schön gesagt«, pflichtete Anita bei und wandte sich an Robert. »Dabei verfügt er heute schon über so viel Erfahrung und Wissen, dass er selbstständig ein Sanatorium leiten könnte.«

»Der Schein trügt«, antwortete der Arzt. »Ich bin noch nicht so weit, um mich voll und ganz ins Gewühl der Arbeit stürzen zu können, so wie es mir vorschwebt. Es sind noch gewisse Zweifel in mir. Die muss ich erst überwinden, um frei von mir für die anderen da zu sein.«

Plötzlich hatte Robert einen so tiefen Schreck, dass er beinahe seine Tasse hätte fallen lassen. Ein paar Tische weiter hatte er ein Gesicht entdeckt – dort saß seine Frau Gabriele. Nein, Gabriele trug kein so kostbares Kleid. Und doch war es Gabriele mit ihren herrlich glänzenden, dunklen Augen, dem üppigen Mund, dem sanften Oval der Wangen. Jetzt lachte die Frau, die in größerer Gesellschaft war. Narrt mich denn ein Spuk?, dachte Robert. Was ist denn das für eine Laune der Natur, dass sich zwei Frauen auf so frappante Weise ähneln. Das war doch Gabrieles stilles Lächeln, wenn sie sich über das Bettchen des kleinen Andreas beugte.

Jetzt sah er, dass zwei Mädchen an den Tisch herantraten und eine Karte hinlegten, die die Frau unterschrieb. Ein Stein fiel ihm vom Herzen. Also doch nicht Gabriele, die bat man nicht um Autogramme! Aber er musste sie immerzu ansehen. Die Ähnlichkeit war bis auf die Kleidung so täuschend, dass er hätte hinübergehen und fragen können: Was tust denn du hier, Gabriele? Gleichzeitig fiel ihm ein, wie betörend auch Gabriele aussähe, würde man sie einmal in so kostbare Kleider stecken. Der Vergleich reizte ihn zum Lachen. Gabriele und eine Dame? Es würde doch immer die Bergbäuerin in ihr durchschlagen.

»Gestatten Sie, Herr Kling?«

Überrascht blickte er auf und nickte.

»Bitte schön.«

Doktor Höfer und Anita tanzten, und er sah ihnen zu. Ein gut aussehendes Paar, schoss es ihm durch den Kopf.

Er winkte dem Ober, um sich ein Glas Wein zu bestellen.

»Eine Frage, Herr Ober: Kennen Sie zufällig die Dame da drüben am Tisch? Ja, die Dunkle, jetzt unterschreibt sie gerade wieder etwas.«

»Das ist die Schauspielerin Iris Rüttig.«

»Ach ja, richtig. Danke schön.«

Roberts Blick suchte nun wieder die Tanzenden. Wie vertraulich Anita im Arm des Arztes lag! Mit geradezu väterlicher Behutsamkeit geleitete er sie durch das Gewühl der Tanzenden.

Ein Gedanke durchzuckte ihn plötzlich. Keine Eifersucht, nein, nein. Nur ein unerhörter Gedanke. Hatte sich Anita in den Arzt verliebt? Sofort verscheuchte er diesen Gedanken. Nein, dann wäre sie ja nicht Anita. Aber trotzdem, der Gedanke hatte etwas Bestechendes, das wäre eine Lösung! Dass er so dachte, bewies wiederum, dass er den Ernst der Lage immer noch nicht richtig erfasste und sich gar nicht bewusst war, in welch tiefe Verstrickung er geraten war. Selbst bei einer so einfachen Lösung blieb doch alles voller Komplikationen. Zunächst müsste sich Anita von ihm scheiden lassen. Aber auch dann war seine Ehe mit Gabriele ungültig, er müsste sie ein zweites Mal heiraten. Dabei blieb ihm aber keineswegs eine Strafverfolgung wegen Bigamie erspart. Es schwirrte nur so von Gesetzen und Verordnungen in seinem Kopf, er kam sich vor wie in einem Netz gefangen, aus dem er keinen Ausweg mehr fand.

Schließlich war er froh, dass die beiden zurückkamen und ihn aus der Verstrickung seiner Gedanken erlösten.

Später nahm Doktor Höfer sie in seinem Wagen mit hinunter ins Sanatorium.

An diesem schönen Sonntagnachmittag saßen in Greinach auf der Südseite des Dollingeranwesens drei Frauen in schöner Eintracht beisammen. Das waren die Dollingerin selber, die Viehhändlersgattin Sophie Wax und die Ursula, ehemalige Angestellte auf dem Surauerhof und seit einem Vierteljahr verheiratet mit dem Maurerpolier Keinz.

Die Sophie hatte einen bunten Sonnenschirm mitgebracht, der mit seinen zwei Metern Durchmesser alle drei Frauen und den Kinderwagen beschattete, in dem Verena, die Tochter der Dollinger Verena, schlief.

Trotz des Schattens, in dem sie saßen, trug Sophie eine Sonnenbrille, weil sie es einfach nicht lassen konnte, Eindruck machen zu wollen, denn schließlich hatte sie sich doch einmal als Baronin ausgegeben, bis der Zauber zerbrach und sie dann den Viehhändler Wax heiratete.

Der Nachmittag war voll friedlicher Stille. Die Bienen summten, und von fern hörte man Kuhglockengeläute. In der Nähe floss ein Bach, und ringsum war der Duft von all den blühenden Hecken und Blumen.

Verena, Sophie und Ursula. Sie waren nicht zusammengekommen, um so friedfertig zu sein wie der Sommertag, sondern um nach Herzenslust zu plaudern, was bei ihnen gehässiges Gerede über ihre Mitmenschen bedeutete. Es wollte nur keine so recht den Anfang machen, obwohl sie alle drei immer wieder zum Steig hinaufblinzelten, wo die Nachmittagssonne den Surauerhof in goldenen Glanz tauchte. Endlich machte Sophie den längst erwarteten Anfang.

»Ich glaube, er ist wieder verreist.«

Obwohl sie keinen Namen genannt hatte, wusste Verena sogleich, wen sie gemeint hatte, und sagte:

»Gelt, ich hab mir's auch schon gedacht! Gestern in aller Herrgottsfrüh hab ich ihn wegfahren sehen. Aber er kann noch nicht zurück sein, weil er sonst am Sonntag während der Kirch seinen Wagen immer beim Bader drüben parkt.«

»Er war nicht in der Kirche«, bestätigte Sophie. »Aber die Gabriele war in der Frühmesse. Ich hab sie bei uns vorbeigehen sehn um sechs Uhr. Ich habe gerade die Blumen auf dem Balkon gegossen.«

»Was, um sechs Uhr schon?«, wunderte sich die Dollingerin. »Wo muss man denn das hinschreiben? Du stehst doch sonst selten vor zehn Uhr auf, wenn unsereins schon wieder müd ist!«

Sophie schob ihre Sonnenbrille ein wenig höher und antwortete recht hoheitsvoll:

»Ich kann aufstehn, wann es mir passt! Heute hat es mich um sechs Uhr gefreut. Vielleicht steh ich morgen wieder um zehn Uhr auf. Ich weiß das noch nicht. – Aber ist denn bei der Gabriele wieder was auf dem Weg? Ich kann mich auch täuschen.«

»Das könnt gut sein«, mutmaßte Verena und schaute auf Ursula, die faul in ihrem Korbsessel saß und die Beine weit von sich, außerhalb des Schattenrandes, gestreckt hatte, damit sie braun werden sollten. »Man erfährt ja kaum noch etwas, seit du nicht mehr oben bist am Steig.«

»Meinst du mich?«, fragte Ursula und tat so, als habe sie auf das bisherige Gespräch gar nicht geachtet.

»Ja, als du noch droben warst, da hat man halt doch hin und wieder was gehört.«

Pause. Hoch oben brummte ein Flugzeug und zog einen feinen Kondensstreifen hinter sich her. Die Kleine im Kinderwagen raunzte einmal, wachte aber nicht auf.

»Ja, ja«, sagte die Dollingerin. »so geht's auf der Welt!«

»Wenn's gut geht«, ergänzte Ursula. »Und gut geht's meistens.«

»Dir geht's ja zweifellos besser als früher.« Verena zog den Kinderwagen zu sich heran, schaute hinein und stieß ihn dann mit dem Fuß wieder zurück. »Das musst doch zugeben, Ursula, dass du es jetzt bei weitem schöner hast als früher.«

»Warum soll eine blinde Henne nicht auch einmal ein Körndl finden? Obwohl, ich muss sagen, schlecht hab ich es beim Surauer auch nicht gehabt.«

»Vor allem hat man sich da droben nicht darum gekümmert, was du in deiner freien Zeit gemacht hast!«, spielte Verena auf Ursulas zahlreiche Verehrer an. Nein, besonders rücksichtsvoll waren sie gerade nicht miteinander. Sie sagten einander die Dinge mit unverblümter Offenheit und waren manchmal beleidigt, aber nur, um am anderen Tag wieder versöhnt zu sein, denn sie passten zueinander wie die Blätter eines Kleeblattes. Vor allem waren sie sich einig in ihrem Neid auf Gabriele, die einen Mann bekommen hatte, der kein gewöhnlicher Bauer war, sondern ein feiner Herr. Besonders die Viehhändlersgattin konnte manchmal ihren Neid nur schwer verbergen und hatte einmal ganz offen ausgesprochen:

»Der hätte viel besser zu mir gepasst als zu dieser überheblichen Gabriele.« Aber ausgerechnet sie musste den Viehhändler Wax erwischen, der sich nebenbei als Metzger von Hof zu Hof verdingen musste, weil mit dem Viehhandel auch nicht mehr so viel zu verdienen war, seit dieser junge Surauer angefangen hatte, sein Schlachtvieh in die Großstadt zu schicken. Die anderen Bauern machten es ihm nämlich fleißig nach.

Sophie zündete sich jetzt eine Zigarette an und steckte sie in eine lange Spitze. Das sah ihrer Meinung nach sehr vornehm aus, und wenn sie sich mit den anderen beiden verglich, dann war sie eben doch eine Dame.

»Tja«, sagte sie jetzt mir ihrer lispelnden Stimme, »kürzlich war er ja auch einmal verreist, kurz vor der Heuernte und gleich fünf Tage.«

»Wie du das so genau weißt?«, interessierte sich Ursula. »Er kann ja auch krank gewesen sein?«

»Nein, krank war er nicht. Er hatte Einreisepapiere für die DDR beantragt, hat mir der Gemeindesekretär erzählt. Jedenfalls lohnt es sich, darüber nachzudenken. Ich zum Beispiel wüsste nicht, was ich drüben noch zu suchen hätte.«

»Nachschauen, ob deine zweiundzwanzig Zimmer in Ordnung sind.«

Über den Rand der Sonnenbrille schielte Sophie auf die spöttelnde Verena. Aber sie schluckte auch diesen Brocken, zog ein paar Mal heftig an ihrer Zigarette und sagte:

»Es sei denn, ich würde einmal nachsehen, was mein früherer Freund in Radebeul macht. Ein interessanter Mensch übrigens. Der hat vielleicht Umgangsformen!«

»Ach, du meinst, dass der Surauer noch eine Freundin drüben hat?«

»Das habe ich nicht gesagt. Du hast aber auch eine schmutzige Fantasie, Verena.«

»Na ja, man wird doch noch reden können unter

uns!« Und sich wieder an Ursula wendend: »Man erfährt schon gar nichts mehr, seit du weg bist.«

»Hätte ich vielleicht Bauernangestellte bleiben sollen, bloß damit deine Neugierde gestillt wird? Was ihr zwei da zusammentratscht, stimmt ja auch gar nicht. Warum sollte der Surauer Seitensprünge machen, wenn er eine Frau hat wie die Gabriele?«

»Lehr du mich die Männer kennen!«, sagte die Viehhändlersgattin wieder ganz hoheitsvoll. »Zwar hätte ich gedacht, du hättest auch einige Erfahrung, es scheint aber doch nicht der Fall zu sein. Ich hatte einmal einen Freund ...«

»Den in Radebeul?«, unterbrach Verena.

»Nein, der war aus Görlitz. Ein Innenarchitekt, der hatte neben mir noch eine Freundin. Ein ganzes Jahr lang hat er es so getrieben, ohne dass ich oder die andere etwas davon gemerkt hätte. Das hängt nun allerdings mit der Mentalität zusammen. Die Männer da oben sind aggressiver, haben mehr Schwung, sind draufgängerischer und nicht so schwerfällig wie die Männer hierzulande. Das macht das Bier. Wenn ich bloß daran denke, wie viel der Deine runterschütten kann!«

»Meinst du mich?«, fragte Verena. »Es hat halt jeder seine Fehler«, verteidigte sie ihren Mann. »Der Deine schnupft, und außerdem stinkt er nach Knoblauch!«

»Das ist nicht wahr!«, verteidigte nun ihrerseits Sophie ihren Viehhändler. »Das ist eine infame Beleidigung!«

»Geh, streitet doch nicht«, versuchte Ursula zu schlichten. »Das ist ja gar nicht der Mühe wert.«

»Ist ja wahr auch! Wenn die da behauptet, mein Mann stinkt nach Knoblauch.«

»Und wenn? Man sagt, Knoblauch wär gesund.«

»Bier, sagt man auch, wäre gesund für die Durchschwemmung der Nieren. Der Meinige sagt das wenigstens«, lenkte Verena wieder ein, weil sie es doch nicht zu einem Zerwürfnis kommen lassen wollte. Noch nicht, wenigstens.

Die Sonne war inzwischen weitergewandert, man musste den Sonnenschirm ein bisschen rücken. In den Bergen, wo vorhin noch alles ein wenig dunstig war, wurde die Luft jetzt ganz klar. Das Gipfelkreuz auf der Prechtlerspitze funkelte, und die Fenster im Unterkunftshaus auf dem Bodererkamm sahen aus, als bräche Feuer aus ihnen heraus.

»Ich werde mich jetzt schön langsam auf den Heimweg machen«, meinte Sophie.

»Was tust denn daheim? Läuft dir ja nichts weg! Der Wax wird auch noch beim Wirt sitzen«, mutmaßte Verena, und Ursula sagte:

»Daheim sterben die meisten Leut!«

»Oh, ich kann mit meiner Zeit schon was anfangen«, sagte Sophie. »Ich lese gerade ein recht interessantes Buch.«

»Ach, du liest ein Buch?«

»Ja, weil ich schließlich nicht vertrotteln will, und weil man für seine Bildung auch was tun muss.«

»Wie heißt denn das Büchl?«, fragte Ursula, die gerade den »Jäger von Fall« gelesen hatte.

»›Der alte Mann und das Meer‹«, antwortete Frau Wax und genoss die Unkenntnis der anderen, was die gehobene Literatur betraf.

Da sagte Verena in ihrer einfältigen Art:

»Von einem alten Mann brauchst du nichts lesen, den hast ja selber daheim.«

Damit hatte sie eine empfindliche Stelle getroffen. Die Sophie richtete sich auf, saß ganz kerzengerade und konterte Verena mit gefurchten Brauen.

»Immerhin ist er noch vitaler als dein versoffener Bauernfünfer, der doch bloß zum Trinken geht, weil es ihm zu fad ist, dich anschaun zu müssen! Und dass wir uns klar sind: Mich siehst du so schnell nicht mehr bei dir.« Sie zog den Sonnenschirm aus dem Rasen, klappte ihn zusammen und nahm ihn unter den Arm.

»Wart, ich geh mit«, sagte Ursula und stapfte hinter ihr her. Als sie schon über die Bachbrücke gegangen waren, brach es aus Sophie heraus:

»So eine unverschämte Person! Aber schuld bin ich selber! Warum muss ich auch hingehn zu ihr, statt dass ich zum Baden gegangen wäre.«

»Nicht einmal einen Kaffee hat sie uns angeboten«, ärgerte sich Ursula.

»Dazu ist die ja viel zu geizig!«

»Möchte wissen, warum sie uns überhaupt einlädt!«

»Ja, das möchte ich auch wissen. Wenn sie uns wenigstens ein Glas Milch angeboten hätte! Na ja, ich werde mir's merken.«

»Ich auch!«, sagte Ursula, die sich auch schon als was Besseres vorkam, seit sie den Stallgeruch von sich abgestreift hatte, obwohl sie mit ihrem Maurerpolier finanziell gesehen nicht ganz so sorgenfrei wie Sophie mit ihrem Viehhändler lebte, denn sie musste viermal in der Woche ins »Goldene Roß« gehen, um in der Küche zu helfen.

Dann standen sie vor dem Wax-Haus.

»Gehst du noch auf einen Sprung mit rein, Ursula?«

»Nein, der Meinige kommt um sieben Uhr zum Essen heim.«

»Also gut, ein andermal dann. Und darin sind wir uns einig: Zur Dollingerin gehen wir nimmer!«

»Ich mag sie sowieso nicht, die fade Nocken!«

»Ich auch nicht«, pflichtete Sophie bei und piepste

hell: »Wie ich mich nur so weit runterlassen kann, mich mit so einer Person abzugeben!«

Robert hatte seinen Ring wieder abgestreift und war auf der Heimfahrt, ohne dass es zu der entscheidenden Aussprache mit Anita gekommen wäre. Wozu auch? Das hatte alles noch Zeit. Fest stand für ihn jetzt, dass sein Platz an der Seite Anitas war. Die Ehe mit Gabriele würde für ungültig erklärt werden, und er wäre dann ohne weitere Formalitäten wieder mit Anita verheiratet.

Sein Versprechen an Anita, in vierzehn Tagen wiederzukommen und dann ganz bei ihr zu bleiben, war durchaus ernst gemeint, denn er war sich klar darüber geworden, dass er diese Frau liebte, wieder so liebte wie früher!

Ach ja, Gabriele! Es würde wohl eine harte Auseinandersetzung mit ihr geben. Aber sie war viel zu stark, um diesen Schlag nicht überwinden zu können. Sie war nicht so zerbrechlich wie Anita. Bedenken kamen ihm erst wieder, als er sich Burgheim näherte. Da wurde ihm so richtig bewusst, wie all das schon seine zweite Heimat geworden war, dass er in diesem Land schon feste Wurzeln geschlagen hatte und dass es ihn festhielt wie mit Eisenklammern.

Er vergaß auch diesmal nicht, für Gabriele und den Buben etwas einzukaufen. Dann fuhr er langsam nach Greinach hinüber und den Hügel hinauf.

Der Hof war wie ausgestorben. Nur der Hofhund umsprang ihn mit freudigem Winseln. Gabriele war mit dem Kleinen oben auf der Bergwiese, wo sie noch einen Rest von Heu zu bearbeiten hatten.

Robert setzte sich auf die Hausbank, lehnte den Kopf an die Mauer und fühlte auf einmal eine ungeheure Müdigkeit, nicht die Müdigkeit nach langer Fahrt, sondern etwas, das aus der Tiefe seines Inneren kam und sein Gemüt wie Blei beschwerte, eine unendliche Traurigkeit, die dermaßen bedrückend wurde, dass er sich von ganzem Herzen wünschte, nicht mehr leben zu müssen.

Niemand, weder Gabriele noch Anita, könnte ahnen, dass der Tod für ihn nur eine Erlösung gewesen wäre.

Er hatte die Augen geschlossen und ließ die Bilder der Vergangenheit an sich vorüberziehen. Jung und blond ging Anita neben ihm, die Leute sahen hinter ihnen her und sagten: Schaut, ein schönes Paar …

Keiner wich von der Seite des anderen. Sie pflückten blaue Glockenblumen und aus dem Kornfeld den roten Mohn und beschenkten einander damit. Sie sahen, wie das Gras sich im Wind bewegte, und alles, was sie miteinander sprachen, war Ausdruck ihrer Liebe. Im Winter fuhren sie in einem Schlitten, der mit zwei Schimmeln bespannt war. An den Pferdehalftern klingelten Glocken, der Himmel war hell und hoch, und die Sterne glänzten über der unendlichen Ebene.

Ja, das musste in einem anderen Leben gewesen sein. Und die Erinnerungen daran konnten nur in einer so trostlosen, verlassenen Stunde kommen, wenn man zusammenzubrechen drohte unter der Last, die auf einem lag.

Da wurde er plötzlich durch einen hellen Schrei aufgeschreckt. Gabriele kam über die Weide, ließ den Kinderwagen mit dem schlafenden Buben am Gatter stehen und eilte mit ausgebreiteten Armen auf ihn zu.

»Ach, Robert, dass du nur wieder da bist!«

»Ist jetzt alles erledigt?«, fragte sie dann atemlos. »Sag ja! Die Ungewissheit bringt mich noch um! Du warst so lange weg.«

»Es ist alles in Ordnung«, sagte er.

»Gott sei Dank!«, flüsterte sie wie ein Mensch, von dessen Schultern eine schwere Last genommen wird.

»Sie hat ja schließlich einsehen müssen, dass du mir gehörst und deinen Kindern.«

Er legte den Arm um ihre Schultern, und sie gingen zum Gatter hin, zum Kinderwagen. Wie ein pausbäckiger Engel lag der Bub schlafend da, die kleinen Fäuste unterm Kinn geballt. Und was Robert auf der ganzen Heimfahrt so leicht erschienen war, dafür fehlte ihm in diesem Augenblick, als er sich über seinen schlafenden Buben beugte, jede Kraft. Es war ihm, als drücke ihn die Schuld wie ein schwerer Stein zu dem braun gebrannten Kindergesicht hinab, als sollte nun unerbittlich klargestellt werden: Mit diesem Kind bist du unlösbar verbunden, mit diesem und mit dem kommenden. Hier ist deine Welt, hier hast du deine Wurzeln neu geschlagen. Die Frau mit ihrem einfachen Wesen liebt dich mehr, als du es wahrhaben willst!

Als er sich aufrichtete, schimmerten seine Augen feucht. Gabriele schaute ihn verwirrt an, dann packte sie ihn erschrocken am Arm.

»Robert, was ist denn? Du weinst ja.«

Er mied ihren forschenden Blick, sah über ihren Scheitel hinweg zu den Bergen hinauf, über denen die Luft flimmerte. Dann hob sich seine Brust unter einem tiefen Atemzug. Jetzt gab es keinen Ausweg mehr, jetzt musste er reden, und wenn es ihn alle Freuden dieser Erde kostete.

»Ich weiß keinen Ausweg mehr, Gabriele. Sag du mir, wo die Erlösung ist oder das Ende.«

Tiefes Erschrecken ging über Gabrieles Gesicht. Und ohne dass sie ihn danach hätte fragen müssen, wusste sie mit einem Schlag über alles Bescheid.

»Du hast es ihr nicht gesagt? Wieder nicht gesagt?«

Er schüttelte gequält den Kopf.

Gabriele griff wortlos nach dem Kinderwagen, zog

ihn, ohne sich noch einmal umzublicken, zum Haus und betrat die Stube. Weinen konnte sie nicht. Nur unendlich müde war sie. Sie saß am Tisch und hatte den Kopf in die Arme vergraben.

Robert war ihr gefolgt, stand mit hängenden Armen da und wusste sich keinen Rat. Nur eins wusste er, dass es jetzt galt, Klarheit zu schaffen.

»Gabriele«, sagte er leise, flehend, wie um Verzeihung bittend, als Gabriele schon nichts anderes mehr als Verachtung empfand für den Mann, den sie doch geliebt hatte, der sich aber nun als erbärmlicher Feigling erwiesen hatte. Erst nach einer Weile hob sie den Kopf. Wieso hatte es kommen können, dass er nun vor ihr stand, arm und kläglich, allen Glanzes beraubt, in den er sie einmal hineingezogen hatte? Ihre Stimme klang frostig und rau:

»Dann hast du es ihr also nicht gesagt?«

Er schüttelte müde den Kopf.

»Das erste Mal schon nicht und jetzt wieder nicht?«

»Als ob das so einfach wäre!«

»Aber sie hätte es doch an deinem Ehering sehen müssen!«

»Ach, das verstehst du ja nicht«, sagte er gequält.

»Nein, nein, das verstehe ich nicht. Bin ja bloß ein dummer Bauerntrampel mit wenig Verstand und, deiner Meinung nach, wahrscheinlich auch mit wenig Herz, weil ich es nicht verstehen will. Darf ich dann fragen, was du überhaupt bei ihr oder von ihr gewollt hast?«

Ratlos ging er ein paar Mal in der Stube auf und ab, die Hände hinter dem Rücken verkrampft. Dann setzte er sich ihr gegenüber, versuchte nach ihrer Hand zu fassen, aber sie zog sie blitzschnell zurück, als ekle sie sich vor dieser Berührung.

»Du brauchst keine Angst zu haben, Gabriele. Ich bleibe doch bei dir.«

Wieder riss sie den Kopf zurück. Hohnvoll kam es über ihre Lippen:

»Ach, du bleibst bei mir? Wahrscheinlich hast du heute Morgen auch der anderen gesagt, du kämst zu ihr zurück! Ach, Robert, was bist du für ein erbärmlicher Kerl! Schämst du dich denn nicht vor deinem Sohn?«

Das Blut schoss ihm in den Kopf. Er wollte heftig etwas erwidern und konnte nicht. Hob nur die Schultern und ließ sie wieder sinken.

»Oder ist es das Mitleid, das dich bewegt, doch hier zu bleiben?«, fuhr Gabriele fort. »Wie viel Mitleid hast du denn überhaupt zu verschenken? Dort und hier? Aber pack dein Mitleid nur ein und bring es deiner anderen Frau, dort ist es vielleicht angebracht! Aber nicht bei mir!« Sie schüttelte den Kopf, als verstünde sie alles nicht mehr. »Du fährst mit mir zum Fotografieren, damit du ihr das Bild von deinem Buben zeigen kannst. Also, da hört sich doch schon alles auf! Nur eins möchte ich wissen, und nur noch einmal sei ehrlich zu mir: Wen liebst du jetzt eigentlich? Mich, die Mutter deiner Kinder, oder die andere?«

»Gabriele, sei doch nicht so hart! Ich weiß ja selber nicht mehr, was ich tun soll!«

»Aber ich weiß, was ich zu tun habe!«, antwortete sie. Geradezu unheimlich wirkte sie in ihrer strengen Maske. Was sie tun wollte, erfuhr er erst, als er am späten Abend merkte, dass sie mit dem Knaben aus der gemeinsamen Kammer ausgezogen war und die Tür des anderen Zimmers so nachdrücklich verriegelte, dass er empfinden konnte, wie unerbittlich sie ihn aus ihrem Leben auszuschließen bereit war. Er schrieb daraufhin einen Brief an Anita und bat sie um Entschuldigung, dass er ihr nicht gleich beim ersten Mal die Wahrheit gesagt habe. Aber da hätte er doch wahrhaftig ein Mensch ohne Herz sein müssen, denn sie habe damals wirklich nicht so ausgesehen, als könnte sie diesen neuen Schicksalsschlag überwinden. Dann schrieb er, wen er geheiratet hätte. »Sie ist ein wunderbarer, geradliniger Mensch. Ich lege dir ein Bild bei, liebe Anita. Auch von meinem Buben sollst du ein Bild sehen, und du wirst erkennen, dass er ganz und gar unserem toten Michael gleicht.«

Selbstverständlich käme er wieder zu ihr zurück, denn sie hätte die älteren Rechte an ihn, und sie konnte darauf bestehen. Sie müsse nur noch etwas Geduld haben, denn er hätte noch einiges in Ordnung zu bringen. Auf alle Fälle hätte er sich durchgerungen, mit seinem jetzigen Leben Schluss zu machen und sich zu ihr und seiner Vergangenheit zu bekennen. Darum würde er zum Gericht gehen und Selbstanzeige wegen Doppelehe erstatten. Er habe Fehler gemacht und sei bereit, dafür zu büßen.

Der Morgen graute bereits, als er den Brief beendet hatte. Er ging hinaus und atmete tief die frische Morgenluft ein. Einzelne Sterne blinzelten noch am Himmel, aber immer heller wurde es hinter den östlichen Bergspitzen. Dann hörte man eine Amsel schluchzen, und über den Talwiesen zerflatterten die Nebel.

Gabriele kam herunter, mit schwarzen Ringen unter ihren Augen und einem schmerzlichen Zug um die Mundwinkel, ein Zeichen, dass auch sie nicht geschlafen hatte. Die heißen, trockenen Augen glühten. Aber es war kein Glühen des Hasses, eher das der Not und Verzweiflung.

Sie standen voreinander in der nebelfeuchten Frühe. Gabrieles Zähne schlugen aufeinander, als würde sie frieren, und ihre Stimme schwankte, als sie ihn fragte:

»Weißt du nun – nach dieser Nacht, was du zu tun hast?«

»Ja, Gabriele. Ich werde aus deinem Leben gehen müssen.«

In Gabrieles Gesicht zuckte es schmerzhaft, aber sie schrie nicht auf. Kalt, fast wesenlos klang jetzt ihre Stimme:

»Und an den Skandal denkst du nicht? Wie unmöglich du mich machst? Du gehst zu deiner ersten Frau zurück, und mich lässt du mit den Kindern allein zurück. Das macht in einer Großstadt vielleicht kein Aufsehen. Aber hier wird man mit Fingern auf mich zeigen, man wird es mir gönnen und schadenfroh hinter mir herlachen.«

»Ich gebe zu, das wird am Anfang peinlich sein, aber mit der Zeit wächst über alles Gras«, antwortete er. »Aber schau, Gabriele, wir können es drehen und wenden, wie wir wollen, wir sind nicht rechtmäßig miteinander verheiratet.«

»Wir sind vor Gott am Altar getraut worden, Robert!«

»Ja, das Gesetz der Menschen ist aber anders. Weil du nicht rechtmäßig mit mir verheiratet warst, giltst du vor dem Gesetz als ledig.«

Hart und schrill lachte sie auf.

»Da soll sich noch ein Mensch auskennen!«

»Zum Glück aber gelten die Kinder als ehelich.«

Gabriele verschränkte wie frierend die Arme ineinander und sah mit schmalen Augen an ihm vorbei.

»Ein Glück nennst du das? Ein sauberer Trost, wenn du es als solchen meinst! Und einmal wird mich das Ungeborene fragen: Wer ist denn mein Vater? Warum hab ich keinen Vater? Und dann muss ich dem Kind – und auch dem Andreas – antworten: Euer Vater ist ein Lump.«

»Gabriele!«, schrie er gequält auf. »Ich habe doch wirklich nicht gewusst, dass die andere Frau noch lebt! Du wirst doch nicht glauben, dass ich dann …«

»Nein, das glaube ich nicht, das wäre ja sonst ein Verbrechen gewesen. Du musstest glauben, dass sie tot sei, man hat es dir auch genau erzählt und bestätigt. Leider nicht von Amts wegen. Immerhin war es glaubhaft, und es trifft dich keine Schuld. Aber jetzt die Kehrseite: Wer zwingt dich denn, dass du wieder zurückkehrst? Und dass du mich mit den Kindern allein zurücklässt?«

»Mein Gewissen.«

Das hätte er nicht sagen sollen. Es war für Gabriele wie ein Schlag mit der Peitsche.

»Ach so, du hast auch noch ein Gewissen?«, höhnte sie. »Warum hast du dann nicht den Mut gehabt, ihr zu sagen, dass du wieder verheiratet bist und Kinder hast? Vielleicht liebst du sie doch mehr als mich, als deine neue Heimat, die Kinder, alles! Robert, ich kann mir nicht helfen, dann wäre wirklich alles nur Falschheit und Lüge gewesen, was du mir vorgemacht hast. Jede Umarmung, jeder Kuss nur Lüge! Aber das kann ich nicht glauben! Ich kann mir nicht vorstellen, dass eine Frau, wenn sie dich liebt, oder gerade weil sie dich liebt, ein solches Opfer von dir verlangen darf. Vielleicht sieht sie das sogar ein und gibt dich frei, wenn du sie ehrlich darum bittest.«

In seinen Augen flammte etwas wie Hoffnung. Rührend in ihrem Jammer stand Gabriele vor ihm und tat ihm bis in sein tiefstes Inneres hinein Leid. Sie hatte ihm doch alles geschenkt, was ein Mensch sich wünschen kann, Ruhe, Frieden, Glück und Geborgenheit. Sie hatte ihm auch einen Sohn geschenkt, und bald käme auch ein zweites Kind. Trug jetzt nicht er allein die Schuld an allem? Hätte er doch gleich am Anfang Anita alles gestanden! Der Gedanke, dass Anita ihn freigeben könnte, erfüllte ihn mit Hoffnung. Auf alle Fälle musste abgewartet werden, was sie auf seinen Brief antwortete. Diesmal hatte er seine richtige Adresse angegeben, und wenn er heute Vormittag nach Burgheim fuhr, wollte er auch zur Bank gehen und ihr zunächst einmal fünfundzwanzigtausend Mark anweisen lassen.

»Vielleicht hast du Recht, Gabriele«, sagte er dann und nahm ihr zerquältes Gesicht in seine Hände. »Ich habe ihr jetzt alles geschrieben, und wir wollen nun auf die Antwort warten.«

»Notfalls fahre ich zu ihr und bitte auf den Knien, dass sie dich mir lässt. Ich kann es halt nicht so ausdrücken, Robert, aber ich hab dich so gern, dass ich alles dafür tun würde. Ich würde auch sterben für dich.«

Das hatte er noch nie von ihr gehört. Erschüttert schloss er sie in seine Arme. Im Hühnerstall begannen die jungen Hähne zu krähen. Der Tag war nun vollends erwacht.

Am Vormittag fuhr er dann in die Kreisstadt, ließ den Brief einschreiben, weil er ihm zu wichtig erschien, als dass er verloren gehen dürfe, regelte die Banküberweisung und ging dann in den Gasthof »Zu den drei Mohren«. Irgendwie fühlte er sich erleichtert, er war sogar mit seinen Gedanken schon so weit, dass er mit Gabriele und Andreas nach Mergentheim fahren würde, wenn Anita auf ihrem Recht beharrte. Gabriele, ja, das wusste er, die würde viel erreichen mit ihrer Art.

Aber das hatte noch Zeit, das würde er nur im äußersten Fall tun. Alles hing jetzt von Anitas Antwort ab.

Er saß vor einem Schoppen Wein und überdachte noch einmal genau, wie er Anita nach mehr als elf Jahren wieder begegnet war. Er fragte sich, warum er damals nicht gleich die Wahrheit gesagt hatte, und wusste darauf keine Antwort. Er hätte ein Mensch bar jeden Gefühls sein müssen, wenn er diese halb zerbrochene Frau aufs Neue gepeinigt hätte, kaum dass sie ihren Peinigern entronnen war. In einer ruhigen Stunde würde er das Gabriele einmal schildern. Und er wusste, dass sie sein Verhalten dann anders beurteilen würde.

Aber beim zweiten Mal hätte er eine Klärung herbeiführen müssen. Heute verstand er selber nicht mehr recht, warum er geschwiegen hatte. Als er sich die Situation vergegenwärtigte, spürte er, dass ihm die Röte ins Gesicht schoss. Irgendwie war er Anitas neu erwachtem Zauber erlegen, die Begleiterin seiner Jugend war wieder bei ihm. Von diesem Zeitpunkt an hatte Gabriele ein Recht, ihn zu verachten!

Ob er nicht jetzt gleich auf das Amtsgericht gehen sollte, um die Sache in Ordnung zu bringen? Sofort schob er diesen Gedanken wieder zur Seite. Bevor Anitas Antwort nicht da war, wollte er nichts unternehmen.

Als er gegen Mittag wieder heimkam, zeigte ihm Gabriele schon ein aufgeschlosseneres Gesicht. In ihrem Blick leuchtete eine leise Hoffnung, und es kam ihm gar nicht in den Sinn, dass dies alles nur Selbstbeherrschung sein könnte.

»Du wirst schon alles recht machen«, sagte sie, und es klang geradeso, als ob sie ihm Trost zusprechen wollte.

»Weißt du, was mir heute eingefallen ist?«, fragte er und strich ihr dabei eine lockere Haarsträhne aus der Stirn.

»Sicher was Gutes.«

»Sollte Anita wieder Erwarten auf ihren berechtigten Ansprüchen bestehen, dann fahren wir alle drei, du, Andreas und ich, zu ihr. Wenn sie dich dann kennen lernt und den Buben sieht …«

Statt aller Antwort fiel sie ihm um den Hals und küsste ihn.

»Was aber nicht heißen soll«, sprach er dann weiter, »dass dann die Sache auf sich beruht. Klarheit müssen wir schaffen, denn dauernd in Angst leben, dass alles eines Tages doch aufkommt, das wäre kein menschenwürdiges Leben.«

Gabriele bekam wieder die nachdenklichen Falten auf ihrer Stirn. Dann hellte sich plötzlich ihr Gesicht auf.

»Robert, wenn du einmal mit dem Pfarrer sprechen würdest?«

Eine Weile grübelte er über ihren Vorschlag nach, dann nickte er.

»Du hast Recht, Gabriele. Ich werde heut Abend zu ihm gehen.«

Den ganzen Nachmittag braute es sich zusammen, und gegen sechs Uhr abends entlud sich dann das Gewitter mit einer solchen Heftigkeit, wie es auch die ältesten Leute nur selten erlebt hatten. Die Kirchenglocke läutete Sturm, und erstmals schoss man in der Gemeinde Greinach Hagelabwehrraketen. Das war für die Menschen des Tals neu, aber alle wussten, dass diese Neuerung auf die Initiative des jungen Surauers zurückging, der zwar nicht im Gemeinderat saß, aber es den Männern dort so dringend ans Herz gelegt und fachmännisch erklärt hatte, dass man sich seinen Argumenten schwerlich hatte verschließen können, zumal er selbst einen ansehnlichen Betrag dazu stiftete.

Wohl eine Stunde lang stürzte dann der Regen herunter. Aber kein einziges Hagelkorn fiel. Die Ähren auf den Feldern bogen sich in Sturm und Regen, danach aber standen sie wieder da, aufrecht und ungeschlagen. Wie ein Wunder war das, denn zwei Stunden später wurde bekannt, dass in der Nachbargemeinde Sonnenkamm Hagelkörner so groß wie Taubeneier gefallen seien und die ganze Ernte vernichtet hätten.

Robert wartete auf die Dämmerung, weil er nicht wollte, dass ihn jemand in den Pfarrhof gehen sah.

»Muss es wirklich sein?«, fragte Gabriele noch, obwohl der Vorschlag von ihr gekommen war.

»Ja, Gabriele, es muss sein. Wir können jetzt nicht auf halbem Weg stehen bleiben.«

Am Himmel blinkten schon die ersten Sterne, als Robert sich auf den Weg ins Dorf machte. Wenn man von der Straße abbog und ein paar Abkürzungen benützte, war man in zehn Minuten im Dorf. Im Wirtsgarten ging es noch hoch her. Dort brannten die Lampen unter den Kastanienbäumen, und man hörte eine Ziehharmonika spielen.

Robert ging hinter dem Wirtsgarten vorbei und zog dann am Pfarrhof die Glocke. Es dauerte eine Weile, bis eine ältere Frau öffnete und etwas verdrossen fragte, was man denn zu so später Stunde noch wolle.

Es war die Schwester des Pfarrers, die, als sie den Surauer erkannte, gleich zugänglicher wurde und sagte, dass der Herr Pfarrer noch auf sei, aber gerade sei ein Brautpaar bei ihm, er möge doch inzwischen in dem Stübchen warten. Nach etwa einer Viertelstunde trat der Pfarrer ein und begrüßte Robert freundlich.

»Nein, Sie brauchen sich nicht zu entschuldigen, Surauer. Ich hab zwar noch nicht zu Abend gegessen, aber das kann ich nebenbei machen, ich nehme an, dass es Sie nicht stört, wenn wir gleich hierbleiben.«

»Ich will Sie bestimmt nicht lange aufhalten, Herr Pfarrer.«

»Für Sie habe ich immer Zeit.« Er öffnete die Tür ein wenig: »Martina, bring mir mein Abendessen ins Stübchen! Bitte, nehmen Sie doch Platz, hier oder dort auf dem Sofa, wo es Ihnen am besten passt.«

»Danke vielmals, Herr Pfarrer.«

Der Pfarrer zog seine Soutane aus und schlüpfte in eine leichte Windjacke.

»Ich habe heute schon einmal an Sie gedacht, bei dem Gewitter, als die ersten Raketen abgeschossen wurden. Haben Sie schon gehört, dass der Hagel in Sonnenkamm drüben alles zusammengeschlagen hat?«

»Nein, davon habe ich nichts gehört.«

»Diese neue Methode der Hagelabwehr scheint Erfolg zu haben und wäre auch für die anderen Gemeinden nachahmenswert.«

»Ich bin überzeugt, dass man unserem Beispiel bald folgen wird.«

»Ah, da kommt mein Essen! Wollen Sie ein Glas Wein mit mir trinken? Martina, noch ein Glas, bitte.«

Pfarrer Heinuld war ein guter Fünfziger. Er strahlte Ruhe und Vertrauen aus, menschliche Wärme und Einfachheit. Dementsprechend war auch sein Abendessen, ganz einfach, fast ärmlich. Auf einem blau getupften Teller lag ein Stückchen Presskopf, den er ausgiebig mit Pfeffer und Salz bestreute. Dazu etwas Schwarzbrot mit Butter und ein kleines Stückchen Käse.

Als er den Wein eingeschenkt hatte, hob er sein Glas.

»Zum Wohlsein, Herr Kling! Zu Hause ist doch alles in Ordnung?«

»Ja, danke – so ziemlich alles.«

»Auch der Kleine ist gesund? Ja, natürlich, ich sah ihn ja kürzlich, als ich vorbeikam. Es stört Sie doch nicht, wenn ich esse?«

»Nein, nein. Ich wünsche recht guten Appetit.«

»Den hab ich! Es ist schon halb zehn Uhr. Aber ich hatte noch ein Brautpaar. Den jungen Sailer und die Thalertochter. Sie wollen übermorgen heiraten. Aber nun zu Ihnen, Herr Kling, was führt Sie heute noch zu mir?«

Robert war nun doch nervöser, als er es sich gedacht hatte, zog, wie immer in einer solchen Lage, seine Zigarettenschachtel heraus, besann sich aber gerade noch rechtzeitig, dass der Pfarrer beim Essen saß, und schob sie wieder ein.

»Bitte, rauchen Sie ruhig, mich stört es nicht.«

»Es muss nicht unbedingt sein. Ich kann warten«, sagte Robert und lehnte sich weit in den Polsterstuhl zurück, sodass sein Gesicht ein wenig außerhalb des Lichtscheins war. Dann räusperte er sich und begann.

Nur einen Augenblick unterbrach der Pfarrer seine Mahlzeit, als wolle er aufhören. Dann aber aß er zu Ende, schob den Teller von sich, lehnte sich auch zurück und bedeckte das Gesicht halb mit der Hand, um dem anderen das Sprechen leichter zu machen. Je länger Robert aber sprach, desto ernster wurde sein Gesicht. Als dann Robert einmal unterbrach, stand er auf, nahm von der Wand eine Pfeife und füllte sie mit Tabak. Robert beeilte sich, ihm Feuer zu geben.

»Rauchen Sie nur ruhig auch«, forderte ihn der Pfarrer auf. »Es spricht sich dann leichter. Oder haben Sie schon alles gesagt? Ich möchte Sie nämlich nicht unterbrechen.«

Robert sprach weiter, eintönig und doch fließend, weil er wusste, dass er jemanden vor sich hatte, der ihn verstand. Nichts verheimlichte er, in nichts beschönigte er sich selber, und als er endlich schwieg, wartete der Pfarrer immer noch eine Weile. Dann zog er ein paar Mal heftig an seiner Pfeife, sodass sein Gesicht von den Rauchschwaden ganz umnebelt wurde, und sagte:

»Mein lieber Kling, das ist aber eine sehr, sehr heikle Angelegenheit! Ich glaube, Sie sind sich der Tragweite gar nicht ganz bewusst?«

»Deshalb komme ich ja zu Ihnen um Rat.«

»Den kann ich Ihnen nur geben, wenn Sie sich selber ganz klar darüber sind, was Sie tun werden.«

»Was meinen Sie, Herr Pfarrer?«

»Ob Sie genau wissen, welcher Frau Sie sich zugehörig fühlen.«

Robert schlug beide Hände vors Gesicht.

»Das ist ja das Entsetzliche! Was würden Sie an meiner Stelle tun?«

»Das ist aber eine Frage! Die kann ich Ihnen zunächst einmal nur als Mensch beantworten. Und da müsste ich sagen, dass Sie hierher gehören, zu Ihrer Frau Gabriele, zu Ihrem Buben und zu dem Kind, das kommen will.«

»Und wenn Sie als Priester antworten?«

»Dann gehören Sie immer noch zur ersten Frau.«

»Und wenn sie sich von mir scheiden lässt?«

»Sind Sie das erste Mal kirchlich getraut gewesen?«

»Ja, natürlich.«

»Dann wissen Sie ja: Was Gott zusammenfügt, kann der Mensch nicht trennen.«

»Mir ist aber ein Fall bekannt ...«

»Mir auch. Aber diese Fälle sind so selten wie Schneefall im Juli. Verwirrend an der Sache ist obendrein, dass Ihre Ehe mit Gabriele gar nicht gültig ist.«

»Auch vor der Kirche nicht?«

»Auch vor der Kirche nicht. Sie müssten noch einmal getraut werden, wenn die andere Ehe geschieden ist.«

»Das geht doch aber nach Ihrer Meinung nicht?«

»Das habe ich nicht gesagt. Es ist nur ein langwieriger Weg, bei dem auch Rom eingeschaltet werden muss.«

»Das geht aber wieder nur dann, wenn Schnee im Juli fällt?«

Der Pfarrer lächelte, stand auf und hängte seine Pfeife wieder ans Brett, an dem noch ein halbes Dutzend andere hingen.

»Aus Ihnen spricht Ungeduld, und das ist durchaus verständlich.«

»Es ist weniger Ungeduld als Ratlosigkeit. Ich sehe alle Wege verbaut, und was hilft aller Wille zum Gutmachen, wenn einem von keiner Seite die Hand gereicht wird.«

»Das dürfen Sie nicht sagen! Ich biete Ihnen meine Hand und werde mich mit allem Nachdruck für Sie einsetzen.«

»Und wie lange kann das dauern?«

Der Pfarrer hob die Schultern und ließ sie wieder sinken.

»Das kann ich nicht voraussagen. Was mich betrifft, so werde ich gleich morgen einen ausführlichen Bericht ans Ordinariat richten, werde notfalls gleich nächste Woche persönlich vorsprechen, und weil ja Ihr Fall ganz besonders gelagert ist, ganz besonders tragisch, darf man sagen, so glaube ich, dass wir berechtigte Hoffnungen haben dürfen. Ganz anders verhält es sich nun mit der rechtlichen Seite. Sie haben sich nach dem Gesetz strafbar gemacht. Es wäre nur eine Formsache gewesen, wenn Sie Ihre erste Frau für tot hätten erklären lassen. In diesem Fall kann ich Ihnen leider nicht helfen. Nur raten. Und zwar, dass Sie so bald wie möglich zum Gericht gehen und Selbstanzeige erstatten. Das fällt dann beim Strafmaß doch irgendwie ins Gewicht.«

»Ja, das habe ich sowieso vor. Und dass ich es versäumt habe – die Todeserklärung, meine ich –, ich bin auch bloß ein Mensch, und jeder Mensch macht einmal einen Fehler. Es kommt mir heute selber so seltsam vor. In meinem ganzen Leben habe ich immer auf Recht und Ordnung geachtet. Und da mache ich einen solchen Schnitzer! Es muss ganz einfach eine Kurzschlusshandlung gewesen sein. Haben Sie vielen herzlichen Dank, Herr Pfarrer, dass Sie mich angehört haben, und vor allem dafür, dass Sie uns helfen wollen!«

»Ja, und zwar mit allem Nachdruck will ich Ihnen helfen. Also Kopf hoch, lieber Kling! Es wird schon alles in Ordnung kommen! Ich begleite Sie hinaus.«

Er führte ihn bis vors Gartentürchen. Dort standen sie noch eine Weile. Die Rosen im Garten dufteten betäubend, und am Himmel glitzerten die Sterne.

»Nach so einem Gewitter wird nun alles wieder klar und ruhig«, sagte der Pfarrer. »Das sollte den Menschen ein Gleichnis sein. Was die Natur ihnen vorzeigt, sollten sie willig in sich aufnehmen und glauben, dass auch nach ihren tausendfältigen Nöten wieder Klarheit und Ruhe kommen.«

»Aber manchmal ist es schwer, daran zu glauben, Herr Pfarrer.«

»Ich hoffe aber, dass Sie erleichtert fortgehen.«

»Ja, das bestimmt. Erleichtert und mit dem Wissen, was ich jetzt zu tun habe. Gute Nacht, Herr Pfarrer.«

»Gute Nachte, Surauer. Kommen Sie wieder, wenn Sie in Not sind, und ich werde Ihnen gern behilflich sein.«

Roberts Schritte verhallten auf der Straße. Im Flur des Pfarrhofs wurde das Licht ausgedreht.

Im Wirtsgarten war es jetzt auch still geworden. Nur im großen Gastzimmer brannte noch Licht. Die Uhr auf dem Kirchturm schlug die elfte Stunde.

Was, dachte Robert, volle zwei Stunden bin ich jetzt im Pfarrhof gewesen? Aber ich bin erleichtert. Wenn es nicht schon so spät wäre, würde ich mir noch einen Schoppen leisten.

Noch während er das dachte, hörte er vom Seitensträßlein beim Kramer trippelnde Schritte nahen. Und auf einmal war Sophie Wax, die Baronin, neben ihm.

»Oh«, tat sie erstaunt. »Sie sind noch um die Wege, Herr Kling?«

»Ja, ich erlaube mir, noch um die Wege zu sein«, antwortete er unhöflich, in der Hoffnung, dass sie ihn dann endlich allein ließe. Sie aber trippelte geschäftig auf ihren hohen Stöckelschuhen neben ihm her.

»Ist mein Mann noch drinnen?«, fragte sie.

»Ich war nicht in der Wirtschaft.«

»Ach, nicht in der Wirtschaft? Nein, Sie gehören nicht zu dieser Sorte! Der Meine wird ja vor Mitternacht nicht heimkommen. Wo Sie nur das viele Bier hinschütten! Bei uns in Ostpreußen wurde doch nicht so viel getrunken.«

»Ach, sagen Sie das nicht.«

»Vielleicht mehr Kornschnaps, das gebe ich zu. Sie gehen so rasch, als ob Sie mich loswerden wollten. Möglichst schnell. Dabei sind wir die Einzigen, die das Schicksal von den sonnigen Weiten Ostpreußens in diese raue Gegend verschlagen hat.«

»Rau? Finde ich eigentlich nicht.«

»Ja, Sie als Mann empfinden das vielleicht weniger. Sie haben ja auch das große Los gezogen, haben die glückliche Veranlagung gehabt, sich einzuleben in die Mentalität …«

»Nein, das ist keine glückliche Veranlagung, sondern die klare Erkenntnis, dass wir als Fremde nicht warten dürfen, dass sich uns hier von selber die Herzen öffnen. Unsere Aufgabe ist es, uns Mühe zu geben, uns mit den Einheimischen zu verstehen und zu ihnen zu finden. So viel ich weiß, haben Sie ja auch Ihr Nest hier gefunden.«

»Und was für eins!« Sie standen jetzt vor ihrem Haus, das dunkel dalag. »Daheim bei uns hätte ich ja so was nicht genommen.« Sie stand am Zaun und spielte mit dem Kettchen. »Wie der Jasmin duftet! Das erinnert mich immer an die Heimat. Sie auch? Es ist so schön, wieder jemanden sprechen zu hören, wie wir in der Heimat gesprochen haben. Nein, dieser Jasmin! Er macht heimwehkrank. Finden Sie nicht?«

»Nein, ich bin nicht heimwehkrank.«

»Ach so, ja. Und beim Wirt waren Sie auch nicht? Ich war bei der Ursula, bei der jetzigen Frau Keinz.«

»Soso.«

»Die müssen Sie ja kennen. Sie war doch einmal auf Ihrem Hof bedienstet.«

»Ja, ich entsinne mich. Gute Nacht.«

Sophie seufzte ein wenig hinter ihm her. Dann räusperte sie sich und sagte: »So ein eingebildeter Stöpsel! Aber ich kenne sie ja, diese Gutsherren!«

Sie gähnte und drehte sich um, suchte nach dem Hausschlüssel in ihrem Täschchen. »Wenn man nur wüsste, wo er gewesen ist.« Dann schloss sie ziemlich geräuschvoll die Haustür hinter sich zu.

Als Robert auf den Hof zukam, sah er, dass in der Stube noch Licht brannte. Schau, dachte er, da hat sie wirklich auf mich gewartet!

Beim Brunnen blieb er stehen und nahm mit gehöhlter Hand noch einen Schluck frischen Wassers. Dann trat er in den Flur und schob den Riegel hinter sich zu.

Als er die Stube betrat, stutzte er, denn nicht Gabriele saß am Tisch, sondern ihr Vater, der alte Surauer. Etwas befremdet fragte er:

»Du bist noch auf?«

Aus dem braunen, furchigen Gesicht starrten ihn zwei helle Augen durchdringend an.

»Ja, ich bin noch auf. Was hat er denn gesagt, der Herr Pfarrer?«

Verlegen begann Robert seine Krawatte aufzumachen.

»Ach so, du weißt es? Hat Gabriele mit dir darüber gesprochen?«

»Ja, endlich und spät genug!«

»Es ist für nichts zu spät, wenn man den Willen hat zur Bereinigung.«

Der Alte schob das Kinn vor, seine Kiefer bewegten sich, die Fäuste, die auf dem Tisch lagen, zitterten.

»Bereinigen? Was willst denn jetzt noch bereinigen, du Hansdampf? Jetzt, wo mein Madl die Blamierte ist! Du hättest zuerst deine Sache bereinigen sollen, bevor du dich hier ins warme Nest gesetzt hast!«

Robert wollte aufbrausen, bezwang sich aber, weil er nicht wusste, ob Gabriele mit dem Buben in dieser Nacht nicht doch wieder nebenan schlief.

»Ich nehme an, dass dir Gabriele nicht alles gesagt hat.«

»Mir reicht es! Ich hab mich in meinem ganzen Leben noch nicht so hintergangen gefühlt wie jetzt. Ist der Kerl bereits einmal verheiratet gewesen, und unsereins weiß davon kein Wort!«

»Ich habe es Gabriele nicht verschwiegen.«

»Aber mir! Ich hab nichts gewusst! Du hast ihr den Kopf so verdreht, dass sie selbst ihrem Vater nichts gesagt hat! Ja, glaubst denn du, dass du mir in meinen Hof hereingekommen wärst? Das brauchst du dir nicht träumen lassen! Aber ich hätt es mir ja denken können, dass von da oben nichts Gescheites runterkommt! So einen wie dich hätt sie bei uns herunten auch noch haben können!«

»Ich habe mich nicht hereingedrängt, das weißt du ganz genau!«

»Ach was! Sonst bist so gescheit, aber dass du deine erste Frau hättest für tot erklären lassen müssen, das ist dir bei aller Gescheitheit nicht eingefallen!«

»Jetzt fang nicht auch du noch so an! Mir reicht es bis obenhin!«

Krachend schlug der alte Surauer auf den Tisch.

»Reden tu ich da herinnen, wie es mir passt! Kannst mich ja rausschaffen! Ich war ja so dumm und hab euch den Hof überschreiben lassen!« Mit einem Mal war es mit all seiner störrischen Kraft zu Ende. Er warf die Arme über den Tisch, barg den Kopf hinein und schluchzte rau. »Dass mir das noch passieren muss auf meine alten Tage! Wer hätt das geglaubt! Ist bloß gut, dass es die Mutter nimmer hat erleben müssen, wie unser Mädchen entehrt wird.«

Erschüttert stand Robert vor dem Ausbruch des Schmerzes, der den Alten überwältigt hatte. Er suchte nach einem passenden Wort, das Trost sein könnte, aber er fand nicht das richtige.

»Es tut mir ja so Leid, Vater ...«

»Nenn du mich nicht Vater!«, fuhr der Surauer auf, und man sah nur mehr das Weiße in seinen Augen. »Du bist dir wohl gar nicht ganz klar darüber, in was für ein Unglück du uns gestürzt hast!«

Jetzt erst verlor Robert seine Beherrschung.

»Lass dich einmal ganz heraus aus dem Spiel! Ich möchte bloß wissen, wo und wann ich dich ins Unglück gestürzt habe! Ich hab den Hof erst zu dem gemacht, was er heute ist! Hab Stall und Stadel neu gebaut, die Maschinen angeschafft! Nicht von deinem Geld, sondern von meinem, damit das endlich einmal richtig gestellt ist! Heute sind wir so weit, dass wir keine Arbeiter mehr brauchen und du dich trotzdem auf deine alten Tage nicht mehr abrackern brauchst. Das andere aber, das haben ich und Gabriele ganz allein miteinander auszumachen! Misch du dich nicht ein! Ich weiß schon, was dir im Kopf rumspukt! Was die Leute reden werden, das stört dich! Ich sage dir, sie werden gar nicht viel reden, weil sie nichts wissen. Auf deine Ehre ist kein Stäubchen gefallen, und wenn wirklich von der Tragödie, die wiederum nur mich und Gabriele etwas angeht, ein paar Staubkörner auf dich abfallen sollten, so werde ich dafür sorgen, dass sie wieder wegkommen und du ganz makellos dastehst. Ich habe mich mit dir noch nie gestritten und werde es auch in Zukunft nicht tun. Es hat nie einen Anlass dazu gegeben. Wenn du mit Gewalt einen schaffen willst, bitte, ich weiß mich zu wehren! Und das eine will ich dir noch sagen ...«

In diesem Augenblick wurde die Tür des Schlafzimmers geöffnet, und Gabriele stand unter dem Rahmen.

»Was schreit ihr denn so? Müsst ihr denn den Buben aufwecken?«

»Entschuldige, Gabriele, wenn ich laut geworden bin. Es ging nicht mehr anders. Und weil du schon da bist, sag deinem Vater gleich, dass er sich nicht einmischen soll in Angelegenheiten, die nur wir beide miteinander auszufechten haben.«

»Ja, Vater, Robert hat Recht. Wieso bist du überhaupt noch auf? Ich hab dir auch gesagt, dass du dich nicht einmischen sollst. Komm jetzt, Robert, es ist längst Schlafenszeit.«

Mit tränenfeuchten Augen schaute der Alte auf die beiden und sagte dann resigniert:

»Ja, ja, hilf nur du auch zu ihm!«

»Kannst du denn etwas anderes erwarten, Vater? Schließlich ist er ja mein Mann.«

»Und was für einer! Dann hättest gleich einen Negerhäuptling nehmen können, die haben auch mehrere Frauen.«

So wie ein Kartenhaus zusammenstürzt, wenn man dagegenbläst, so schnell verflogen der ganze Groll und die ganze gereizte Stimmung, denn Gabriele wie Robert mussten über den Vergleich laut auflachen.

»Leg dich jetzt schlafen, Vater«, sagte dann Gabriele. »Du hättest wirklich nicht so lange aufbleiben müssen.«

»Doch, ich hab müssen, damit ich dem da einmal richtig die Meinung sagen kann.«

»Es fragt sich bloß, wer wem die Meinung gesagt hat«, lächelte Gabriele und nahm den Vater liebevoll am Arm. »Geh schlafen jetzt, und morgen schaut alles wieder anders aus.«

Brummend entfernte sich der Surauer, aber das Brummen glich schon mehr einem versöhnlichen Raunzen.

»Darfst es ihm nicht übel nehmen«, nahm Gabriele ihren Vater in Schutz. »Er ist halt noch einer vom alten Schlag und sieht die Dinge alle von einer ganz anderen Warte.«

»Hast es ihm denn sagen müssen?«

Offen sah sie ihm in die Augen und nickte.

»Ja, Robert, jetzt hab ich es ihm sagen müssen. Er gehört ja doch auch zu uns, und – mit wem sollte ich mich denn sonst einmal aussprechen?«

Er nickte und gab ihr damit Recht.

»Morgen gehe ich zum Gericht und stelle Strafantrag gegen mich.«

Ein heftiges Erschrecken glitt über ihr Gesicht.

»Muss das wirklich sein, Robert?«

»Ja, das muss sein.«

»Hat das auch der Herr Pfarrer so gemeint?«

»Gerade der hat mir den letzten Anstoß gegeben. Es muss reiner Tisch gemacht werden, Gabriele. Wir haben schon viel zu lange gewartet.«

»Wenn du aber noch warten würdest, bis auf deinen Brief eine Antwort kommt?«

»Das wäre nur eine Galgenfrist, Gabriele. Und getan muss der Schritt werden, so oder so. Daran komme ich nie vorbei.

Wie Anitas Antwort auch immer ausfallen mag, ich muss mich stellen.«

Sie trat einen Schritt auf ihn zu und legte beide Hände auf seine Schultern. Sie wollte ihm direkt in die Augen schauen, aber ihr Blick flatterte doch vor Angst und Unsicherheit. Da nahm er ihr Gesicht in seine Hände und liebkoste es.

»Du sollst keine Angst haben, liebe Gabriele. Mein Entschluss ist gefasst, ich werde bei dir bleiben. Nein, nicht weinen jetzt. Und nichts fragen. Der Pfarrer hat gemeint, dass nach tausendfältigen Nöten immer wieder Klarheit und Ruhe kommen.«

Gabriele vergrub ihr Gesicht an seinem Hals und flüsterte unter Tränen:

»Ich werde es dir tausendfach danken, was du für mich tust.«

»Nicht nur für dich, Gabriele, es ist für uns und für die Kinder und weil es uns einfach aufgegeben war, diese Prüfung zu bestehen.«

Es regnete in Strömen, als zwei Tage später Robert Kling in Burgheim über den Marktplatz ging und das Amtsgericht betrat. Er war ganz ruhig und gefasst, blieb nur im Gang einmal kurz stehen und schaute auf den Regen, der an den Scheiben niederrann.

An den Türen las er die einzelnen Schilder: »Oberinspektor Steurer«, »Amtsrichter Heinlein«, »Staatsanwalt Scholz«.

Der dürfte der Richtige sein, dachte er und klopfte an.

Hinter einem Schreibtisch aus Fichtenholz saß ein Mann in mittleren Jahren, der gar nicht wie ein Staatsanwalt aussah. Seine Stimme war ruhig und gedämpft.

»Sie wünschen bitte?«

»Ich möchte Anzeige gegen mich selbst erstatten.«

Aufmerksam wurde er durch zwei dicke Brillengläser gemustert.

»Selbstanzeige? Das ist so selten, wie eine blinde Henne auf der Landstraße ein Körnchen findet. Was haben

Sie denn ausgefressen? Nach einem Raubmord sehen Sie nicht aus. Umgebracht haben Sie auch niemanden.«

»Nicht ganz«, sagte Robert. »Nicht ganz. Körperlich wenigstens nicht.«

»Aha, ich verstehe. Kommen Sie, setzen Sie sich. Wie war doch Ihr Name?«

Robert hatte seinen Namen überhaupt noch nicht genannt.

»Kling«, sagte er dann. »Robert Kling, der Surauer von Greinach.«

»Kling? Kling? Wo hab ich denn den Namen schon gehört? Nein, irgendwo gelesen? Kann das sein?«

»Im Landwirtschaftlichen Wochenblatt vielleicht?«

»Richtig, da war es! Ich interessiere mich nämlich für Landwirtschaft. Dann waren also Sie es, der die Maschinenringe angeregt hat. Sie, das interessiert mich! Wie ist das zu verstehen?«

»Ganz einfach. Das Ziel der Ringe muss sein, die vorhandenen Maschinen besser auszulasten, den Maschineneinkauf abzustimmen auf den Arbeitsanfall und angestellte Arbeitskräfte, die es in der Landwirtschaft sowieso kaum mehr gibt, einzusparen.«

»Interessant, interessant! Und Sie wollen also Selbstanzeige erstatten? Das hätten Sie eigentlich bei der Polizei auch machen können.«

»Das wollte ich aus einem bestimmten Grund nicht.«

»Um was handelt es sich denn?«

»Ich habe ein zweites Mal geheiratet, ohne meine erste Frau für tot erklären zu lassen.«

Ganz leise pfiff der Staatsanwalt durch die Zähne. Er wurde auf einmal sichtlich ernst. Nichts mehr von Gutmütigkeit, nichts mehr von Interesse an der Landwirtschaft. Eher scharf und ruppig.

»Wie können ausgerechnet Sie so dumm sein!«

Im gleichen ruppigen Ton antwortete Robert:

»Jeder kann so dumm sein, wie er will!«

»Da haben Sie Recht. Bloß darf er sich dabei nicht strafbar machen. Und Sie haben sich strafbar gemacht. Nicht einmal fahrlässig, sondern bewusst.«

»Darum bin ich ja hier.«

»Weil Sie gedacht haben, einmal kommt es ja doch auf. Nicht wahr, das haben Sie doch gedacht? Die Mühlen der Justiz mahlen langsam, aber sicher!« Und dann: »Ich halte Sie für keinen gewissenlosen Bigamisten. Wollen Sie mir bitte einmal der Reihe nach alles erzählen. Glücklicherweise habe ich heute etwas Zeit. Also, ganz schön der Reihe nach, nur keine Hemmungen! Denken Sie, ich wäre Ihr Freund.«

Und Robert erzählte. Immer ernster wurde das Gesicht des Staatsanwalts, ab und zu nickte er bedauernd, und als Robert fertig war, stieß er einen tiefen Seufzer aus.

»Das ist ja eine Tragödie! Wie konnten Sie aber auch den Fehler begehen und keine Toterklärung beantragen?«

»Das verstehe ich heute selber nicht mehr.«

»Ja, ja, dieser unselige Krieg und seine Folgen! Manchmal ist es schwer, Richter zu sein. Sagen Sie, Ihre jetzige Frau, hat sie das auch gewusst?«

»Dass ich schon einmal verheiratet war? Ja, das habe ich ihr selbstverständlich gesagt.«

»Hat sie auch gewusst, dass Sie keine amtliche Bestätigung über den Tod Ihrer ersten Frau in den Händen hatten?«

»Nein, davon hat sie nichts gewusst.«

»Sonst hätte nämlich sie sich auch strafbar gemacht.«

»Nein, meine Frau ist unschuldig.«

Weil ja nun ein Staatsanwalt das Leben nur in der

Ordnung billigen durfte, die vom Staat festgelegt wurde, musste er notwendigerweise das Folgende sagen:

»Tja, dann bleibt mir nichts anderes übrig, als Anklage zu erheben.«

»Und wie lange wird das dauern, bis …?«

»In Ihrem – in diesem besonderen Fall, möchte ich sagen, sollen Sie sich nicht beschweren müssen, dass der Amtsschimmel nur wiehert und nichts leistet. Sobald es also terminlich möglich ist.«

»Ich danke Ihnen.«

Es regnete immer noch. Die Wochenmarktfrauen hatten ihre Stände bereits abgebrochen. Nur der Würstelstand war noch da mit dem dampfenden Kessel, in dem sich Weißwürste und Wiener Würstel wie Fische tummelten.

Robert trat an den Stand, ließ sich drei Weißwürste mit Brot auf den Teller legen und begann zu essen.

So gut hatte es ihm schon lange nicht mehr geschmeckt. Weil er das jetzt hinter sich hatte, kam er sich viel leichter und freier vor. Er meinte, alles Düstere habe sich aufgehellt, obwohl der Himmel grau in grau war und sich nirgends eine Stelle zeigte, die hoffen ließ, dass es sich wenigstens am Nachmittag aufhellte.

Erst acht Tage später kam Anitas Antwort. Und zwar ebenfalls als Einschreiben, was ja immerhin bedeuten konnte, dass sie großen Wert darauf legte, dass dieser Brief seinen Empfänger sicher erreichte und keine neuen Irrtümer entstünden, wo doch alles nach Klärung und Wahrheit drängte. Es ist echte Angst, was ich jetzt habe, dachte Robert und zögerte, den Brief aufzumachen. Gabriele stand neben ihm und war von der gleichen Unruhe erfasst. Schließlich raffte sie sich auf und sagte in ihrer bestimmten Art:

»Ich will dich allein lassen, Robert. Ich bin auch viel zu aufgeregt jetzt, um dabeizustehen, wenn du liest, denn ich würde alles an deinem Gesicht erkennen. Wenn alles gut ist, dann komm in die Küche und zünde dir eine Zigarette an. Wenn nicht, dann – ach, Robert, ich weiß nicht, was dann werden soll.«

Sie rannte hinaus, suchte nach dem Buben und saß dann mit ihm hoch klopfenden Herzens in der Küche.

Robert öffnete den Brief.

Zunächst entschuldigte sich Anita und bat, er möge ihr langes Schweigen nicht übel nehmen. Aber sie habe diese Zeit gebraucht, um sich zu prüfen und mit sich ins Reine zu kommen.

»Vor allem möchte ich dich dringend bitten, keinen unüberlegten Schritt zu tun. Ich frage mich, wem du mit einer Selbstanzeige nützen willst. Du könntest dir höchstens nur selber schaden.

Dass mich dein Brief traf wie ein Blitzstrahl aus heiterem Himmel, das kann ich gar nicht einmal sagen. Nur gut, dass du mir diese Überraschung nicht schon in Rauenstein, bei der ersten Begegnung, gemacht hast. Ich glaube, Robert, damals wäre ich zerbrochen. Ich war ja vollständig mit den Nerven fertig. Jetzt bin ich, dank deiner großzügigen Hilfe, in mir so weit wieder gefestigt, dass ich mit Ruhe und Klarheit alles bedenken und auch begreifen kann. Zu begreifen ist in diesem Fall eigentlich alles. Und schau, es ist so seltsam, wenn ich das heute sagen kann, aber irgendwie habe ich gefühlt, dass mit dir etwas nicht in Ordnung ist. Du warst manchmal so abwesend. Nicht, dass ich dir jetzt einen Vorwurf machen will. Ich galt ja als tot, und du brauchtest wieder einen Menschen, und mir scheint, dass du den richtigen Menschen gefunden hast. Zwischen deinen Zeilen kann ich herauslesen, wie du an deiner jetzigen Frau hängst und wie sehr du Wurzeln geschlagen hast in der neuen Heimat, die sie dir geschenkt hat.

Ich frage mich höchstens, warum du mir bei deinem zweiten Besuch, hier in Mergentheim, nicht die Wahrheit gesagt hast. Es wäre besser gewesen, du hättest mir deine Frau geschickt. Ich glaube, dass Frauen eher eine Brücke zur Wahrheit finden. Du hast mir ein Bild von ihr beigelegt, auch von deinem Buben. Ihre Augen sagen mir, dass sie ein guter Mensch ist, eine Frau, die dich liebt. Und den Buben – muss ich dir sagen, wie sehr er in allem unserem unvergessenen Michael gleicht? Ach, Robert, es ist mir doch recht schwer ums Herz, du weißt ja, wie sehr ich dich geliebt habe. Aber mein Verstand sagt mir, dass ich mich zu einem Verzicht zwingen muss, dass ich in deinem neuen Leben nicht stören darf.

Ich habe dir auch noch zu danken, lieber Robert, für das Geld, das du mir überwiesen hast. Leider bin ich gezwungen, es anzunehmen, denn irgendwie muss ich mir ja etwas Neues aufbauen, und ich habe auch schon meine Pläne. Hier ein Geschäft pachten oder so. Mergentheim gefällt mir ja ausgezeichnet. Ja, dass ich es nicht vergesse: Es wäre doch zu peinlich und zugleich auch grotesk, wenn wir beide vor dem Scheidungsrichter stehen müssten. Es ist doch nur mehr eine Formsache, und wir wollen das über einen Anwalt erledigen.«

Sie wünschte ihm dann alles Gute, schloss in diesen Wunsch auch seine Familie ein und drückte ihre Hoffnung aus, dass die Zeit auch diese Wunde heilen würde, denn wer Sibirien überwunden habe, dem erschien alles andere Leid nicht mehr so schwer. Wenn es ginge, so sollten sie einander doch nicht ganz aus den Augen verlieren und sich von Zeit zu Zeit schreiben. Es könnte immerhin sein, ja, es sei sogar sehr wahrscheinlich, dass sie da und dort seinen Rat brauche. Und dann möchte sie ihm schreiben dürfen, aber nur, wenn dadurch einem anderen Menschen, in diesem Fall seiner Frau, nicht neues Leid zugefügt würde.

Als Robert den Brief gelesen hatte, saß er lange und tief erschüttert da und hatte die Fäuste gegen die pochenden Schläfen gepresst. Nie hätte er geglaubt, dass Anita es ihm so leicht machen würde. Dann aber fiel ihm ein, dass ja Gabriele in der Küche mit bangem Herzen wartete.

Er zündete sich eine Zigarette an, so wie Gabriele es gewollt hatte, nahm den Brief und ging hinüber.

Jäh sprang sie in die Höhe. In ihrem Blick lag fieberhafte Spannung und Erwartung. Als sie aber dann die brennende Zigarette in seiner Hand sah, fiel alles von ihr ab. In ihre Augen traten Tränen.

Robert reichte ihr den Brief.

»Lies selber, Gabriele.«

Während sie las, beschäftigte er sich mit dem Buben, kniete sich bei ihm hin und baute aus Holzklötzchen einen Turm. Wenn er dann umkippte, konnte Andreas hellauf lachen und bat sofort: »Wieder aufbauen, Papi!«

Gabriele las sehr langsam, Wort für Wort, und brauchte deshalb ein bisschen länger. Dann aber lehnte sie wie erlöst ihren Kopf an seine Brust und schluchzte auf.

»Sie muss eine wunderbare Frau sein.«

Seine Hand lag auf ihrem Haar, lange und still. Sein Blick war über sie hinweg zum Fenster hinaus gerichtet, und es war ihm, als sähe er Anita über den Hof gehen und in der Ferne verschwinden.

»Ja«, sagte er dann. »Du hast Recht, Gabriele. Sie ist eine wunderbare Frau.«

Gabriele nahm seine Hand und legte sie auf ihren Bauch.

»Fühl doch, Robert, wie das Wunder klopft, der neue kleine Mensch! Nun wird doch alles wieder gut.«

»Ja, nun wird alles wieder gut. Ich hoffe, dass auch die Richter gnädig sein werden.«

Lange und wie in bangen Zweifeln sah sie ihn an.

»Du bist also wirklich im Gericht gewesen?«

»Natürlich, Gabriele, ich habe es tun müssen. Es hat ja keinen Sinn, sich vor etwas verstecken zu wollen. Vor dem Gesetz schon gleich gar nicht, auch nicht vor dem eigenen Gewissen. Du brauchst gar keine Angst zu haben, ich habe alles auf mich genommen. Du hast nichts damit zu tun.«

Glaub nur das nicht, dachte sie und schmiegte sich vertraulich in seinen Arm.

Die Wochen gingen dahin, der Herbst schickte schon seine ersten Zeichen, als endlich der Termin des Landgerichts bekannt war. »Am dritten September um neun Uhr vormittags«, hieß es. Robert war ganz gefasst. Überraschenderweise hatte auch der alte Surauer seinen Trotz aufgegeben. Ganz offen konnte Robert jetzt mit ihm über alles sprechen.

»So schlimm wird es nicht gleich werden?«, meinte der Alte.

»Ich glaube es auch nicht.«

»Und wenn sie dich ein paar Wochen einkasteln, dann schadet es dir auch nicht.« Der Surauer sagte das heiter, als ob es ihn freuen würde. »Für was hast mich angelogen!«, fügte er noch hinzu.

»Ich hab dich nicht angelogen, sondern hab es nur verschwiegen.«

»Das kommt aufs Gleiche raus. Aber Spaß beiseite, Robert: Wenn sie dir wirklich eine Strafe aufbrummen, um den Hof brauchst du dich nicht zu sorgen. Da läuft schon alles weiter. Mit den Maschinen heute ist es kein so großes Problem mehr.«

Der dritte September war angebrochen. Goldgelb stieg die Sonne hinter den Bergen auf. Ein Morgen von wunderbarer Schönheit. Die Landschaft hatte schon begonnen, ihr herbstliches Kleid anzuziehen.

Früh schon, viel zu früh war Robert bereits zur Abfahrt bereit. Er fuhr den Wagen aus der Garage, wartete ungeduldig, dass man ihn zum Frühstück rief, und als es dann so weit war, sah er Gabriele in einem dunklen Kostüm die Stiege herunterkommen.

»Wo willst denn du hin, Gabriele?«, fragte er erstaunt.

»Ja, hast du denn gedacht, dass ich dich allein fahren lasse?«

»Lieber wäre es mir schon! Was willst du denn dabei? Du regst dich vielleicht auf, und das ist in deinem Zustand nicht gut.«

»Ich werde mich überhaupt nicht aufregen, aber ich will dabei sein!«

Gabriele sagte das so fest entschlossen, dass ihm jeder Widerspruch sinnlos erschien. Im Grunde genommen freute es ihn doch, dass sie auch in dieser unerfreulichen Stunde bei ihm sein wollte. So gut hätte er sie eigentlich kennen müssen. Viel zu früh kamen sie in der Stadt an. Er stellte den Wagen ab, und dann gingen sie über den Marktplatz und durch die Stände des Wochenmarktes.

»Schau«, sagte Gabriele und blieb stehen. »Die Enten da, ich wett, dass keine sechs Pfund hat! Die unsern haben mindestens acht.« Sie fasste ihn an der Hand. »Aber die essen wir selber, gelt, Robert? Wenn alles gut ausgeht heut, gibt es morgen gleich einen Festbraten!«

Robert musste unwillkürlich lächeln über ihren Eifer und war ihr doch dankbar, dass sie von solchen Dingen sprach und nicht von dem, was bevorstand. Er merkte dabei nicht, dass dies Gabrieles volle und bewusste Absicht war.

Hinter dem Gerichtsgebäude war ein kleiner öffentlicher Park mit Weiher und Springbrunnen. Um diese Zeit war hier noch kaum ein Mensch. Es hatte gerade sieben Uhr vom Kirchturm geschlagen.

»Zwei volle Stunden noch«, seufzte Robert.

»Oh, die sind schnell vorbei. Gehen wir ein wenig spazieren.«

Sie gingen um den Weiher herum. Ein Schwanenpaar zog stolz über die spiegelnde Fläche und umkreiste dann den Springbrunnen, der einen silbrig feinen Gischt fast bis zu den Buchenblättern hinaufsprühte, die sich schon bräunlich zu färben begannen.

»Setzen wir uns auf die Bank?«, fragte Gabriele, der das lange Gehen schon nicht mehr so leicht fiel. »Zünde dir eine Zigarette an, Robert. Das beruhigt, sagst du doch immer.«

»Ich bin aber gar nicht aufgeregt.«

»Nein? Dann ist es ja gut.« Gabriele war fröhlich und aufgelockert wie ein Kind. Und so leise und fröhlich wie ein Kind begann sie wieder zu sprechen, und es war auch ihre Kinderzeit, von der sie erzählte. Das hatte sie bisher noch nie getan. Dass sie nur eine einzige Puppe gehabt hätte. »Eine aus Stoff, weißt du.«

Und Andreas, ihr Bruder, habe auch mit dieser Puppe gespielt. »Andreas, ach ja, er war so ein lieber, stiller Bub. Im Herbst saßen wir an den Kartoffelfeuern. Und wir nahmen uns an der Hand, wenn es dunkel wurde und wir heimwärts gingen. Dann sangen wir, aus Furcht, weißt du. Solche Lieder wie: ›Ein Dirndl ging um Holz in den Wald‹ oder: ›Abends, wenn die Sonne sinkt‹. Das hat Andreas am liebsten gemocht. Hast du schon einmal darüber nachgedacht, Robert, dass die Kindheit eigentlich die unbeschwerteste Zeit im ganzen Leben ist? Man weiß es dann nur nicht.«

»Es haben nicht alle eine schöne Kindheit«, sagte Robert und dachte dabei an die Kinder seiner Landarbeiter in Schöneichen. Er hatte sie davor bewahren wollen, dass man sie so früh schon zur Arbeit heranzog, aber es waren so viele, und ihre Eltern waren froh, wenn sie sie nicht mehr ernähren mussten.

Auf dem Kirchturm schlug es jetzt acht Uhr.

»Eine Stunde noch«, sagte Robert und verglich seine Uhr mit dem Stundenschlag.

Gabriele legte ihr Hand noch fester in die seine. Die Sonne stand schon über dem alten Park, und wo die Bäume eine Lücke ließen, fiel das Licht über den Weiher hin und schimmerte in der Fontäne des Springbrunnens in den buntesten Farben.

Er war nun wirklich froh, dass sie bei ihm war. Wenigstens kam er dadurch nicht ins Grübeln, und wahrscheinlich wäre ihm diese Wartezeit doch recht schwer geworden.

Als es dann halb neun schlug, standen sie auf und gingen um den Gebäudekomplex herum. Immer noch hielt Gabriele seine Hand. Noch nie waren sie an einem hellen Werktag so Hand in Hand gegangen, und noch nie hat Gabriele so öffentlich gezeigt, wie sehr sie sich ihm zugehörig fühlte.

»9 Uhr: Robert Kling, wegen Bigamie.«

Und weil Bigamie für die einfachen Gemüter so einer Kleinstadt doch etwas Aufregendes war, hatten sich auf dem Gang bereits frühzeitig die Stammgäste so eines Gerichtes eingefunden. Da stand groß und forsch, den Schnurrbart keck aufgezwirbelt, der pensionierte Zugschaffner Herbert Schlögl, daneben der ebenfalls im Ruhestand lebende Obsthändler Gareis und ein Grüppchen älterer Frauen, die sonst nichts zu tun hatten. Sie standen da und unterhielten sich, und weil die Näherin Dingerl nicht genau wusste, was Bigamie war, musste sie der Zugschaffner aufklären, um dann seiner Aufklärung seufzend hinzuzufügen:

»Bei uns darf man halt leider, leider, nur eine Ehegattin besitzen.«

Der Obsthändler schnupfte seinen Tabak, nieste dann und fragte in aller Gemütsruhe: »Was tätst denn du mit zwei? Wirst ja mit deiner Marion kaum fertig.«

Das Gericht war sehr milde gestimmt. Über seine Brillengläser hinweg sah der Staatsanwalt einmal auf die schöne junge Frau, die in der ersten Reihe der Zuhörerbänke saß, und reimte sich zusammen, dass dies die Frau des Angeklagten sein müsse.

Robert musste seinen Lebenslauf schildern und dann, wie es gekommen war, dass er straffällig wurde. Als er an der Stelle anlangte, wie ihn nach über zehn Jahren der erste Brief seiner tot geglaubten Frau Anita erreichte, musste die Näherin Dingerl die ersten Tränen abwischen, der Obsthändler verbarg seine Rührung, indem er heimlich eine Prise nahm, und der Zugschaffner zwirbelte an seinen Schnurrbartspitzen.

Dann ging das Fragen und Antworten zwischen Richter und Angeklagtem routinemäßig hin und her. Und in einer kleinen Pause, während der Richter in den Akten blätterte, erklang auf einmal klar und bestimmt eine Stimme:

»Das ist ja alles gar nicht wahr!«

Hoch aufgerichtet stand Gabriele hinter der Barriere.

»Wer sind Sie denn?«, fragte der Richter. »Die Frau des Angeklagten? Ach bitte, treten Sie doch einmal vor. Was ist nicht wahr?«

»Dass ich nichts gewusst hätte! Ich habe alles gewusst, und ich bin es gewesen, die ihn überredet hat, dass er schweigen soll.«

»Gabriele!«, sagte Robert beschwörend und trat einen Schritt vor.

»Nein, jetzt will ich reden! Ich habe lange genug geschwiegen! Und es ist die reine Wahrheit, wenn ich sage, dass ich genauso schuldig bin wie mein Mann, falls man von einer Schuld überhaupt reden kann.«

Warum sie denn so erpicht darauf gewesen sei, ihren Mann zu überreden, dass er die Todeserklärung nicht beantrage?, fragte der Richter.

»Wegen der Leute, dass sie sich das Maul nicht zerreißen können.«

»Aha. Und jetzt, meinen Sie, würden die Leute nicht mehr reden?«

»Doch. Aber heute ist mir das gleich. Sie können gar nicht wissen, Herr Richter, wie gleichgültig mir heute die Meinung der Leute ist.«

Und damit war die Verhandlung eigentlich schon zu Ende, denn nun hatte sie einen ganz neuen Aspekt bekommen. Nun war ja auch Gabriele genauso schuldig und würde in einer weiteren Verhandlung ebenfalls als Angeklagte vor Gericht stehen.

Diese zweite Verhandlung fand dann gerade noch rechtzeitig vor Gabrieles zweiter Entbindung statt.

Gabriele hatte Roberts Schicksal zu ihrem gemacht. Sie sprach offen und mutig, und aus allem sprach die pure Liebe. Und vielleicht war es diese Liebe, die sie milde Richter finden ließ. Sie wurden beide nur zu sechs Monaten mit Bewährung verurteilt, der Mindeststrafe.

Vier Tage später legte sich Gabriele hin und brachte ein Mädchen zur Welt. Und obwohl der Name in dieser Gegend und vor allem unter Bauern nicht gebräuchlich war, nannten sie es »Anita«, ohne sich besonders darüber unterhalten zu haben.

Es kam dann auch alles nach und nach wieder in Ordnung. Auch von kirchlicher Seite wurden ihm keine Steine in den Weg gelegt. Und die Leute redeten und hörten wieder auf zu reden. Anderes trat in den Vordergrund, und sie vergaßen, dass da oben auf dem Steig sich einer mit Rosstäuschermanieren ins Herz der schönen Gabriele gestohlen hatte und damit in den Hof.

So eilte die Zeit dahin. Schon wehte der Wind wieder über die Stoppeln, und die Schwalben begannen sich zu sammeln, als von Anita unvermittelt ein Brief eintraf, in dem sie ihre bevorstehende Vermählung mit jenem Doktor Höfer mitteilte, der in der Nähe von Mergentheim eine eigene Praxis aufgemacht habe.

Nachdenklich starrte Robert nach dem Lesen des Briefes vor sich hin, bis Gabriele meinte: »Ich gönne ihr dieses Glück von ganzem Herzen.«

»Natürlich, ich auch«, sagte er und hatte dabei das Gefühl, als seien zwischen den beiden damals, als er das letzte Mal in Mergentheim war, schon die Fäden, wenn auch unbewusst, gesponnen worden.

»Kennst du ihn?«, fragte Gabriele.

»Ja, ich kenne ihn. Ein feiner Mensch.«

Dann schwiegen sie darüber. Nur als dann vier Wochen darauf wirklich die Vermählungsanzeige eintraf, gratulierte Robert in einem herzlich gehaltenen Brief.

So ging dann auch dieses Jahr in einen frühen, bitterkalten Winter hinein. Der alte Surauer kränkelte in diesem Winter ein wenig, aber Robert holte den besten Facharzt aus der Kreisstadt, und im Frühjahr hatte der Surauer seine Nierenbeschwerden wieder los.

In diesem darauf folgenden Sommer, als Andreas schon recht geschäftig und unternehmungslustig im Hof herumtollte und sein Schwesterchen an der Hand herumführte, musste Robert wegen der Flurbereinigung, die er tatkräftig in die Hand genommen hatte und vorwärts trieb, in die Kreisstadt.

Das Korn stand schon ziemlich hoch, und die Ähren waren kurz vor der Reife. Der alte Surauer war mit Robert gefahren. Sie würden vor dem Abend kaum mehr heimkommen, hatte er gesagt. Gabriele war also mit den Kindern allein daheim.

Brütend heiß lag die Nachmittagssonne über dem Hof. Die Schwalben flogen hoch, und am Himmel zeigte sich nicht ein einziges Wölkchen.

Gabriele trat aus der Haustür, um nach den Kindern Ausschau zu halten, als sie von oben her auf dem Fußweg eine Frau auf den Hof zukommen sah. Eine große, schlanke Frau in einem geblümten Sommerkleid, ein weißes Jäckchen in der Hand schlenkernd.

Der Durst sprach nicht nur aus ihren Augen, auch die trockenen Lippen zeugten davon und die etwas belegte Stimme.

»Dürfte ich Sie um einen Gefallen bitten. Könnte ich vielleicht ein Glas Milch haben?«

Aufmerksam betrachtete Gabriele das feine, von der Hitze gerötete Gesicht. Das Haar war blond gefärbt, das erkannte sie, denn an der Schläfe schimmerte es kaum merklich grau durch. Die Kette um den schlanken Hals, das mussten echte Perlen sein.

»Setzen Sie sich einstweilen«, sagte Gabriele und ging, um die Milch zu holen. Im Flur blieb sie einen Augenblick stehen und streifte sich mit der Hand über die Stirn, als ob irgendeine Vision sie quäle. Dann sagte sie sich aber: Nein, nein, das ist nur eine Einbildung!

Als sie dann mit dem Glas Milch zurückkam, saß die Fremde auf der Hausbank. Andreas stand vor ihr und sah sie mit großen, staunenden Augen an, wehrte sich auch nicht gegen das Streicheln der schönen, schmalen Hand. Die kleine Anita stand daneben, bohrte mit dem Finger in der Nase und sah auf die schimmernde Kette am Hals der Dame.

»Hier ist die Milch«, sagte Gabriele. »Vorsicht, sie kommt aus dem Eisschrank.«

»Danke schön. Ihre Kinder, ja? Ein hübscher Junge! Ungefähr so alt war meiner, als ich ihn verlor. Genauso helläugig, genauso blond.«

Gabriele lag auf der Lauer, ihr Herz hämmerte unter der weißen Bluse. Ihre Knie wurden so sonderbar weich.

Die Fremde nahm nur einen ganz kleinen Schluck. Die Milch war eiskalt.

»Sie müssen zuvor ein Stück Brot essen, oder vielleicht eine Schmalznudel vom Mittag«, sagte Gabriele und ging wieder hinein. Diesmal blieb sie auffallend lange. Sie stand am Stubenfenster hinter dem Vorhang und spähte angstvoll hinaus, sah, wie die Fremde Andreas' Gesicht mit beiden Händen umschloss und ihm unentwegt in die Augen schaute. Hörte, wie sie dann sagte:

»Darf ich dir einen Kuss geben, Büberl?«

Andreas sagte nicht Ja und nicht Nein, er hielt nur seltsam still, als die fremde Frau sich vorbeugte und ihn auf die Stirn küsste. Gleich darauf packte Andreas sein Schwesterchen und zog es mit sich fort.

»Komm, Anita, gehen wir wieder zu den jungen Katzen in der Scheune!«

Auf einem Teller bot Gabriele der Fremden zwei braune, knusprige Schmalznudeln an, die es zu Mittag gegeben hatte, weil Freitag war. Sie setzte sich auch auf die Bank, sah zu, wie die Fremde behutsam eine von den Kücheln auseinander brach, abbiss und wieder einen Schluck Milch nahm. Verstohlen schaute Gabriele in ihr Gesicht, da sah sie, dass ihre Wangen feucht waren. Des verschwitzten Gesichtes wegen sah man die Rinne der Tränen bis zum Kinn herunter. Die Fremde suchte dann in ihrer Jacke nach einem Taschentuch und wischte sich das Gesicht ab.

Gabriele saß mit verhaltenem Atem da. Was sie vorher geahnt hatte, war ihr nun zur Gewissheit geworden. Und so sagte sie in die Stille hinein:

»Ich weiß, wer du bist.«

Langsam wandte die Fremde das Gesicht. Ein feines Lächeln war jetzt um ihren Mund.

»Ja?«

»Du bist die erste Frau, nicht wahr?«

Das Milchglas in den Händen drehend, schaute die Frau über den Hof hin, hob den Blick immer weiter bis zu den schimmernden Bergen und nickte.

»Ja, ich bin es.«

Gabrieles gesunde Gesichtsfarbe war wie weggewischt. Wie schnell ihr Herz schlug. Diese unverhoffte Begegnung wirkte erschütternd auf sie, und es war vielleicht dumm, dass sie sagte:

»Mein Mann – Robert – ist nicht daheim.«

Anita stellte das ausgetrunkene Glas neben sich auf die Bank und wandte sich voll zu Gabriele um.

»Ich bin nicht wegen Robert gekommen. Einmal hat er mir ein Bild geschickt von Ihnen ...«

»Zu mir kannst doch du sagen«, unterbrach Gabriele sie.

»Ja, danke, gerne. Ein Bild von dir und dem Jungen. Nur diesen Jungen wollte ich einmal sehen. Er gleicht meinem toten Michael aufs Haar. Als Mutter kannst du vielleicht begreifen, wie man sich sehnt, ein verlorenes Kind noch einmal zu sehen.«

Gabriele nickte heftig.

»Das versteh ich nur zu gut.«

»Und dass ihr das Mädchen Anita getauft habt – sagt mir, dass ich nicht wie ein Schatten zwischen euch stehe.«

»Nein, nein, überhaupt nicht. Es ist ja alles wieder gut geworden, nicht wahr? Es ist vielleicht einfältig von mir oder dumm, wenn ich wissen möchte – ob du auch wieder glücklich geworden bist?«

»Ja, sehr. Mein Mann wartet unten im ›Silbernen Ross‹ oder wie es heißt.«

»Im ›Goldenen Ross‹«, antwortete Gabriele lachend und meinte dann: »Eigentlich schade, dass Robert nicht da ist. Kannst du denn deinen Mann nicht raufholen, oder …?«

»Nein, wir wollen heute noch wegfahren. Was ich sehen wollte, habe ich gesehen. Vor allem den Buben. Und – auch dich. Genau so habe ich dich mir vorgestellt, so zufrieden und voller Lebenskraft. Ich muss neidlos gestehen, dass ich froh bin, dass es dich gegeben hat.«

»Ja, er war so allein und verlassen«, sagte Gabriele.

Anita stand nun auf. Ihre Augen leuchteten in einem schönen Glanz.

»Gib mir deine Hand, Gabriele. Ich will jetzt wieder gehen. Alles Glück auf der Welt für dich, für ihn und die Kinder!«

»Für dich auch«, antwortete Gabriele und spürte, wie ihr die Tränen kommen wollten. »Wenn du einmal was brauchst, dann schreib nur«, sagte sie, die Tränen tapfer hinunterwürgend.

»Das ist sehr lieb von dir, aber es geht mir gut. Über alle Maßen gut. Sag das auch Robert, bitte. Ja, sag es ihm, damit nicht noch irgendein Schatten in ihm weiterlebt.«

Dann ging sie. So langsam wie sie von der Höhe hergekommen war, so langsam ging sie wieder davon, ins

Dorf hinunter, wo ihr Mann, dieser Doktor Helmut Höfer, bereits auf sie wartete.

Spätabends kamen die beiden Surauer nach Hause. Der Vater war ein bisserl angesäuselt und schimpfte gutmütig:

»Mit dem brauchst bloß einmal fortfahrn, heimkommen tut man so schnell nicht.«

Robert lachte und sagte danach zu Gabriele:

»Er war es ja, der immer noch einen Schoppen trinken wollte.«

Als dann die Kinder im Bett waren, sagte Gabriele zu Robert:

»Ich möchte mir dir noch ein klein wenig über die Hügel wandern.«

Der Abend war von einer milden Schönheit. Der Himmel im Westen war rot gefärbt. Von Greinach herauf läuteten die Abendglocken.

Sie wanderten neben einem Kornfeld hin. Zuweilen griff Roberts Hand in die Ähren.

»Acht Tage noch, dann ist es reif«, sagte er.

»Und dann kommt schon wieder der Herbst.«

Sie blieben stehen und schauten zum Dorf hinunter. Ringsum Friede. Die Vögel waren schon zur Ruhe gegangen, ein leichter Wind kam auf und ließ das Kornfeld leise wogen wie ein Meer.

Dann hob Gabriele den Kopf und sah ihn an.

»Sie war heute da.«

Sofort wusste Robert, wen sie meinte. Trotzdem fragte er, um seine Verblüffung zu verbergen:

»Wer war da?«

»Deine erste Frau – Anita.«

Schweigen. Das Kornfeld rauschte lauter unter dem wehenden Wind. Fern im Wald lockte noch ein später Vogel.

Robert atmete schwer, sah lange in das tiefer sinkende Abendrot, das bald nur mehr als ein schmaler purpurner Streifen sichtbar war. Endlich schien er sich wieder gefasst zu haben.

»Ich hoffe, dass für dich diese Begegnung nicht quälend war.«

»Aber in gar keiner Weise. Wir haben uns glänzend verstanden.«

»Nach mir hat sie nicht gefragt?«

Gabriele bekam einen schelmischen Gesichtsausdruck.

»Nein, mein Lieber. Nicht eine Spur von Sehnsucht nach dir. Nur den Andreas wollte sie sehen. Und merkwürdig, Andreas hat sich von ihr streicheln und liebkosen lassen.«

Lächelnd sah er sie an, sah den Schalk in ihren Augen blitzen und meinte dann:

»Immer besser, der Bub wird gestreichelt als ich.«

»Ganz genau! Um dich zu streicheln, bin schließlich ich da.«

»Dann tu es und geize nicht damit.«

Die Nacht kam nun vollends, mit vielen Sternen und einem großen runden Mond, der die Berge zu versilbern begann.

Ganz still standen die beiden unter seinem weißen Licht, und ihre Hände fanden sich.